Ronja Delahaye

Someone for you

Roman

FOREVER

MIX
Papier aus verantwortungsvollen Quellen
FSC® C083411

Originalausgabe bei Forever
Forever ist ein Digitalverlag
der Ullstein Buchverlage GmbH, Berlin Februar 2018

Umschlaggestaltung: zero-media.net, München
Titelabbildung: © FinePic®
Satz: Pinkuin Satz und Datentechnik, Berlin
Druck- und Bindearbeiten: CPI books GmbH, Leck
ISBN 978-3-95818-951-5

1

Klirrend fällt mein Schlüssel zu Boden, als ich das Licht neben der Wohnungstür einschalte. Er hat mich gefunden. In meinem Kopf rattert bereits meine Liste dessen runter, was jetzt zu tun ist, während ich das skurrile Bild vor mir noch in mich aufnehme und wirken lasse. Jeder Quadratzentimeter meiner kleinen Wohnung ist mit Rosen bedeckt. Roten Rosen.

Ich schlucke gegen die aufsteigenden Tränen an und schlage die Tür hinter mir zu, schließe sie ab und lehne mich von innen dagegen. Die Sporttasche mit meinen wichtigsten Habseligkeiten steht bereits seit drei Monaten fertig gepackt neben der Tür. Vor genauso kurzer Zeit bin ich in diese Wohnung eingezogen, aber nichts weist darauf hin, dass ich hier wirklich lebe: keine persönlichen Gegenstände, keine Bilder, keine Andenken. Nur ich, die nötigsten Möbel und diese Tasche.

Ich lese die Tasche vom Boden auf und versuche einen Platz zu finden, der nicht von den übel stinkenden Rosen eingenommen wird. Bittere Galle steigt in mir auf, und ich übergebe mich auf den Boden. Mit dem Handrücken wische ich über meinen Mund. Nach dem anfänglichen Schock, welcher mir mittlerweile doch eigentlich vertraut sein sollte, ist da nur noch ein Gedanke: *Weg hier!*

Weil ich es besser weiß, stelle ich mir gar nicht erst die Frage, wie er überhaupt hereingekommen ist. Stattdessen versuche ich den Gedanken, dass er mir hier auflauert, abzuschütteln, während ein Schauer nach dem anderen über meinen Rücken jagt.

Ich fröstele innerlich und fühle mich wieder einmal wie ein wildes, verängstigtes Tier auf der Flucht. Im Endeffekt bin ich genau das: verängstigt und auf der Flucht.

Vermutlich holt er sich darauf gerade einen runter und kann es gar nicht abwarten, dass ich dieses lächerliche Spiel endlich aufgebe und zu ihm zurückkehre. Die kaum verheilten Wunden in meinem Inneren und die Narben auf meinem Körper gebieten mir jedoch etwas anderes.

Schon als ich in diese Kleinstadt gezogen bin, habe ich mir Gedanken darüber gemacht, wo ich als nächstes Zuflucht suchen könnte. Genau so habe ich es auch die letzten beiden Jahre gehalten. Von einem Ort zum nächsten, nirgends wirklich zu Hause, immer einen Blick über die Schulter werfend.

Heftig zucke ich zusammen, als jemand laut gegen meine Tür trommelt. Ich fürchte, dass das Holz dem vehementen Angriff nicht standhalten wird. Meine Hand schließt sich um die Henkel der Sporttasche. Ich drehe mich um, bewege mich langsam rückwärts auf das Fenster zu.

Beim Klang seiner Stimme wird mir schlecht. »Liv, du kleine Schlampe. Mach sofort die scheiß Tür auf!«

Einen Moment lang ist es still. Aber er kann den Mund nicht halten. Er hat schon immer gewaltig das Maul aufgerissen.

»Du gehörst zu mir, kapier das endlich! Freust du dich denn gar nicht über mein Geschenk?« Am Ende wird seine Stimme sanft, und ich schließe zitternd die Augen, fühle mich um Jahre zurückversetzt. Ob er gute Laune hatte oder nicht war schon immer ein reines Glücksspiel gewesen, und ich besaß einen abartigen Hang zu Pechsträhnen.

Wieder kracht seine Faust gegen die Tür, und wieder zucke ich zusammen, stoße gleichzeitig gegen den Fensterrahmen hinter mir und drehe mich abrupt um. Diese Wohnung habe ich nur aus einem einzigen Grund ausgewählt: Alle Fenster liegen an einer Feuertreppe, die man zwar vom Haus aus begehen kann, nicht jedoch von der Straße.

Inzwischen klopft Niko in immer kürzer werdenden Abständen viel zu fest gegen die Tür. »Ich weiß, dass du da drin bist! Machst du dir gerade in dein Höschen, hm?«

Mehr braucht es nicht, um mich aus meiner Starre zu erlösen. Es ist die in mir aufsteigende Angst, die mich dazu antreibt, das Fenster aufzureißen und samt meiner Tasche nach draußen zu klettern. So leise wie möglich schließe ich das Fenster wieder, und dann hechte ich über die Feuertreppe nach unten in die kleine Seitengasse, in welcher mein alter Volvo so geparkt ist, dass ich sofort von der Treppe aus hineinsteigen und losfahren kann. Eine Gewohnheit, die sich immer wieder als Lebensretter erwiesen hat.

Über mir splittert Glas und plötzlich regnet es Rosen. Als ich einen schnellen Blick nach oben werfe, erkenne ich Niko, wie er zwischen den Überresten des Fensterglases steht. Er hat einen ganzen Rosenstrauß in der Hand. Eine davon landet auf meiner Motorhaube. »Ich finde dich, Liv. Vergiss nie, dass ich immer bei dir bin!« Als die wütenden Schreie zu mir dringen, sitze ich bereits im Auto. Der Motor heult auf und ich rase auf die Hauptstraße zu, die mich aus der Stadt hinausbringen wird.

Es gibt nichts, was mich an diese Stadt bindet, und so verspüre ich bei meiner Flucht auch kein Bedauern. Einzig die Sorge begleitet mich, denn so schnell hat er mich noch nie gefunden. In den letzten Jahren habe ich das Flüchten perfektioniert und beinahe eine Routine daraus gemacht. Das rettet mich.

Auf dieser Welt existiert nicht ein Ort, an dem ich vor Niko sicher bin. Diese Erkenntnis begleitet mich schon lange. Denn ich habe im Ausland gelebt, in Groß- und in Kleinstädten, auf dem Land, mitten im Wald, in einem Kloster irgendwo mitten in Asien. Mit meinen sechsundzwanzig Jahren habe ich bereits viel von der Welt gesehen. Inzwischen spreche ich sechs Sprachen fast fließend. Und trotzdem finde ich keinen Ort, an dem ich in Sicherheit bin. An dem ich Wurzeln schlagen kann. Es gibt nur mich und die Flucht.

Irgendwann wird er mir auch das nehmen, daran zweifele ich nicht. Aber bis es so weit ist, werde ich einen Teufel tun, es ihm einfach zu machen.

Irgendwo entlang des Highways tausche ich meinen alten Volvo gegen einen rostenden, roten Ford, der meinen Haaren laut dem Verkäufer echte Konkurrenz macht.

Dann fahre ich weiter und versuche, nicht an Niko und die roten Rosen zu denken.

Als wir noch ein Paar waren, hat er mir immer dann Rosen geschenkt, wenn er entweder kurz davor war mir weh zu tun oder es gerade getan hatte.

Obwohl ich alles versucht habe, um diese Erinnerungen loszuwerden, sind sie nicht aus meinem Gedächtnis zu löschen. Ich erinnere mich gut an den Tag, an dem er mir die erste Rose geschenkt hat.

»Weißt du, was lustig ist? Die Rose hier hat genau die gleiche Farbe wie deine aufgeplatzte Lippe.« Er führt die Rose direkt vor mein Gesicht und legt ihren Kopf auf mein blutverschmiertes Kinn, als wolle er die Farben tatsächlich miteinander vergleichen. Ich zucke zurück und gebe ein Geräusch von mir, an das mich zu erinnern mir jetzt noch Schmerzen bereitet. Ein süffisantes Grinsen breitet sich auf seinen Lippen aus, als er mit dem Daumen über meine Augenbraue streicht. Er zieht scharf die Luft ein, während er mit dem Daumen gerade nahe genug an dem Veilchen entlangstreicht, dass ich einen leichten, stechenden Schmerz fühle.

»So schön. Und so zerbrechlich.« Plötzlich ist seine Stimme hart. Er bricht die Rose entzwei und lässt sie achtlos zu Boden fallen. Sie landet im Dreck und sieht auf einmal gar nicht mehr so schön aus wie zuvor.

Verbittert lache ich über meine eigene, jugendliche Dummheit, ärgere mich, dass ich es mit sechzehn noch nicht besser gewusst habe. Doch anstatt mich weiter in den Sog alter Erinnerungen ziehen zu lassen, starre ich geradeaus auf die Straße. Ich wünsche mir, einmal nicht wie eine Paranoide nach dem Psychopathen Ausschau halten zu müssen, der es sich zur Lebensaufgabe gemacht hat, mich durch die Hölle gehen zu lassen.

2

Normalerweise sagt man, dass man aus den Zitronen, die einem das Leben gibt, einfach Limonade machen soll. Aber was macht man, wenn man die Zitrone aufschneidet und dann feststellt, dass sie innen braun und matschig ist?

Vor zwölf Jahren noch hatte ich eine Perspektive, die eine steile Karriere versprach und meine Eltern garantiert stolz gemacht hätte. Jetzt verdiene ich mein Geld mit zwielichtigen Nebenjobs, bei denen ich so wenig Kontakt zu Menschen habe wie irgend möglich. Meistens verdinge ich mich anonym als Musikerin. Selbstverständlich springen dabei keine hohen Geldsummen heraus, denn die Zeit meiner konzertreifen Spielkünste ist längst vorbei. Aber es reicht, um zu überleben.

Ich bin erst seit zwei Wochen hier in dieser Stadt, die kein Dorf, aber auch keine richtige Großstadt ist. Eher ein Zwischending aus beidem, was möglicherweise eine akzeptable Lösung ist. Für jetzt. Hier leben viele Menschen und ich falle nicht sofort auf. Und wenn doch, dann reicht es, wenn ich einfach bestimmte Orte meide.

So kann ich es mir mal wieder erlauben, einen Job anzunehmen, der mir gefällt, und etwas zu tun, was ich schon lange nicht mehr getan habe. Nämlich zweimal die Woche das Piano eines Musikvereins zu entleihen und rastlosen Menschen mit meiner Musik zu helfen, wenigstens für ein paar Minuten Ruhe und Musik zu genießen. Die einzige Bedingung dabei ist, dass meine Kunden nicht mit mir reden und mich beim Spielen auch nicht sehen dürfen. Diese Anonymität brauche ich, um mich sicher zu fühlen. Meine Kunden betreten einen Raum, legen das Geld auf dem Piano ab und setzen sich dann hinter eine Trennwand. Erst dann betrete auch ich den Raum und spiele so lange, wie sie dafür bezahlt haben.

Und es funktioniert. Die Menschen dort draußen scheinen einen großen Bedarf daran zu haben, mal eine Auszeit von ihren Gedanken zu nehmen. Etwas, was ich mit Leichtigkeit nachvollziehen kann. Im Kopf einen ganzen Jahrmarkt zu haben, der nie still ist und einen immer beschäftigt, kann wirklich anstrengend werden.

Andererseits kann ich mir gar nicht vorstellen, nicht den ganzen Tag daran zu denken, was als nächstes passiert.

An zwei Tagen die Woche spiele ich also für meine Kunden hinter der Trennwand die unterschiedlichsten Stücke auf dem Piano und werte damit mein Gehalt auf. Die anderen Abende unterhalte ich die Gäste musikalisch in einem Restaurant. Auch heute ist einer dieser Abende. Es handelt sich um ein vornehmes Restaurant, und ich muss den Ford hinter dem Haus parken, um meinen Chef nicht in Verlegenheit zu bringen. *»Ich käme in Teufelsküche, wenn die Gäste erfahren, dass ich eine arme Pianistin angestellt habe«*, waren seine Worte, als er mein Auto das erste Mal gesehen hat.

Mir hingegen sieht man nicht an, dass ich arm bin. Denn theoretisch bin ich das hin und wieder, aber ich habe gelernt, damit zu leben. Das bringt das Leben so mit sich, wenn man dauerhaft auf der Flucht oder untergetaucht ist. Obwohl ich darauf bestehe, dass die Gäste des Restaurants mich nicht sehen können, trage ich wie üblich das grüne Abendkleid, welches meine Figur zwar betont, aber nicht zu viel von mir offenbart.

Meinem Chef ist es wichtig, dass seine Gäste sich wohlfühlen und die Möglichkeit haben, zu tanzen. Sie sollen sich nicht unangenehm berührt fühlen von zu viel klassischer Musik. Ansonsten lässt er mir bezüglich der Stückauswahl sehr viele Freiheiten.

Ich starte mit *You don't own me* in den Abend, versteckt hinter den vielen Pflanzen, die das kleine Podest in der Mitte des Raumes säumen, auf dem das Piano steht. Es verleiht meinem Leben eine gewisse Normalität, hier zu sitzen und den Tasten sanft Musik zu entlocken. Wenn ich die Augen schließe, fühlt es sich sogar fast so an, als ob ich ein normales Leben führen würde. Eine hübsche Illusion, die ich immer nur bis zur Nacht aufrechterhalten kann. Wenn mir die Angst, Niko könnte gleich vor meiner Tür stehen und mich zurück in mein altes Leben zwängen, dann doch wieder den Schlaf raubt. In mein altes, vollkommen kaputtes Leben. Innerhalb von zehn Jahren ist es ihm gelungen, es komplett in einen einzigen Scherbenhaufen zu verwandeln, mich innerlich und äußerlich als seine verdammte große Liebe zu brandmarken. Seine Definition von Liebe hat sich schon sehr früh als verkehrt abgezeichnet, aber den Mut, mich zu wehren, hat er mir als Erstes genommen. Das ist der Grund, warum ich nie geflohen bin. Und selbst heute frage ich mich manchmal noch, ob es die richtige Entscheidung war, wegzulaufen.

Nachdem meine Finger dem Piano die letzten Töne des Songs entlockt haben, gehe ich nahtlos zu *Viva la Vida* über, einem meiner absoluten Lieblingslieder. Durch die Blätter kann ich erkennen, wie sich ein etwa fünfzehn Jahre altes Mädchen besonders über die Musikauswahl freut. Grinsend schiebt sie sich ihr Dessert in den Mund und bemerkt dabei gar nicht, wie sich ihre Eltern streiten.

Vielleicht sind es diese Momente, die mich immer wieder dazu bewegen, das Spielen nicht aufzugeben. Ich verdiene mir damit nicht nur meinen Lebensunterhalt, sondern auch kleine, heilende Momente für meine aufgewühlte Seele, die Beruhigung so dringend nötig hat.

Die Musik genießend schließe ich die Augen und öffne sie erst wieder, als das Lied bereits einige Sekunden verklungen ist. Mein Blick trifft einen anderen, und ich bin bereits halb von meinem

Hocker aufgesprungen, als der Fremde beschwichtigend die Hände hebt. Doch ich traue dieser Geste kein Stück, denn er sieht aus, als könnte er der beste Freund von Niko sein. Hochgewachsen und muskulös lehnt er an meinem Klavier und mustert mich, als stelle mein Verhalten ein absolutes Rätsel für ihn dar. Der Anzug sitzt perfekt, und seine Augen blitzen belustigt auf, als er bemerkt, dass ich keine Anstalten mache, mich irgendwie aus meiner halb stehenden und halb sitzenden Position zu bewegen. Wieder bin ich das Reh im Scheinwerferlicht, suche fieberhaft nach einer Fluchtmöglichkeit. Das alles ist mir nicht geheuer. Ich muss weg hier, ehe …

»Keine Sorge, ich komme in völlig friedlicher Absicht.« Noch immer scheint er belustigt von meinem Verhalten, streicht sich aber verlegen durch die dunklen Haare, als er bemerkt, dass ich diese Situation nicht lustig finde.

Seine Stimme jedoch trifft mich mit solcher Wucht, dass ich auf meinen Hintern zurück plumpse und erst mal nicht daran denke, irgendwohin zu gehen. Aus Gewohnheit versuche ich, mich so zu drehen, dass er keinen direkten Blick auf mein Gesicht erhaschen kann, aber dafür ist es wohl zu spät. Unverhohlen hält er meinen Blick fest und zwingt mich so, bei ihm zu bleiben, im Hier und Jetzt.

»Ich … Was gibt's? Irgendeinen Musikwunsch?«, sage ich in dem Versuch, professionell zu bleiben.

Für einen Mann seines Ausmaßes schüttelt er den Kopf erstaunlich sanft. »Ich möchte Ihnen eigentlich nur sagen, dass Sie ganz fabelhaft spielen. Trotz – oder vielleicht gerade wegen – ihres Handicaps.« Dabei deutet er aufrichtig lächelnd auf meine rechte Hand, die ich zusammen mit meiner linken in meinem Schoß gefaltet habe.

Erstaunt blicke ich von ihm zu meiner Hand und wieder zurück, frage mich, wie intensiv er mich beobachtet haben muss, um das festzustellen.

»Danke«, hauche ich, immer noch überrascht.

»Darf ich fragen, wie das passiert ist? Sie haben doch bestimmt schon vorher Klavier gespielt.«

Dass er hierhergekommen ist, um sich mit mir zu unterhalten, scheint mir suspekt. Sicherlich hat er heute Abend eine Begleitung.

»Ein Unfall«, sage ich in einem verbissenen Tonfall und spüre, wie sich mein Gesicht verspannt.

Der Klang meiner Stimme macht ihm deutlich, dass ich das nicht weiter ausführen werde, das sehe ich an den tiefen Falten, die sich plötzlich auf seiner Stirn bilden. Natürlich ist es kein Unfall gewesen, auch wenn ich es kurz darauf im Krankenhaus, und auch als die Polizei mich dazu befragte, als solchen deklariert habe. Immer wieder aufs Neue. Traurigerweise sah die Realität ganz anders aus.

Im Krankenhaus taten sie ihr Bestes, den Schaden zu begrenzen, letztendlich waren beide Finger aber steif geblieben und meine Karriere als Profipianistin von einem Moment auf den anderen vorbei gewesen.

Der Mann verharrt weiterhin am Klavier. Langsam verflüchtigt sich meine Angst, dass er tatsächlich etwas mit Niko zu tun haben könnte. Ich entspanne mich zusehends.

»Mein Geschäftspartner spielt auch. Zwar bei weitem nicht so gut wie Sie, aber … Tanzen Sie?«

Ich schlucke. Unwohlsein steigt in mir auf und schnürt meine Brust zu, veranlasst, dass ich ganz schnell von hier verschwinden will. Weit weg, dorthin, wo man mich nicht sieht. Mich nicht ansieht, als gäbe es in diesem Raum nur mich zu sehen. Gequält rutsche ich unter seinem Blick hin und her und nicke schließlich zögernd. »Zumindest hat man mir mal nachgesagt, dass ich das ganz gut kann«, erwidere ich mit einem leichten Lächeln.

»Wunderbar.« Seine Hand greift durch die Pflanzen seitlich von ihm und zieht einen jungen Mann in mein kleines Versteck. Dieser wirkt sichtlich angespannt und schwitzt so stark, dass sein weißes Hemd durchscheinend ist. »Das hier ist mein Geschäftspartner. Während ich Sie jetzt auf die Tanzfläche entführe, spielt er für Sie weiter.«

Er tritt vor den nervösen Mann und reicht mir seine Hand, die mindestens zweimal so groß ist wie meine. Kurz flackern Bedenken in mir auf, dass mein Chef mich sehen und ich dadurch meinen Job verlieren könnte, aber ich schlage sie in den Wind. Etwas Spaß zu haben, wenn ein Gast das wünscht, ist doch nicht verwerflich, oder?

Auch als ich schließlich stehe, muss ich immer noch zu ihm nach oben sehen. Sein Blick hingegen wandert auf mir, auf und ab. Er lächelt, was ihn, trotz seiner schieren Größe, dem Dreitagebart und der gefährlichen Aura, freundlich wirken lässt.

Entschlossen schiebt er die Pflanzentöpfe zur Seite, hilft mir dann die eine Stufe hinunter und lässt meine Hand die ganze Zeit über nicht los. Ich beginne zu schwitzen, Röte steigt in mein Gesicht, als ich die vielen Blicke bemerke, die plötzlich auf mir ruhen.

Hinter uns setzt holprig die Musik ein, und ich weiß jetzt schon, dass es keine gute Idee war, das Spielen einem Wildfremden zu überlassen. Es klingt, als würde er die Tasten vergewaltigen. Verärgert wirft mein Tanzpartner einen Blick über die Schulter. Schlagartig verbessert sich die Qualität um ein Vielfaches.

Wir beginnen, uns vorsichtig im Kreis zu drehen, seine großen Hände ruhen knapp über meinen Hüften, meine liegen locker auf seiner Schulter. Mir fällt auf, dass diese Art zu Tanzen dem Lied kaum gerecht wird, und ich führe seine Hände und ihn so, dass es mehr nach Tanzen aussieht und weniger nach einem peinlichen Abschlussball.

Als er mir näherkommt, will ich instinktiv einen Schritt von ihm weg treten, aber seine Hand ruht in meinem Rücken und hält mich fest. Wie auch schon vorhin bleibt mir nichts anderes übrig, als mich ihm auszusetzen. Seine Lippen sind meinem Ohr jetzt ganz nahe, und ich kann spüren, dass er schmunzelt.

»Warum verstecken Sie sich dort hinten? Sie sehen gut aus und haben keinen Grund dazu.«

Ich erstarre. Nicht nur innerlich, sondern auch äußerlich. Oh doch, den habe ich. Mit einem bitteren Gefühl reiße ich mich von ihm los und entferne mich zunächst nur zwei Schritte, während mein Blick zu Boden sinkt. Diesmal hält er mich weder mit seinem Blick noch seiner Hand auf. Er lässt mich gehen.

Und ich danke ihm innerlich dafür, als ich nach draußen in die kühle Nachtluft flüchte, renne, bis meine Lungen brennen und meine Füße schmerzen.

3

Als ich noch klein gewesen bin, ist es mir nie sonderlich schwer gefallen, Freunde zu finden. Lange hat sich das ganz anders verhalten, aber seitdem ich Niko so gut es geht aus meinem Leben gestrichen habe, gelingt es mir langsam auch wieder besser, Kontakte zu knüpfen. Meine neue Heimat hat einige Bars und Pubs zu bieten, und ich beschließe, den Nachmittag unter Iren zu verbringen.

Selten bin ich so aufgeschlossenen und lustigen Menschen begegnet. Iren sind praktisch das blühende Leben selbst, Amerikaner kann man dagegen getrost als verklemmte Spießer abtun.

Es dauert nicht lange, bis ich mit einer Frau meines Alters ins Gespräch komme. Ihre Haare fallen in wilden Locken über ihre Schultern, und jede Strähne scheint an den Spitzen in eine andere Farbe des Regenbogens gefallen zu sein.

»Wie lange lebst du schon hier?«, fragt sie und nippt an ihrem Drink. Sie sieht mich neugierig an.

Ich suche nach einem Ausweg, um nicht allzu viel von mir preisgeben zu müssen und doch irgendwie wieder Anschluss zu anderen Menschen zu finden. Zwar vertraue ich außer mir selbst – und an manchen Tagen nicht mal das – niemandem sonst, aber Einsamkeit ist kein schöner Begleiter.

»Ein paar Wochen. Mich hält es nie lange an einem Ort und ich bin eigentlich ständig auf Achse. Da lernt man schlecht andere Menschen kennen. Ist so eine Angewohnheit von mir, einfach in Pubs zu gehen und ins Gespräch zu kommen. So habe ich einen meiner besten Freunde kennengelernt.«

Wehmütig denke ich an Miles. Wir haben seit Jahren keinen Kontakt mehr, und vermutlich ist er ohnehin nicht gut auf mich zu sprechen. Schon immer ist er Niko ein Dorn im Auge gewesen, und so ist es schließlich auch gekommen, dass Niko Miles beinahe krankenhausreif geprügelt hat. Und anschließend mich.

Kurz schließe ich die Augen, denke zurück an seine Worte. *Du musst weg von diesem Schwein, Liv. Sofort. Andernfalls wirst du seinetwegen dein Leben verlieren.* Als ich abgewunken habe, hat er angefangen, mich regelrecht darum zu bitten. Die ganze Zeit über und auch sehr viel später noch tat es mir unheimlich weh, dass ich so abweisend zu ihm sein musste. Doch wenn ich mich Nikos Willen widersetzt hätte, wäre es nur eine Frage der Zeit gewesen, bis er Miles umgebracht hätte. Damit hatte er mir nämlich gedroht, als die Eifersucht auf Miles zu groß geworden war. Und ich habe mich ihm gebeugt, so wie viele andere Male auch, und stumm über mich ergehen lassen, dass er mir mein Leben systematisch zerstörte.

»Und wie viele Freunde hast du hier so schon gefunden?«

Ich lache auf und streiche mir verlegen durch die Haare. »Um ehrlich zu sein, gar keine. Bisher habe ich einfach nur gearbeitet, aber nachdem ich vor zwei Tagen einen meiner Jobs verloren habe, scheine ich nun etwas mehr Zeit dafür zu haben, Leute kennenzulernen.«

»Ich würde mich jedenfalls freuen, einen echten Gingerhead zu meinem Bekanntenkreis zu zählen.«

Wir stoßen an, und ich kann nicht umhin, mich ein bisschen weniger verloren zu fühlen. Die kuriose Begegnung im Restaurant an dem Abend vor zwei Tagen geht mir immer noch nah. Wegen diesem Mann habe ich meinen sicheren Job verloren und stehe mit einem Bein auf der Straße. Mein anderer Job ist nicht annähernd so sicher und lukrativ, als dass ich davon meinen Lebensunterhalt bestreiten könnte.

Innerlich verfluche ich den Fremden weiterhin, auch wenn ich nicht leugnen kann, dass bei seiner einschüchternden Anziehungskraft einfach alles bei mir ausgesetzt hat. Vielleicht bin also auch ich selbst ein bisschen schuld daran.

»Was machst du denn beruflich?«

Nachdenklich sehe ich Kelly an und überlege, wie man das am besten erklärt. »Schwierig zu erklären. Ich bin Pianistin.« Scherzhaft bewege ich acht meiner Finger auf dem Holztresen so, als würde ich gerade Klavier spielen. »Ich spiele in Restaurants, manchmal biete ich auch so etwas wie eine Entspannungsklavierstunde an. Meine Kunden kommen zu mir, bezahlen mich dafür, dass ich ihnen etwas vorspiele und können dabei völlig abschalten. Wir sehen uns gegenseitig nicht, und wir unterhalten uns auch nicht. Alles ganz anonym. Aber ich spiele schon seit Jahren nur noch auf zweitklassigen Pianos irgendwelcher Musikvereine. Die meisten hören den Unterschied nicht, mir tut er beinahe in den Ohren weh.«

»Dann ist es bei dir mit der Musik wie bei mir mit der Wissenschaft. Das ist mein Steckenpferd.« Stolz zieht sie einen Ausweis hervor, der ihre Mitgliedschaft bei irgendeinem renommierten Institut nachweist.

Ich mache große Augen, denn im Gegensatz zu mir scheint jeder, den ich kennenlerne, den Weg zu einer anständigen Karriere gefunden zu haben. Mir wurde diese Chance einfach genommen, und auch wenn ich die Schuld dafür nicht alleine bei mir suchen will, mache ich das manchmal trotzdem. Ich bin einfach nie dazu in der Lage gewesen, zu gehen. Es ist mir nicht möglich gewesen, denn trotz allem hat mein bescheuertes kleines Herz darauf bestanden, diesen Mistkerl so abgöttisch zu lieben, dass ich immer wieder verzeihen konnte.

Ich unterhalte mich noch sehr lange mit Kelly und schiebe ihr, bevor ich schließlich gehe, sogar einen Zettel zu, auf dem meine Handynummer notiert ist. »Ruf mich an, falls du mal Lust hast, was zu machen.«

Es ist ein Sicherheitsrisiko, ja. Aber inzwischen funktioniert mein Niko-Bullshit-Radar so gut, dass ich es wage zu bezweifeln, dass sie irgendetwas mit ihm zu schaffen hat.

Später an diesem Abend stehe ich in den Räumlichkeiten des Musikvereins und warte darauf, dass mein Kunde endlich auftaucht. Bisher habe ich nur sehr vereinzelt Termine, denn den üblichen Kundenstamm konnte ich mir noch nicht aufbauen. Aber das ist nicht weiter schlimm, denn meistens spricht es sich herum, wenn jemand eine so ungewöhnliche Dienstleistung anbietet.

Wenige Minuten später geht vorne die Tür auf. Die genauen Instruktionen hat der Kunde von mir per SMS erhalten, und wie es scheint, befolgt er diese auch, denn als ich fünf Minuten später den Raum betrete, liegt ein dickes braunes Kuvert auf meinem Hocker und er hat hinter dem Sichtschirm Platz genommen.

Bevor ich mich ebenfalls setze, werfe ich einen kurzen Blick in den Umschlag und stelle zufrieden fest, dass sich Geld darin befindet.

Bereits vorab hat er mir mitgeteilt, dass ich bei den Liedern freie Auswahl habe und spielen soll, was mir gefällt. Also spiele ich, was mir gerade in den Sinn kommt, und nehme dabei keine Rücksicht darauf, ob es ruhige Lieder sind oder nicht. Zwischendurch summe ich schmunzelnd mit.

Musik hat schon immer eine eigenartige Wirkung auf mich gehabt – mitreißend und beruhigend, ein Stimmungsaufheller, der seinesgleichen vergeblich sucht. Äußerlich sieht man mir nicht an, was in mir vorgeht. Achtet man jedoch auf die Musik, die mich umgibt, ist das wie ein offenes Buch und ein direkter Blick in meine Seele.

Die halbe Stunde vergeht viel zu schnell, und ich überziehe gnadenlos, aber es scheint meinen Zuhörer nicht zu stören. Als ich die letzten Töne von *Purple Rain* verklingen lasse, fällt es mir schwer, mich von den Tasten loszureißen und zu gehen.

Im Auto zähle ich das Geld aus dem Kuvert nach und stelle erstaunt und etwas geschockt fest, dass es viel zu viel ist. Ich sprinte zurück nach drinnen, aber von meinem Kunden fehlt bereits jede Spur.

War das ein Versehen oder Absicht? Während ich mir den Kopf zerbreche, mache ich mich auf den Weg in meine Wohnung. Selbstverständlich kann ich das Geld gut gebrauchen, aber ich kann mir nicht ausmalen, warum jemand mir einfach gut zweitausend Dollar mehr bezahlen sollte als vereinbart.

Ich platziere den Umschlag in meiner Sockenschublade und fasse ihn die kommenden Tage nicht mehr an. Aber mein Kunde meldet sich nicht mehr, und als ich seine Nummer wähle, sagt mir die blecherne Stimme am anderen Ende der Leitung nur, dass der Teilnehmer gerade nicht erreichbar ist.

4

Die folgenden Tage verbringe ich erstaunlich viel Zeit mit Kelly und irgendwann auch mit anderen Leuten aus ihrem Freundeskreis. Nach einer Woche lädt sie mich bereits dazu ein, mit ihr in ein Tanzstudio zu gehen, in dem sie zweimal die Woche einen Kurs besucht. Das Studio gehört ihrer Freundin Maze, die ihren Lebensunterhalt damit verdient, andere Leute sehr effektiv zum Schwitzen zu bringen und dabei auch noch ordentlich Spaß zu haben.

»Himmel, ist das anstrengend«, sage ich keuchend in Kellys Richtung und stelle glücklicherweise fest, dass sie nicht minder mitgenommen aussieht als ich.

Musik dröhnt aus den Boxen und läutet eine neue Runde ein. Es fühlt sich gut an, wieder die Musik durch meine Glieder fließen zu spüren, mich zu ihr zu wiegen und davontragen zu lassen. Auch wenn es keine klassische Tanzart ist, die uns Maze hier beibringt, sondern eher eine Mischung aus Contemporary, Zumba und Hip-Hop, macht es unheimlich viel Spaß. Ein bisschen schwer fällt es mir allerdings schon zu glauben, dass ich in so kurzer Zeit bereits einige Bekanntschaften geschlossen habe und es sich gut anfühlt, öfter etwas mit ihnen zu unternehmen. Bisher habe ich bei keinem von ihnen das Gefühl gehabt, in Gefahr zu sein. Dieser eine Faktor ist der alles entscheidende; fühle ich mich mit einer Person nicht wohl, verschwindet sie genauso schnell wieder aus meinem Leben, wie sie es betreten hat. Denn ich kann es mir nicht leisten, der falschen Person zu vertrauen.

Verschwitzt und kaputt lasse ich mich auf den Boden sinken und setze durstig die Wasserflasche an die Lippen, um zu trinken, als auch Kelly sich keuchend zu mir gesellt.

»Das ist echt hart. Aber es ist es wert«, sagt sie und wischt mit dem Handrücken über ihre verschwitzte Stirn. Dann blickt sie grinsend an ihrem Körper herab, der ohnehin schon verdammt gut aussieht, aber im verschwitzten Zustand noch etwas mehr Anziehungskraft gewinnt. Etwas unfair fühlt es sich ja schon an, denn im Gegensatz zu ihr sehe ich mit Sicherheit aus wie eine Vogelscheuche.

»Es macht Spaß. Aber sobald es sich wie richtiger Sport anfühlt, bin ich raus.« Ich lache und stehe auf, um die letzte Runde für diesen Abend mitzumachen. Neue Energie fließt durch meinen müden Körper, und ich schließe die Augen und versinke in der Musik.

5

Elijah

Beinahe fühle ich mich wie ein Stalker, während ich vor den Glasfenstern des Tanzstudios stehe und die Frauen darin beobachte. In Wirklichkeit liegt mein Augenmerk zwar nur auf einer Frau, aber das würde ich vehement abstreiten, wenn mich jemand darauf anspräche.

Die Dunkelheit und meine Kleidung tun mir den Gefallen, mich relativ gut zu verstecken, dennoch scheint die Aufmerksamkeit der Frau plötzlich auf mir zu liegen. Ich weiche zurück in den nächsten Hauseingang.

Seit ich sie im Restaurant so schnell vergrault habe, ist sie mir nicht mehr aus dem Kopf gegangen. Nichts hilft mir dabei, sie zu vergessen. Im Gegenteil, ich habe mich sogar gezwungen gesehen, sie irgendwie zu finden. Kelly ist es schließlich gelungen, sie aufzuspüren und mir einen Termin bei ihr zu buchen. Auch wenn ihr nicht bewusst ist, dass ich ihr fast zweitausend Dollar zu viel hinterlassen habe – so fühle ich mich dabei besser.

Licht fällt plötzlich auf den Bordstein und ein kurviger Schatten ist zu erkennen. »Ich weiß, dass Sie hier sind. Ich habe gesehen, wie Sie uns beobachtet haben.« Ihre Stimme ist leise, und dennoch verstehe ich jedes Wort so gut, als würde sie mir direkt ins Ohr flüstern.

Ertappt trete ich aus dem Hauseingang zu ihr auf den Gehweg und zucke mit den Schultern. »Ich bin zufällig vorbeigekommen und habe Sie gesehen. Eigentlich wollte ich mich nur für den Abend im Restaurant entschuldigen. Ich hätte nicht …« Verlegen fahre ich mit meinen Fingern durch meine Haare, plötzlich abgelenkt von ihrem Anblick, während sie von hinten in sanftes Licht getaucht wird. Ihre Haare sind zu einem unordentlichen Knoten gebunden und einzelne Härchen stehen wild in alle Richtungen ab, bewegen sich in der frischen Brise hin und her. Die Wangen leicht gerötet kaut sie auf ihrer Lippe herum und versucht zu entscheiden, wie sie auf mich reagieren soll. Wenn sie wüsste, dass ich mich normalerweise für nichts entschuldige, hätte sie sich jetzt vermutlich nicht so viel Zeit gelassen.

»Ich habe meinen Job deswegen verloren«, platzt es aus ihr heraus. Sie verschränkt die Arme, und ich nehme unbewusst eine ähnliche Haltung ein.

»Das tut mir leid. Möglicherweise kann ich Ihnen einen neuen verschaffen, Sie spielen doch so fabelhaft Klavier.«

Misstrauen hält auf ihren Gesichtszügen Einzug, und ihr Blick huscht immer wieder nach drinnen zu Kelly. Gut, dass sie nicht weiß, wie gut Kelly und ich uns kennen. Andernfalls wäre es mit dem kleinen bisschen Vertrauen, welches sie Kelly entgegenbringt, wohl vorbei. Das kann ich nicht riskieren. Auch wenn diese Situation bereits ein großes Risiko darstellt – für mich, für sie und für Kelly; für meine Arbeit, die es eindeutig nicht vorsieht, dass ich zu viel Kontakt mit Zivilisten habe.

»Darf ich Ihnen eine Frage stellen? Die Sie ehrlich beantworten?«

Dunkle Augen taxieren mich fragend, und ich kann gar nicht anders, als zu nicken. Ich erwarte, dass sie mich jetzt nach meinem Namen fragt, oder ob ich ein Krimineller bin. Ob ich irgendetwas mit dem hiesigen Drogenhandel zu tun habe oder ihr an die Wäsche möchte. Umso unvorbereiteter trifft mich ihre Frage.

»Haben Sie was mit Niko zu tun?«

Ich kann den Ausdruck auf ihrem Gesicht nicht deuten, sie

sehr wohl aber jenen auf meinem. Denn sie nickt und wirkt plötzlich nicht mehr ganz so distanziert, als hätte meine Reaktion ihre Vermutung endgültig bestätigt. Ihre nehme ich zum Anlass, keine Frage diesbezüglich zu stellen, auch wenn es mich brennend interessiert, wer dieser Niko ist und warum sie befürchtet, ich könnte zu ihm gehören.

»Es war übrigens sehr nett, mit Ihnen zu tanzen«, sage ich und wechsele so das Thema. Gleichzeitig hoffe ich, dass sie die Beantwortung der für sie so wichtig scheinenden Frage nicht zum Anlass nimmt, wieder nach drinnen zu verschwinden.

Ein kleines Lächeln stiehlt sich auf ihre Lippen und verlegen fährt sie sich mit der rechten Hand durch die unordentlichen Haare, welche sie noch viel anziehender machen. Noch immer lässt mich die Frage nicht los, wie es dazu kam, dass zwei ihrer Finger steif sind. Aber ich wage nicht, sie damit möglicherweise abermals zu verschrecken.

»Es war eine Abwechslung«, gibt sie zu. Ihr Blick wandert verlegen über die Straße.

»Gehen Sie ein paar Schritte mit mir?«, frage ich hoffnungsvoll und schimpfe mich gleichzeitig töricht.

Zivilisten in meiner Nähe zu haben führt nie zu etwas Gutem. Damit bringe ich sie nur in Gefahr, denn meine zahlreichen Feinde sehen darin eine Achillesferse. Kelly muss unbedingt herausfinden, wo sie wohnt, damit die nächsten Tage jemand auf sie achten kann.

Aufmunternd lächele ich ihr zu, und schließlich nickt sie zögernd. »Aber wirklich nur ein paar … und auch nur, wenn du mir sagst, wie du heißt.«

Jetzt bin ich es, der zögert. Soll ich ihr meinen wahren Namen nennen und damit nicht nur mich, sondern auch sie in Gefahr bringen? Oder nenne ich ihr meinen Decknamen und riskiere damit, dass sie wütend wird, falls sie jemals alles über mich herausfindet?

»Elijah. Elijah Davis.«

Sie nickt knapp und läuft los, setzt voraus, dass ich ihr einfach folge. »Du kennst jemanden, der eine Pianistin sucht?«

»Ja. Mich. Ich besitze einen Nachtclub und beschäftige nur die exklusivsten Musiker und DJs dort.« Innerlich verpasse ich mir selbst eine Ohrfeige, während sie unbeeindruckt weiterläuft, die Arme vor der Brust verschränkt. Wahrlich eine grandiose Idee, sie direkt ins Wespennest zu setzen. Oder ... möglicherweise ist es wirklich eine gute Idee. So kann ich sie wenigstens im Auge behalten und sicherstellen, dass sie nicht ins Visier eines Kleinkriminellen gerät. Und was diesen Niko angeht, reicht mir ihr erleichtertes Gesicht bei meiner indirekten Antwort aus, um ihn nicht leiden zu können, um ihm gegenüber misstrauisch zu sein.

»Ich bin nicht exklusiv. Alles, was ich noch kann, ist, mit acht Fingern darum zu kämpfen, die gleiche Qualität abzuliefern wie jemand, der noch alle Finger hat.«

Es fühlt sich an, als hätte sie mir mit der flachen Hand ins Gesicht geschlagen. Ich suche Worte, finde aber keine.

»Aber danke für das Angebot«, fügt sie hinzu. Mit einem kleinen Lächeln schaut sie zu mir auf.

Mir wird klar, dass ich gerade dabei bin, sie zu verlieren. Was sie sagt klingt nach *War schön mich mit dir zu unterhalten, aber ich muss jetzt wieder verschwinden.* Aus irgendeinem Grund bedrängt mich das Gefühl, dass sie sehr gut darin ist, zu verschwinden.

»Würdest du noch mal mit mir tanzen?« Ich greife nach der einzigen Möglichkeit, sie zu halten. Irgendetwas an den Geheimnissen, die in ihren Augen verborgen liegen, löst die Alarmglocken und den Beschützerinstinkt in mir aus. Etwas, das in den vergangenen Jahren beinahe in Vergessenheit geraten ist, denn in meinem aktuellen Job ist beides fehl am Platz.

Sie sieht mich an, als hätte ich etwas vollkommen Verrücktes und Abwegiges vorgeschlagen. »Ohne Musik?« Amüsiert mustert sie mich, Grübchen bilden sich auf ihren Wangen.

»Warum nicht?«

»Weil es die Musik ist, die das Tanzen zu etwas Besonderem macht.« Jetzt wandert ihr Blick umher und ruht dann auf dem nahegelegenen Parkplatz, der um diese Uhrzeit bereits völlig verlassen ist. Verschmitzt lächelnd zieht sie ihr Smartphone aus der Tasche und läuft dann rückwärts los, sieht mich dabei herausfordernd an. Diesmal bin ich es, der ihr mit misstrauischem Blick folgt.

»Ein Lied du, ein Lied ich«, ruft sie und steht bereits in der Mitte des verlassenen Parkplatzes und tippt auf ihrem Smartphone herum. Ich kann es noch nicht ganz fassen, sie nach ihrem fluchtartigen Abgang vor gut einer Woche überhaupt dazu bewegt zu haben, sich noch mal mit mir zu unterhalten.

Ich gebe ein unzufriedenes Geräusch von mir und nehme ihr das Handy einfach ab. Während ich einen Blick auf ihre Playlist werfe, murmele ich: »Für den Anfang ein Lied meiner Auswahl.« Obwohl ich es bestimmt sage und keinen Widerspruch dulde, scheint sie damit kein Problem zu haben. Möglicherweise gelingt es mir ja, dass sie anschließend noch ein bisschen mehr Zeit mit mir verbringt.

»Deal. Wenn ich dich schon die ganze Zeit über führen muss, dann darfst du dir auch das Lied aussuchen.«

Mal sehen, ob sie mich in Kürze immer noch so unterschätzt oder ob sich ihre Frechheit in Luft auflöst. Ihre Playlist ist nicht schlecht, aber dennoch gibt sie nicht das her, was ich suche. Also tippe ich kurz auf dem Display herum, wähle dann einen Titel aus und stecke ihr Handy in die Hosentasche meiner dunklen Jeans.

Sichtlich überrascht über meine Musikauswahl starrt sie mich an. Bevor sie fliehen kann, greife ich nach ihren Händen und ziehe sie mit einem Ruck an mich. Sie keucht auf, als sich ihr Körper plötzlich eng an meinen presst. Ich kann beinahe jede Einzelheit ihres Körpers spüren. Zunächst schließe ich nur genüsslich die Augen, dann beginne ich, *sie* zu führen und beweise, dass ich durchaus tanzen kann.

Ich erinnere mich an ihre Worte und lasse die Musik die Führung übernehmen, halte aber die ganze Zeit über engen Körperkontakt mit ihr. Eine meiner Hände ruht beinahe keusch auf ihrem unteren Rücken, obwohl das Lied deutlich mehr zugelassen hätte. Als ich die Augen öffne, stelle ich fest, dass sie mich unverhohlen mustert und eine leichte Röte in ihr Gesicht zurückgekehrt ist.

»Eins meiner Lieblingslieder«, murmle ich, als die letzten Takte des Liedes noch zwischen uns schweben.

Noch habe ich sie nicht losgelassen, und sie hat bisher nicht versucht, sich von mir loszureißen. Stattdessen steht sie ganz ruhig da, atmet schnell ein und aus und sieht mich an wie den Heiligen Gral höchstpersönlich. Die Muskeln in meiner Lendengegend ziehen sich schmerzhaft zusammen, dieser Blick und ihr Körper so nah an meinem machen mich fertig.

»Wo hast du das gelernt?«

»Das lernt man nicht«, sage ich tadelnd. Gerade sie müsste das wissen. »Für diverse Bälle musste ich immer wieder einen Tanzkurs besuchen, aber nach dem, was ich da gelernt habe, tanze ich nicht, wie du vielleicht bemerkt hast.«

»Es fühlt sich an, als würdest du die Musik dirigieren, nicht umgekehrt«, sagt sie noch immer erstaunt.

Inzwischen liegen meine Hände auf ihrer Hüfte, und ich ziehe sie sanft, aber bestimmt an mich heran. Vielleicht ist es viel zu früh, vielleicht fange ich mir gleich eine Ohrfeige ein, vielleicht habe ich gleich ein Knie zwischen den Beinen oder sie flüchtet abermals. Ich kann absolut nicht einschätzen, wie sie reagieren wird. Meine Augen halten ihren Blick fest, ich hebe langsam eine Hand und lege sie sanft an ihre Wange. Mit dem Daumen streiche ich sanft über ihre weiche weiße Haut. Gebannt blickt sie mich an und macht noch immer keine Anstalten, davonzulaufen.

»Darf ich?«

Ihr Nicken ist ein Hauch von Nichts, aber genug, dass ich mich hungrig auf ihren Mund stürze und diesen in Besitz nehme. Sofort beginnen meine Hände, ihren Körper zu erkunden, landen schließlich in ihren Haaren und lösen den Zopf, so dass ihr das Haar offen über die Schultern fällt. Leise seufzt sie gegen meine Lippen.

»Elijah …« Mein falscher Name klingt aus ihrem Mund so schön, dass ich sofort meinen Ausweis herausholen und meinen eigentlichen Namen daraus streichen möchte.

Auch wenn es mir verdächtig schwerfällt, mich von ihr zu lösen, trete ich einen Schritt zurück. Der schöne Moment platzt wie eine Seifenblase.

»Das war nett – dass du dich entschuldigt hast … und das Tanzen … der Kuss auch.« Verlegen sieht sie zu Boden. »Aber weder kann ich mich auf jemanden einlassen, den ich kaum kenne, noch ist das eine sonderlich kluge Idee. Das ist ein zu großes Risiko.«

Für mich spricht sie in Rätseln, sie selbst scheint sich der Sache jedoch absolut sicher zu sein. Ehe ich noch darauf reagieren kann, hat sie sich bereits auf dem Absatz herumgedreht und die ersten Schritte zurückgelegt.

Ich halte sie am Arm, gebe ihr das Handy wieder. »Verrate mir wenigstens deinen Namen.«

Kurz blickt sie über die Schulter zurück, dann löst sie ihre Hand sanft aus meinem Griff und geht.

Erstaunt und wie betäubt bleibe ich zurück. Ich stehe da, bis irgendwann Kelly auf mich zukommt, die gerade auf dem Weg zu ihrem Auto zu sein scheint.

»Alles klar bei dir, Großer?« Sie tippt mir gegen die Schläfe, und ich blinzle, bis ich wieder im Hier und Jetzt bin.

»Bestens. Du musst ein Auge auf sie haben, ja? Und am besten du findest heraus, wo sie wohnt. Ich will, dass sie in den nächsten Tagen von irgendjemandem unauffällig beschützt wird. Vermutlich haben mindestens drei meiner Feinde bereits spitzgekriegt, dass ich einer jungen Frau besondere Aufmerksamkeit schenke.«

»Aye, aye, Chef.«

»Glaubst du, du findest heraus, was es mit ihr auf sich hat?«

Kelly zuckt mit den Schultern. »Kann ich mir nicht vorstellen. Sie vertraut mir auch nur so weit, wie mein kleiner Finger reicht.«

Stirnrunzelnd und mit ein Dutzend Fragen im Kopf mache ich mich mit Kelly auf den Weg in den Club.

6

Liv

Ich kann wirklich von Glück sprechen, dass es mit meinem jetzigen Hauptjob ganz gut zu laufen scheint. Vielleicht ist der von mir gewünschte Effekt bereits eingetreten: Es hat sich herumgesprochen, was für eine ungewöhnliche Dienstleistung ich anbiete, und die Leute sind neugierig geworden. Möglicherweise hat Kelly auch nur all ihren Freundinnen davon erzählt, um mich ein bisschen zu unterstützen. Dieser Gedanke gefällt mir aber nur halb so gut wie der erste.

Mit einem Kaffeebecher in der Hand betrete ich die Räumlichkeiten des Musikvereins und suche den kleinen Saal auf, der neben dem Piano auch noch ganz schön viel Gerümpel enthält. Nichtsdestotrotz fühlt er sich längst vertraut an, fast wie ein Stück Zuhause. Eigentlich ist das unmöglich, denn mit der Hälfte meiner Gedanken bin ich längst wieder dabei, eine mögliche Fluchtroute zu finden.

Wie immer gehe ich davon aus, dass mein heutiger Kunde sich an die von mir aufgestellten Regeln hält, die keineswegs eine Option, sondern ein absolutes Muss sind. Doch ich irre mich. Als ich die Tür aufstoße, lehnt dort Elijah am Piano und sieht mir ungeduldig entgegen.

Sofort fliegen vor meinem inneren Auge Bilder vorbei, die ich gerne mit Bleichmittel aus meinem Gedächtnis ätzen würde. Mit viel zu viel Macht schieben sich unser Tanz und der Kuss in den

Vordergrund. Eiskalt läuft es mir den Rücken herab. Ich weiß nicht, was mich geritten hat, warum ich zugelassen habe, dass er mich küsst.

Als ich mich nicht einvernehmlich von Niko getrennt habe, habe ich mir praktisch im gleichen Moment geschworen, die Finger von Männern zu lassen. Nicht noch einmal möchte ich mich in ein jahrelanges Martyrium begeben. Dennoch kann ich nicht leugnen, dass mir der Kuss gefallen hat. Sehr sogar. Zudem scheint Elijah ein gewisses Interesse in mir zu wecken.

Ich schlucke und suche nach meiner Stimme. »Das entspricht nicht den Abmachungen«, stoße ich hervor und bleibe wie angewurzelt stehen.

Er darf gar nicht erst auf die Idee kommen, dass er eine Sonderbehandlung erfährt, nur weil ich ihn kenne. Abwartend stehe ich da, mustere ihn von oben bis unten und muss mir abermals eingestehen, dass er verdammt gut aussieht. Man könnte meinen, dass ein Mann seines Kalibers in einem Strickpulli lächerlich wirken würde, aber nein. Ganz im Gegenteil. Es sieht nach Zuhause aus. Und das ist unverschämt.

Elijah macht nicht im Geringsten Anstalten, sich zu äußern oder sich zu bewegen. Also seufze ich auf, gehe auf ihn zu und stelle meinen Kaffeebecher auf dem Piano ab.

»Du hast mich nach meinem Namen gefragt, obwohl du ihn längst wusstest, oder? Sonst würdest du jetzt nicht hier stehen.«

Es ist nur eine Vermutung, eine schnelle Lösung, die mein Gehirn für sein Auftauchen finden will. Unter meinem richtigen Namen bin ich selbstverständlich nicht gemeldet, kann mich aber auch nicht gänzlich von ihm trennen. Vielleicht hat er meinen Namen ja im Tanzstudio aufgeschnappt?

Ich blicke zu ihm auf und bemerke, dass er leicht schmunzelt, was mich verärgert. Brummend lasse ich mich auf meinen Hocker fallen und verschränke die Arme.

»Ich wollte deinen Namen gerne von dir erfahren. Und hier bin ich nur, weil ich zufällig herausgefunden habe, dass du hier arbeitest.« Es wirkte aufrichtig, wie er die Schultern hob und sie wieder sacken ließ.

Kopfschüttelnd grinse ich. Nur ein kleines bisschen, weil es einfach unglaublich ist, was er da von sich gibt. Es ist doch vollkommen egal, woher er meinen Namen kennt, oder nicht? Dennoch kann ich nicht umhin, ihm den Gefallen zu tun.

»Liv. Mein Name ist Liv. Und ich gehe mal davon aus, dass du heute mein Kunde bist und dich einfach nicht an die Regeln halten wolltest?«

»Ich hab's nicht so mit Regeln, Liv. Liv – ist das eigentlich alles? Ich dachte, das ist eine Abkürzung für irgendetwas.«

»Nur Liv. Meine Oma stammte aus Schweden und ich wurde nach ihr benannt.« Was für eine Ironie des Schicksals. Man gab mir einen Namen, der für das pure Leben stand, aber was ich hier führe, kann man kaum als solches bezeichnen.

Interessiert nickt er, aber ich kann in seinem dunklen Blick erkennen, dass er sich mehr erhofft hat. Mehr als das kann ich allerdings nicht preisgeben, meiner eigenen Sicherheit zuliebe und weil ich ihm ob seines seltsamen Verhaltens keinen Meter weit traue.

Dies bleibt wohl von ihm nicht unbemerkt, schweigt er doch mehr als verlegen vor sich hin und scheint nach den richtigen Worten zu suchen.

Ich beschließe, ihm diese Bürde abzunehmen. »Soll ich nun für dich spielen oder nicht? Ich kann schließlich schlecht Nein sagen.«

Seine angespannten Schultern sinken langsam herab, und automatisch macht sich auch in mir Entspannung breit. Es ist nicht einfach mitanzusehen, wenn jemand so unter Druck steht. Vor allem nicht dann, wenn es wegen einer Kleinigkeit ist.

»Ich bin dir nicht böse, Elijah. Nur vorsichtig, weil es mich an etwas erinnert.« Umgehend beiße ich mir auf die Zunge, ich gebe schon wieder viel zu viel von mir preis. In seiner Gegenwart scheint mir das verdammt leicht zu fallen und entwickelt sich immer mehr zu einem Sicherheitsproblem. Fragend sehe ich ihn an und warte noch immer auf eine Antwort. Hat es ihm die Sprache verschlagen?

Sich räuspernd deutet er auf den freien Platz neben mir. »Darf ich mich zu dir setzen oder bestehst du auf deine Regeln, obwohl du mich kennst? Die letzten beiden Male habe ich mich schließlich daran gehalten …«

Verblüfft sehe ich ihn an. Diesmal bin ich es, die keine Worte findet. Er ist schon zweimal hier gewesen? Ich öffne den Mund und schließe ihn wieder, dann nicke ich perplex.

Atemlos formuliere ich meine nächste Frage. »Was soll ich für dich spielen?«

Behutsam greift er um mich herum und spielt die ersten Töne eines Liedes. Angenehm warme, kribbelnde Schauer laufen über meinen Rücken und ich schließe für einen kurzen Moment die Augen. Es dauert nicht lange, bis ich es erkenne. *Comptine d'un autre été.* Abermals überrascht er mich wie auch schon auf dem Parkplatz. Nicht nur mit seiner Liedauswahl, sondern auch damit, dass er ein bisschen Klavier spielen kann.

Langsam lege ich meine Finger auf die Tasten, dann beginne ich zu spielen. Kurze Zeit lang spielen wir gemeinsam, dann nimmt er die Hände weg und legt sie zunächst noch angespannt und verkrampft auf seine Knie. Mit jedem weiteren Ton, den ich spiele, entspannt er sich weiter.

Als das Lied vorbei ist, wage ich es nicht aufzuhören. Nahtlos spiele ich es noch einmal. Und noch einmal. Und dann noch einmal. Dabei ruht mein Blick nicht auf den Tasten, sondern auf seinem entspannten Gesicht. Ich frage mich, was an diesem Lied so besonders für ihn ist. Irgendeine Verbindung scheint er dazu zu haben, denn wenn ich ihn jetzt ansehe, lässt sich überhaupt kein Vergleich zu den Malen davor ziehen.

Er wirkt entspannt und in sich ruhend, selig und ganz so, als kenne er nur den Zustand des absoluten Friedens. Fasziniert berühren meine Finger die Tasten und ich lasse mich ebenfalls langsam auf die Musik ein, schließe die Augen. Alles, was ich noch fühle, ist die Musik, die sanft durch den Raum schwebt und uns erfüllt, und ihn, der so dicht bei mir sitzt, dass ich seine Wärme spüren kann.

Unwillkürlich zucke ich heftig zusammen, als ich plötzlich seine flache Hand auf meinem Rücken spüre, doch es scheint ihn nicht aufzuschrecken oder er bemerkt es einfach nicht. Erst nachdem ich meinen rasenden Herzschlag beruhigt habe, kann ich mich wieder ganz auf das Spielen konzentrieren.

Ich weiß nicht, wie viel Zeit vergeht, aber irgendwie scheint es überhaupt keine Bedeutung zu haben. Inzwischen spiele ich so lange, dass es sich anfühlt, als hätte ich eine unsichtbare Blase um uns erschaffen, die uns einfach durch die Musik trägt und Sicherheit verheißt. Tausend Fragen rollen wie eine Welle durch meinen Kopf. Tausend Fragen, die ich anscheinend einzig ihm stellen kann, um darauf eine Antwort zu erhalten.

Anstrengung kriecht meine Arme hoch, und ich merke, wie meine Konzentration langsam schwindet. Als ich ihm einen Blick zuwerfe, scheint er noch immer tief versunken zu sein. Beinahe tut es mir leid, jetzt aufhören zu müssen. Langsam gehe ich dazu über, das Lied auslaufen zu lassen, bevor mir die Arme abfallen und ich bald gar nicht mehr spielen kann.

Vollkommen reglos verharrt er, und ich stelle mir die Frage, ob ich ihn gerade kaputt gemacht habe. Auch fünf Minuten später hat er sich noch nicht einmal bewegt. Es ist, als wäre er in dem Lied gefangen und ich traue mich erst gar nicht, ihn anzusprechen.

Schließlich tue ich es doch. »Elijah?«

Er reagiert nicht, und ich hebe eine Hand, lege sie sanft auf seine Schulter. Diesmal zuckt er zusammen und sieht mich gleich darauf geschockt an. Seine Hand ruht noch immer an meinem Rücken, und ich fühle mich langsam unwohl, obwohl es mich brennend interessiert, was es mit seiner Reaktion auf das Lied auf sich hat.

»Entschuldige bitte«, sagt er und steht hastig auf. »Du spielst wirklich gut, Liv. Normalerweise höre ich mir dieses Lied nur auf CD an, da weiß ich immerhin, was ich kriege. Aber du …« Er lächelt mich an, als hätte ich ihm gerade das größte Geschenk auf Erden gemacht.

»Es hat eine Bedeutung für dich, nicht wahr?«

Der Anblick, wie er so vollkommen reglos und genießend neben mir gesessen hat, lässt mich nicht los. Elijah nickt lediglich und ich bezweifle schon, dass er sich dazu überhaupt äußern wird. Doch dann spricht er doch, mit rauer Stimme.

»Mein Kopf ist immer voller Dinge. Manchmal brauche ich nachts drei Stunden, bis ich eingeschlafen bin, weil meine Gedanken auf mich einprasseln. Tagsüber sind sie meistens in ertragbarem Rahmen laut, aber wirklich entspannend ist es nie. Ich habe so viele Dinge versucht, um sie zum Schweigen zu bringen, aber nichts hat geholfen.«

»Nur dieses Lied.«

Er nickt. »Nur dieses Lied. Es tut so gut, ein paar Minuten lang an nichts denken zu müssen.«

Überraschenderweise verstehe ich ihn und das jagt mir Angst ein. »Das klingt, als wären deine Gedanken gerne auch mal deine Feinde.«

»Das ist wahr.« Auf seiner Stirn bildet sich ein Wolkenbruch und ich frage mich, ob das schon zu viel war.

Schnell rede ich weiter, ohne eine Wertung abzugeben. »Meine Gedanken sind wie ein Jahrmarkt. Da ist immer was los. Helle Lichter, viel Musik und Lärm, unmögliche Melodien, zu viel Trubel.« Ich kann nicht anders, als zu Grinsen, und zucke mit den Schultern. »Man lernt damit zu leben. Mit so kleinen Tricks wird es leichter.«

Elijah steht immer noch da und sieht mich an. Verlegen fahre ich mir durch meine Haare, bis er das Thema wechselt. »Hast du Samstagabend schon etwas vor? Ich würde dich zum Dank gerne einladen. Und eigentlich akzeptiere ich auch kein Nein.«

Irre ich mich oder sieht er mich gerade mit einem verdammt frechen Ausdruck in den Augen an? Noch immer hänge ich an meinem Vorsatz und dennoch erscheint es mir richtig, einfach zuzustimmen. Ich versuche, einen Kompromiss zu finden. »Okay. Ein Date. Du musst mir aber versprechen, mich danach in Ruhe zu lassen, Elijah. Für immer.«

Er sieht aus, als ob er einen Rückzieher machen möchte, nur um nicht auf diesen Deal eingehen zu müssen. Dann nickt er aber. »Versprochen. Aber nur um das klarzustellen: Zu einem Date hast du unsere Verabredung gemacht, nicht ich.«

Ich schüttele grinsend den Kopf. Mit diesem Kompromiss kann ich leben. Es ist für alle Beteiligten einfach besser, wenn mir niemand zu nahe kommt. In meinen Fluchtplänen ist nämlich niemals vorgesehen, Freunden Bescheid zu geben, bevor ich verschwinde.

7

Ich werde das Gefühl nicht los, dass ich nicht alleine bin. Selbstverständlich bin ich unter hunderten Menschen nicht alleine, aber irgendetwas sagt mir, dass ich im Fokus eines bestimmten Menschen hier auf dem Platz stehe, und mein Gefühl täuscht mich eigentlich nie. Verstohlen sehe ich mich um und versuche herauszufinden, wer mich beobachtet.

Schnell stellt sich das als unmöglich heraus, denn es halten sich einfach zu viele Menschen in der Einkaufsstraße auf. Automatisch laufe ich auf der linken Seite der Straße weiter und sehr dicht an den Geschäften vorbei. Ich weiß, dass es nicht unmöglich ist, einen Menschen mitten aus einer Menschenmenge zu entführen, deshalb tue ich alles, um wenigstens eine kleine Chance zu haben, Aufmerksamkeit zu erregen, sollte es mich gleich wirklich treffen.

Paranoid huscht mein Blick durch die Menschenmasse, aber jeder scheint mit seinen eigenen Problemen beschäftigt zu sein. Das Gefühl, beobachtet zu werden, werde ich dennoch nicht los. In meinem Kopf rattern bereits wieder die Gedanken herunter und teilen mir wachsam und gleichzeitig ein wenig verängstigt mit, dass ich doch besser in mein Auto steigen und davonbrausen sollte. Nur zur Sicherheit.

»Liv!«, höre ich es irgendwo hinter mir und zucke zusammen, bin schon beinahe dabei, davonzurennen und zwischen den Menschen unterzutauchen, als ich Kellys Stimme höre.

Schon wenige Sekunden später steht sie schwer atmend neben

mir und hat sich untergehakt. Dabei sieht sie noch kurz zur gegenüberliegenden Straßenseite, dann strahlt sie mich an. »Was machst du denn hier? Du hättest anrufen können, dann hätten wir gemeinsam shoppen gehen können.«

Unruhig lasse ich mich von ihr durch die Menge schieben, sie scheint ein Ziel zu haben, welches ich nicht kenne. »Ich war nicht shoppen. Nur kurz einkaufen.« Eigentlich bin ich in einem Geschäft für Abendkleidung gewesen und habe mir dort ein nettes Kleid gegönnt, um nicht ganz so gewöhnlich bei dem Date am Samstag auftauchen zu müssen.

Leider bemerkt auch Kelly die Tüte, die nicht zu einem Lebensmittelladen gehört, und sieht mich neugierig an. »Das sieht aus, als würdest du demnächst ausgehen.« Sie grinst und schleust mich in ein kleines Café.

Wir gehen ganz nach hinten, wo in einer kleinen Nische noch zwei Plätze frei sind. Wir lassen uns nieder und Kelly winkt eine Kellnerin herbei.

»Entschuldige mich kurz, ich muss telefonieren. In der Zeit kannst du ja schon mal bestellen.« Entschuldigend lächelnd steht sie auf und verschwindet in Richtung der Toiletten.

Kaum dass ich unsere Bestellung aufgegeben habe, sitzt Kelly auch schon wieder auf ihrem Platz und mustert mich nach wie vor sehr neugierig. »Alsoooo?«

Ich senke den Blick und schmunzele unwillkürlich. »Ich glaube, ich habe am Samstag so etwas wie ein Date«, erzähle ich, und mein Gegenüber quietscht erfreut auf. Es fühlt sich gut an, jemanden zu haben, der sich wie eine richtige Freundin benimmt. Sich über solche Kleinigkeiten freut, wie es sich gehört. Denn ich erlaube mir das bislang noch nicht.

»Was soll denn das heißen? Entweder es ist eins oder es ist keins.«

Die Bestellung kommt und wir stürzen uns hungrig auf den Kuchen, ehe ich ihr erzähle, was sie hören will. »Ich habe auf etwas ungewöhnlichem Wege jemanden kennengelernt, und wir gehen essen. Sein Name ist Elijah, und ich finde ihn ganz nett. Mehr weiß ich auch noch nicht über ihn.«

Langsam schiebt sich Kelly ein Stück Schokokuchen in den Mund und kaut genüsslich darauf herum. »Du klingst aber nicht sonderlich begeistert.«

»Nur aufgeregt.«

»Aber es ist doch nur ein Date. Und wenn ich dich richtig verstanden habe, seid ihr euch über die Bezeichnung eurer Verabredung noch nicht mal einig.«

Nervös reibe ich mit einer Hand über das Handgelenk meines anderen Arms und starre auf meinen Teller. »Nun ja. Es wäre aber mein erstes Date«, sage ich leise, so dass mich niemand außer ihr hören kann.

Jeder andere würde es peinlich finden, in mir löst dieser Fakt bloß aus, dass mir die Luft wegbleibt und ich plötzlich verschwommene Schleier vor den Augen habe. *»Hör mir gut zu, Prinzessin. Außer mit mir wirst du nie wieder irgendetwas mit einem Mann zu tun haben, verstanden? Miles sind wir ja jetzt endlich los, und ab sofort gibt es nur noch mich in deinem Leben. Das tust du mir zuliebe. Denn du liebst mich, nicht wahr? Und du willst doch, dass ich glücklich bin, oder? Du wirst außer mir niemals wieder irgendwen lieben, selbst wenn ich morgen draufgehen sollte. Eines kann ich dir nämlich versprechen: Ich werde dafür sorgen, dass du gar nicht mehr dazu in der Lage bist.« Seine Stimme ist nur ein tiefes Knurren.*

Zitternd nicke ich, dann zwinge ich ein Lächeln auf meine Lippen. »Ich liebe dich, Niko«, sage ich, was an dieser Stelle von mir erwartet wird, und unterdrücke meinen in mir aufsteigenden, rebellierenden Mageninhalt.

Kellys Hand ruht auf meiner, als ich ihre Stimme und das Geschehen um uns herum wieder mitbekomme. »Alles gut bei dir?«

Ich nicke. »Hab nur kurz Panik bekommen«, weiche ich aus und sehe gleichzeitig, dass sie mir nicht ganz glaubt.

»Dein erstes Date also, hm? Wie wär's, wenn ich dir dabei helfe, das Kleid zu Hause noch mal anzuprobieren und dich schick zu machen? Dann weißt du wenigstens jetzt schon mal, dass du am Samstag nicht schlecht aussehen wirst.«

Sie fragt nicht, warum ich vorher nie Dates hatte oder ob ich denn nie in einer Beziehung war. Obwohl ihr diese Fragen deutlich ins Gesicht geschrieben stehen, sieht sie davon ab, mich auszuquetschen. Vielleicht weiß sie, dass sie damit das zarte Band der Freundschaft, was uns verbindet, restlos zerstören würde. Ihren Vorschlag kann ich ihr allerdings nicht abschlagen.

»Na gut.« Die Ablenkung wird mir sicher guttun und irgendwie ist es mir auch ganz recht, nicht alleine in meine Wohnung zu müssen. Beinahe jeden Tag rechne ich damit, dass mich Niko dort erwartet. Auch wenn eine zweite Person in meiner Nähe ihn von nichts abhalten würde, wiegt mich diese Gewissheit trotzdem wenigstens ein bisschen in Sicherheit.

Schnell esse ich meinen Kuchen auf und genieße das Schweigen zwischen uns. Kelly sieht mich die ganze Zeit über nachdenklich an, was unerträglich für mich ist, weil ich nicht weiß, was sie denkt oder ob sie einfach nur unwillkommenes Mitleid mit mir hat. Sie wirft einen Blick auf ihr Handy, winkt dann die Kellnerin herbei und bezahlt für uns beide. Ich bedanke mich bei ihr, und dann stehen wir auf und verlassen das Café wieder.

Als ich nach draußen trete, kehrt das Gefühl des Beobachtetwerdens nicht zurück, und ich entspanne mich erleichtert. Auch Kelly scheint zufrieden mit der Situation, allerdings wohl eher, weil sie voll und ganz in ihrem Element aufgehen kann, indem sie mich gleich herausputzt und hübsch macht.

Für gewöhnlich lasse ich niemanden in meine Wohnung, aber da ich im letzten Monat sehr viele Ausnahmen gemacht habe, kommt es auf eine mehr oder weniger auch nicht an.

»Wunder dich nicht. Ich stehe nicht auf Schnickschnack und lebe sehr minimalistisch.«

Als ich die Wohnungstür öffne, liegt meine Wohnung dunkel vor mir. Keine Rosen, keine sonstigen Anzeichen von Niko. Erleichtert atme ich aus und betätige den Lichtschalter. Wie gewohnt steht neben der Tür meine große Tasche, und darauf fällt Kellys Blick auch als Erstes.

»Ich mache in letzter Zeit oft Sport«, erkläre ich und winke sie dann durch bis ins Wohnzimmer. Schnell bringe ich meine Einkaufstüten in die Küche und verstaue die Lebensmittel notdürftig, ehe ich zu ihr zurückkehre und die Tasche mit dem Kleid auf meinen Couchtisch werfe.

»Dafür warst du beim Tanzen aber ganz schön außer Puste«, meint sie und wirft mir das Kleid dann zu. »Dann schmeiß dich mal da rein.«

Wenig später trete ich aus meinem Schlafzimmer, diesmal mit Kleid anstatt bequemer Jeans und einem Sweatshirt. Meine roten Haare fallen mir offen über die Schultern, auch eine Seltenheit in letzter Zeit, denn sie haben ungefähr die gleiche Wirkung wie eine riesige Leuchtreklame. Kelly klatscht begeistert in die Hände. »Umwerfend.«

Sie springt auf und zieht das Kleid zurecht. Es ist schwarz und kurz, aber hat noch genug Stoff, dass ich mich wohlfühle und nicht billig aussehe. »Meinst du wirklich?« Ich klinge unsicher, weil ich es bin. Zuerst dachte ich, ich mache das alles nur, weil ich Elijah gefallen möchte. Aber das ist es nicht, ganz im Gegenteil. Es ist mir fast egal, was er denkt. Hier geht es um mich, um mein Selbstwertgefühl.

Zufrieden grinsend nickt Kelly. »Klar. Und mit deinen Haaren probieren wir gleich auch noch ein bisschen was aus, und dann ist es perfekt.«

Ich lasse mich darauf ein, dass sie mich verhätschelt und hübsch macht, auch wenn ich es nicht leiden kann, dass sie mir körperlich so nah kommt. Später am Abend kochen wir gemeinsam. Nachdem sie gegangen ist, falle ich erschöpft ins Bett.

Meine Tage wandeln sich immer mehr in etwas, dass man

getrost Alltag nennen kann. Auch wenn ich es nicht wage zu hoffen, dass dies so bleibt, erlaube ich mir in dieser Nacht es mir auszumalen.

8

Ungefähr acht Mal im Laufe des Samstages möchte ich das Date absagen und immer, wenn ich gerade seine Nummer gewählt habe, überlege ich es mir doch anders. Irgendwann wird es langsam Zeit, dass ich mich fertig mache, und ich ergebe mich dem Zwang, den ich mir selbst aufgebürdet habe.

Mehr als einmal hat er mich in den vergangenen Tagen per SMS nach meinem Wohnort gefragt, aber jedes Mal habe ich seine nett gemeinte Geste abgelehnt. Ich kann es mir nicht leisten, dass noch eine Person weiß, wo ich wohne. Letztendlich habe ich Kelly gebeten, mich zu dem Restaurant zu bringen, bei dem wir uns verabredet haben.

Obwohl ich ihm gegenüber nie erwähnt habe, dass ich exotisches Essen liebe, hat er genau den richtigen Ort ausgewählt. Meine Vorliebe für außergewöhnliches Essen ist ein Überbleibsel aus meiner Zeit im Ausland. Sobald man einmal die exotischen Gewürze auf der Zunge geschmeckt hat, fällt es einfach furchtbar schwer, ihnen wieder abzuschwören. Vor allem hier in den Staaten, wo jedes Essen den gleichen Grundgeschmack zu haben scheint.

Als Kelly mich vor dem Restaurant absetzt, steht Elijah bereits da und wartet auf mich. Seine Augen werden merklich größer, als er mich sieht, und ich verschränke unbewusst die Arme vor meinem Körper. Ich fühle mich bei der eingängigen Beobachtung etwas schutzlos. Er bemerkt mein Unwohlsein schnell und richtet den Blick wieder auf mein Gesicht.

Kelly hat ganze Arbeit geleistet, mir anstatt bequemen Turnschuhen High Heels verpasst und meine erdbeerblonden Haare in eine wilde Mähne verwandelt.

»Du siehst gut aus«, stellt er fest.

Ein ehrliches Kompliment, das gerade noch okay ist. Viel mehr würde ich jetzt nicht vertragen. Lächelnd sehe ich ihn an und bedanke mich. Kelly hat mich im Laufe des Tages ausführlich über Dates aufgeklärt und versucht, mir alles Wichtige beizubringen. Dennoch fühle ich mich verloren und weiß nicht so recht, wie ich mich verhalten soll, ganz abgesehen davon, dass ich es überhaupt nicht gewohnt bin, dass jemand so nett und zuvorkommend mit mir umgeht, ohne einen Hintergedanken dabei zu haben oder mir im nächsten Moment brutal weh zu tun.

Er lässt mir den Vortritt und nervös betrete ich das kleine, schick eingerichtete Restaurant. Mit dem Kopf stoße ich beinahe gegen einen der abertausenden Lampions, die von der Decke baumeln. Elijah muss sich sogar ducken, um nirgends anzustoßen, was mich aufgrund des seltsamen Anblicks zum Lachen bringt.

»Hätte ich das vorher gewusst …«, murmelt er belustigt und führt mich zu einem freien Tisch, weit weg von irgendwelchen Fenstern, was mir ganz recht ist. Ich lasse mich nieder und lege die Hände auf den Tisch. Als ich feststelle, dass ich Elijahs Kleidungswahl noch gar keine Aufmerksamkeit geschenkt habe, scanne ich ihn mit meinem Blick.

Natürlich sieht er auch in einem Anzug fabelhaft aus. Das Jackett muss er wohl zu Hause gelassen haben, denn er krempelt sich gerade die Ärmel seines Hemdes hoch und stellt somit seine muskulösen, sonnengebräunten Arme zur Schau. Irgendwie fühlt es sich falsch an, ihm jetzt ebenfalls ein Kompliment zu machen.

Ich kaue unentschlossen auf meiner Lippe herum. »Elijah?«

Neugierig blickt er auf und hält in seiner Bewegung inne. Sein

Blick trifft mich unvorbereitet, mein Hals fühlt sich plötzlich ganz trocken an und mein Gesicht kribbelt.

»Ich bin froh, ja gesagt zu haben.«

In klassischen Komplimenten bin ich noch nie gut gewesen und außerdem habe ich es ohnehin immer schöner gefunden, Menschen nicht für das Offensichtliche ein Kompliment zu machen. Freude schleicht sich auf sein Gesicht und auch wenn er offenbar versucht, das zu verbergen, bleibt davon zumindest etwas in seinen Augen zurück.

»Und ich bin es gar nicht mehr gewohnt, irgendwelche Verabredungen wahrzunehmen, die nicht geschäftlich sind.«

Unwillkürlich muss ich an seinen Geschäftspartner denken, den er praktisch dazu genötigt hat, Klavier zu spielen. »Das kürzlich war wohl auch ein Geschäftsessen?«, frage ich neugierig, und er nickt.

»Der Chef eines Plattenlabels. Eine seiner Sängerinnen ist unheimlich talentiert, und ich würde ihr gerne vermehrt Auftritte in meinem Club ermöglichen.«

»Auf mich hat er einen ziemlich nervösen Eindruck gemacht.«

»Das lag wohl an den eher schwierigen Verhandlungen. Für Geschäftsleute ist das nicht untypisch.«

»Wie heißt dein Club eigentlich? Vielleicht komme ich mit einer Freundin mal vorbei.« Auch wenn mir eigentlich so gut wie nie danach ist, feiern zu gehen, will ich unbedingt wissen, was das für ein Club ist.

Bei seiner Antwort schmunzelt er belustigt. »Loki.«

»Ernsthaft? Wie der nordische Gott?«

»Genau wie der. Erzählst du mir, was du sonst beruflich so machst?«

»Da gibt es nicht viel zu erzählen. Wenn ich Geld verdiene, dann mit dem Klavierspielen.« Ich muss ihm ja nicht erzählen, dass das noch keine zwei Jahre so ist und dass ich nie einen richtigen Beruf gelernt habe.

Die Kellnerin kommt an unseren Tisch und nimmt die Bestellung auf.

»Ich hoffe, du denkst nicht, dass ich dir nur an die Wäsche will. Nachdem du gesagt hast, dass es ein zu großes Risiko ist, hatte ich den Eindruck, dass du genau das denkst. Aber dieser Kuss … ich glaube, wir haben uns beide einfach in dem Moment dazu hinreißen lassen.« Er scheint sich damit etwas von der Seele geredet zu haben, denn die Anspannung weicht von seinem Körper.

Dann fährt er fort und zwinkert mir grinsend zu. »Allerdings kann ich nicht garantieren, dass das heute Abend nicht noch einmal passiert … falls du wirklich durchziehen möchtest, dass wir uns nach heute Abend nicht mehr sehen.«

Ich bin mir nicht sicher, ob er nur harmlos mit mir flirtet oder, mich um den Finger zu wickeln versucht. Dennoch lache ich kopfschüttelnd auf. »Keine Sorge, das habe ich bestimmt nicht gedacht. Ich meinte mit dem Risiko etwas ganz anderes.« Ich nippe an meinem Weinglas und beobachte ihn genau. Er macht einen erleichterten Eindruck.

»Verrätst du mir, was du gemeint hast?«

Gequält verziehe ich das Gesicht und stoße einen Seufzer aus. Der Zauber des Abends hat plötzlich einen Riss bekommen. »Das kann ich nicht, Elijah. Wirklich nicht.«

Eine steile Falte bildet sich auf seiner Stirn, und er wirkt, als wäre er hin- und hergerissen zwischen der Entscheidung, weiter nachzubohren oder es einfach auf sich beruhen zu lassen.

»Darf ich dir einen Vorschlag machen?«

Zögerlich nicke ich.

»Ich verrate dir ein Geheimnis und du mir eines. Wenn es zu persönlich ist, müssen wir die Frage des anderen nicht beantworten. Und man darf keine weiteren Fragen zu einer Antwort stellen.«

Mit diesem Vorschlag bereitet er mir keine Freude, weil er bei mir zu viele Ansatzpunkte und ich bei ihm zu wenige habe.

Außerdem habe ich dabei weitaus mehr zu verlieren als er. »Na schön«, sage ich trotzdem.

Wir warten, bis die Kellnerin unser Essen gebracht hat.

»Ich bin dafür, dass ich die erste Frage stellen darf, weil ich dir schon von dem Lied und der Bedeutung erzählt habe«, sagt er.

Ich gebe mich geschlagen und bedeute ihm mit einer Handbewegung, dass er sich keinen Zwang antun soll. Währenddessen schiebe ich mir eine Gabel meines indischen Essens in den Mund.

»Die Narbe an deinem Oberarm. Woher stammt die?«

Vielleicht glaubt er, dass er damit bei einer unverfänglichen Sache beginnt. Doch dann liegt er falsch, weil es zwangsläufig in eine Richtung führt, in die ich mit ihm nicht gehen möchte. »Oberarmbruch. Hässliche Angelegenheit«, antworte ich knapp.

Er kauft mir die Antwort nicht ganz ab, trotzdem sagt er nichts dazu.

»Wenn du eine Sache in deinem Leben ändern könntest, welche wäre das?« Da praktisch alles an ihm ein Geheimnis für mich ist, kann ich ihm auch jede Frage stellen, die mir so in den Sinn kommt.

Einen Moment lang überlegt er, aber er ist sich bei seiner Antwort dennoch sehr sicher. »Ich denke, ich hätte den Club niemals übernommen.«

Weitere Fragen dazu sind laut seinen Regeln nicht gestattet, also belasse ich es dabei.

»Was ist das Risiko, wenn wir uns weiterhin sehen würden? Nur das Was. Nicht den Grund dafür.« Aufmerksam mustert er mich, und ich balle die Hand unter seinem Blick zu einer Faust, so dass meine Knöchel weiß hervortreten.

Natürlich merke ich, dass er mich mit diesem Spiel in eine ganz bestimmte Richtung treiben will, und ich kann ihm das nicht einmal verübeln. Allerdings kann ich ihm auch nicht erlauben, so tief in mein Leben vorzudringen. »Ich würde dich damit nur in Gefahr bringen.«

Seine Antwort darauf ist simpel und er hält, was er versprochen hat. »Ich kann ganz gut auf mich aufpassen, Liv.«

Ich äußere mich nicht dazu, sondern esse weiter. Fühle mich immer noch unangenehm in eine Ecke getrieben und ausgefragt. »Weißt du noch mehr Dinge über mich? So wie mit meinem Namen?«

»Nein. Das war alles. Aber ich wüsste gerne mehr über dich. Du machst es mir nur verdammt schwer. Ich könnte dir eintausend Fragen stellen und du würdest mir auf jede eine ausweichende Antwort geben, die garantiert nicht der ganzen Wahrheit entspricht. Woher ich das weiß? Der Ausdruck in deinen Augen sagt mir, dass da eine ganze unerzählte Geschichte in dir steckt, die dir entweder eine scheiß Angst bereitet oder dir verdammt weh tut. Vielleicht beides.« Er hält kurz inne.

Ich ziehe panisch die Luft in meine Lungen und distanziere mich innerlich bereits. Er gibt zu viel Wahrheit von sich, bohrt zu tief, stellt die viel zu richtigen Fragen, fordert mich heraus und lässt mich nicht los, ehe ich ihm nicht die Seite von mir zeige, die er zu sehen hofft. Zumindest fühlt es sich so an und es ist schrecklich zu wissen, dass ich bei jedem anderen einfach das Weite gesucht hätte und es bei ihm nicht einmal schaffe, Nein zu sagen. Was macht dieser Mann mit mir?

»Wer ist Niko?«

Die Frage trifft mich wie ein Schlag und ich springe halb auf, doch er greift nach meinen Händen und signalisiert mir mit seinem Blick, dass alles okay ist. Dass ich keine Angst haben muss und er nach wie vor nichts mit ihm zu schaffen hat. Langsam sinke ich wieder auf meinen Stuhl.

»Mein Exfreund und der Grund dafür.« Ich senke den Blick, habe ihm eine Antwort auf seine indirekte Frage von vorhin gegeben. Es fühlt sich an, als wäre ich mitten in ein Kreuzverhör geraten. Sie kriecht durch meine Adern, die Angst. Wieder fühle ich mich beobachtet, glaube, dass gleich etwas Schlimmes passieren wird. Vielleicht ist es auch nur Elijahs Blick, der auf mir ruht. Ich weiß es nicht, denn in mir herrscht Chaos. Aufgewühlt trommele ich mit den Fingern auf den Tisch und meide seinen Blick, versuche, äußerlich die Ruhe zu wahren, die innerlich schon längst verloren ist.

Abrupt steht er auf und streckt mir eine Hand hin. »Lass uns gehen, ja?«

Ich nehme sie und lasse mich von ihm nach draußen führen, nachdem er bezahlt hat. Alles an mir fühlt sich wund an und ich bin mir nicht sicher, ob er mir mit seinen Fragen weh getan hat, oder ob es einfach nur eine Reaktion darauf ist, dass jemand diese Fragen überhaupt stellt.

Draußen auf dem Gehweg hält er inne und dreht sich zu mir um, lässt meine Hand los und nimmt mein Gesicht in beide Hände, zwingt mich sanft dazu, ihm in die Augen zu sehen. »Ich würde so gerne verstehen, Liv. Aber ich merke, dass es ein Tabuthema für dich ist und das respektiere ich. Es tut mir leid. Ich werde nur noch danach fragen, wenn du das möchtest.«

Seine Worte treffen mitten in mein Herz, obwohl sie so simpel sind. Tränen füllen meine Augen und laufen über meine Wangen, aber seine Daumen sind da, um jede einzelne davon aufzufangen. Ich schluchze auf und fröstele plötzlich, obwohl es eine angenehm warme Nacht ist.

Er versteht den Grund dafür nicht, aber er fragt auch nicht nach. Stattdessen ist er einfach nur da und nimmt mich schließlich sogar in seine Arme, so dass ich völlig in ihm versinke, mich geborgen und sicher fühle und schließlich sogar darüber lachen muss, als er sich scherzhaft darüber beschwert, dass sich sein Hemd plötzlich so nass anfühlt.

»Darf ich dich nach Hause bringen?«

Ich nicke, diesmal ohne zu zögern. Obwohl ich es nicht zugeben möchte, ist mir längst bewusst, dass ich den Kontakt zu ihm nicht einfach abbrechen werde. Nicht, nachdem ich angefangen habe, ihm zu vertrauen; ihn zu mögen, etwas in ihm zu sehen, dass ich bisher in keinem Mann gesehen habe.

Ohne Umschweife bringt er mich zu seinem Auto, das für einen Clubbesitzer recht bescheiden aussieht. Generell habe ich bisher nicht den Eindruck gewonnen, dass er sich aus seinem Status viel macht. Ich bezweifelte nicht, dass er viel Geld besitzt. Wenn man einen Club hat und ständig mit Geschäftsleuten unterwegs ist, sieht das doch nach einem ziemlich sicheren Anzeichen dafür aus. Ohne weiter darüber nachzudenken schlussfolgere ich daraus, dass er eine äußerst gute Erziehung genossen hat.

»Geht der Abend denn damit zu Ende?«, fragt er vorsichtig, als wir bereits fünf Minuten unterwegs sind und ich noch immer schweigend aus dem Fenster starre.

»Wenn du mir wirklich nicht mehr solche Fragen stellst, darfst du mir gerne noch etwas Gesellschaft leisten.«

9

Ich fühle mich unwohl dabei, Elijah dabei zuzusehen, wie er meine spärlich eingerichtete Wohnung eingehend mustert, prüfend von Zimmer zu Zimmer schreitet und sich schließlich neben mir auf der Couch niederlässt. Sofort ist mir klar, dass er zwar vor einem riesig großen Puzzle steht, dessen ganzes Ausmaß er bisher nicht erfasst hat, dass er aber in rasantem Tempo die einzelnen Teile zusammensetzt.

Seufzend ziehe ich die Füße an meinen Körper, schweige und warte darauf, dass er wieder mit den lästigen Fragen anfängt. Aber sie bleiben aus.

»Ich habe ja wirklich einiges erwartet, aber … wieso hat eine Pianistin nicht mal ein Klavier in ihrer Wohnung?«

Eine einfache Frage mit einer eigentlich ebenso leichten Antwort: weil besagte Pianistin kein Geld und außerdem auch nicht ausreichend Platz hat und es nicht auf der Flucht mitnehmen kann.

Aber das kann ich ihm nicht sagen, denn sobald ich das irgendwem erzähle, taucht dieser mitleidige Blick auf, und das kann ich nicht leiden.

»Ich wohne noch keinen Monat hier. Gib mir etwas Zeit.«

Wenn es schlecht läuft, bleibt mir hier nicht mal mehr viel Zeit. Es wird schwerer, Niko und seine nächsten Schritte einzuschätzen. Etwas, was er sich inzwischen von mir abgeschaut hat, nachdem ich ihn bei so vielen verschiedenen Gelegenheiten abgehängt und ausgetrickst habe.

Neugierde huscht über Elijahs Gesicht. »Wo hast du vorher gewohnt?«

Ich merke, wie ich bei dieser Frage aufblühe. Obwohl es keine leichten zwei Jahre gewesen sind, habe ich so viel von der Welt gesehen, dass es das fast wettmacht. »Frankreich, Schottland, Vietnam, Alaska, Südafrika, Neuseeland, Hawaii, Bali, auf den Fidschis, in Deutschland und im Norden Finnlands.«

Zwar wirkt es fast, als habe diese Liste kein Ende – und es ist sehr wahrscheinlich, dass sie niemals enden wird – aber für jetzt ist das alles, was ich aufzählen kann. »Ich spreche sechs Sprachen und bin dabei, eine siebte zu lernen und mir eine achte auszusuchen.«

Die Falte zwischen seinen Augen ist in den letzten Minuten immer steiler geworden. »Ich gehe mal davon aus, dass es keine zulässige Frage ist, warum du in so vielen Ländern gelebt hast?«

Traurig lächelnd schüttele ich den Kopf. Damit liegt er absolut richtig. Dennoch ertappe ich mich wenig später dabei, wie ich es ihm erkläre. »Sagen wir mal so … Ich habe sehr lange ein sehr monotones Leben geführt und kann mittlerweile gar nicht mehr ohne diese vielen Veränderungen. Ich liebe fremde Kulturen und andere Länder, zu sehen wie die Menschen dort sind und was anders ist.«

An vielen dieser Orte hätte ich gerne auch dauerhaft gelebt, aber das kann ich ihm nicht erzählen, denn sonst tauchen wieder Folgefragen auf, die ich noch nicht bereit bin zu beantworten.

»Ein Teil meiner Familie hat Wurzeln in einem wärmeren Land, aber trotzdem bin ich in meinem ganzen Leben nie aus den Staaten herausgekommen. Und ich spreche unglücklicherweise auch nur zwei Sprachen«, antwortet Elijah. Er grinst. »Sieht aus, als hätte ich es mit einer vielgereisten Frau zu tun.«

Ich spüre, wie meine Wangen zu glühen beginnen. Ich schüttele den Kopf. Ich habe aus meiner Situation einfach nur das Beste gemacht. Und das hat mir bisher auch nur bedingt ein besseres Leben beschert.

»Du solltest dir mehr Zeit für Reisen nehmen«, stelle ich fest und stehe auf, gehe zum Fenster und sehe nach draußen in die von Stadtlichtern erleuchtete Nacht. Noch bin ich mir nicht sicher, was ich von diesem Date halten soll. Bislang ist es weder sonderlich gut noch furchtbar schlecht, aber ganz so typisch eben auch nicht.

Zutiefst erschrocken stoße ich einen spitzen Schrei aus, als sich warme Hände auf meine Schultern legen und sanft meine verspannten Muskeln massieren. Mein Herzschlag galoppiert davon, und mein ganzer Körper verkrampft. Vor meinen Augen wird plötzlich alles schwarz und ich wimmere, ehe Elijahs Stimme zu mir hindurchdringt. Er hat mich zu sich umgedreht und mein Gesicht mit beiden Händen umfasst, sieht mir tief und eindringlich in die Augen, um meine Aufmerksamkeit zu gewinnen.

»Liv? Liv! Hey.«

Er sieht mich entschuldigend und gleichzeitig auch ein bisschen verletzt an. »Hey. Ich wollte dich nicht erschrecken. Liv? Es tut mir leid. Ich bin's nur, Elijah. Nichts passiert. Alles ist gut.«

Ich nicke benommen, wiederhole, was er als letztes gesagt hat. Seine Hände wandern von meinem Gesicht zu meinem Hals und dann zu meinen Schultern, um mich dort wieder zu massieren, diesmal ohne mich dabei zu erschrecken. Ich lasse meinen Kopf nach vorne gegen seine Brust sinken, mein Herz trommelt noch immer heftig gegen meinen Brustkorb, der gerade zerspringen will, damit mein Herz endlich den Platz hat, den es zum Schlagen so dringend benötigt.

Ich atme tief durch, ein und aus. Immer wieder. Währenddessen entspannen Elijahs Berührungen meine harten Muskeln, und ich dränge nicht nur die Tränen, sondern auch die Erinnerungen zurück.

Dieser Mann muss mich für komplett irre und kaputt halten, etwas anderes kann ich mir nicht vorstellen. Ich will mich entschuldigen, ihm sagen, dass ich dafür nichts kann. Dass nichts davon seine Schuld ist und ich ihm gerne mehr von mir zeigen würde, wäre nicht alles davon so kaputt und zerstört. Vermutlich verraten ihm meine Reaktionen bereits mehr über mich, als mir recht ist.

Einige Minuten erlaube ich es mir noch, reglos an ihm zu lehnen und mich ganz auf seine Nähe einzulassen. Dann sehe ich ihn wieder an, unsicher.

»Ich bin immer noch hier, oder nicht? Egal, was der Grund dafür ist, ich muss ihn jetzt nicht wissen. Ich will nur, dass du dich sicher fühlst. Und wenn du möchtest, dass ich jetzt gehe …«

Ich unterbreche ihn, indem ich das tue, was momentan am einfachsten auf der Welt ist. Ich stelle mich auf meine Zehenspitzen und lehne mich mit einem kleinen Lächeln zu ihm hinüber, bis sich unsere Lippen berühren. Für ein paar Minuten will ich einfach nur vergessen, und das gelingt mir, als er den Kuss erwidert, mich fest an sich zieht und mich mit meiner Zunge in seinen Mund einlässt. Diesmal tanzen unsere Zungen miteinander, nicht unsere Körper, und dennoch wandern seine Hände über meinen Körper, zeichnen ungenaue Linien, berühren mich nicht nur äußerlich. Ich fühle mich sicher, jetzt in diesem Moment. So sicher, wie ich mich in meiner eigenen Wohnung noch nie gefühlt habe und in mir steigt das Bedürfnis auf, ihn heute nicht mehr gehen zu lassen, weil mit ihm auch die Sicherheit verschwinden würde.

»Kannst du die Nacht über bleiben? Damit ich nicht alleine bin?«, frage ich leise, nachdem ich mich von ihm gelöst habe und erwarte bereits, dass er Nein sagt.

Doch er nickt einfach nur. »Wenn du dich dadurch sicher fühlst, ja.«

Vielleicht kann er Gedanken lesen. Aber da das sehr unwahrscheinlich ist, sage ich trotzdem etwas. »Ich habe einfach nicht erwartet, dass du hinter mir stehst und mich anfasst, und du hast dich so furchtbar leise bewegt, dass ich dich nicht gehört habe … das hat einfach zu einer Kurzschlussreaktion geführt.« Außerdem bin ich paranoid und erwarte Niko hinter jeder Straßenecke und sogar in meiner eigenen Wohnung. Was er mir angetan hat, sitzt so tief, dass es mich nach zwei Jahren noch immer begleitet und irgendwie bezweifle ich, dass ich seine Brandmarkung jemals loswerde. Ich fühle mich gerade so sicher wie schon sehr, sehr lange nicht mehr.« Mindestens ein Jahrzehnt ist es her. Aber das spreche ich nicht aus. Ich will sein Verständnis nicht ausreizen und muss ihm dennoch sagen, was er gerade mit mir macht.

»Dann bleibe ich hier und schlafe auf der Couch.«

Verblüfft sehe ich ihn an, weil er es nicht ausnutzen möchte, dass ich so verletzlich bin. »Danke«, hauche ich und küsse ihn abermals.

Mitten in der Nacht werde ich wach, denn ich bemerke selbst im Schlaf, wenn etwas nicht stimmt. Und gerade ist etwas verdammt verkehrt, ich kann es nur nicht ganz zuordnen. Blinzelnd öffne ich die Augen und erkenne einige Sekunden lang nichts bis auf absolute Schwärze. Dann gewöhne ich mich langsam an das blasse Straßenlicht von draußen und höre fast zeitgleich, wie jemand durch meine Wohnung schleicht.

»Elijah?«, wispere ich und überlege, ob ich nicht besser das Küchenmesser unter meiner Matratze hervorziehen und es demjenigen in den Brustkorb rammen soll, der mir gerade so Angst macht.

Schließlich fasse ich tatsächlich mit meiner Hand unter die Matratze und taste umher, bis ich gegen den Griff des Messers stoße. Es ist fast so lang wie mein Unterarm und verdammt scharf. Bestimmt lassen sich damit mühelos Muskeln, Sehnen, Fleisch und Knochen durchtrennen. Irgendwie muss ich mich ja verteidigen können, wenn es darauf ankommt. Längst bin ich aus dem Bett geschlüpft, bereite mich gedanklich auf alle Möglichkeiten vor.

Abermals flüstere ich in die Dunkelheit hinein. »Elijah?«

Vor mir blitzt ein Handylicht auf und ich stolpere einige Meter zurück, bis ich gegen die Wand stoße. Ich keuche geräuschvoll, bis ich das verschlafene Gesicht von Elijah erkenne, der selbst jetzt verboten gut aussieht. Bis auf seine Boxershorts hat er sich seiner kompletten Kleidung entledigt. Das Handylicht beleuchtet seine nackte, durchtrainierte Brust.

Geschockt sieht er erst mich, dann das Messer in meiner Hand an, welches ich schützend vor meinen Körper halte. »Ich bin's doch nur, Liv.« Er hebt beschwichtigend die Hände.

Ich lasse das Messer sinken, so dass er sich endlich traut, auf mich zuzukommen. Sanft löst er meine Finger von der gefährlichen Waffe und legt sie auf den Nachttisch.

Fragend blickt er auf mich herunter. »Woher hast du das? Ich hoffe ja nicht, dass du gerade versuchen wolltest, mich umzubringen …« Ein schiefes Grinsen huscht über seine Lippen und signalisiert mir, dass er es nicht ernst meint.

»Es liegt immer unter meiner Matratze. Ich bin wegen irgendetwas wach geworden, da waren Geräusche, so als würde jemand durch meine Wohnung schleichen, und ich wollte mich nur schützen.« Verlegen starre ich den Boden an und auch ein kleines bisschen seine unverschämt sexy sitzenden Boxershorts, ehe er mich wieder aus meinen Gedanken reißt.

»Dann brauche ich die Frage zum Warum ja gar nicht mehr stellen. Zum Schutz. Du weißt, dass die Kriminalitätsrate hier verschwindend gering und es sehr unwahrscheinlich ist, dass hier jemand einbricht? Außerdem bin ich doch heute genau deswegen da. Um dafür zu sorgen, dass du dich sicher fühlst.«

Dazu fallen mir gleich mehrere Dinge ein. Zum einen kennt er Niko nicht, dem alle Kriminalitätsraten des Landes einfach am Arsch vorbei gehen und der tut und lässt, was ihm gefällt. Menschen behandelt wie es ihm beliebt und es vermutlich sogar irgendwie bewerkstelligen würde, aus dem Knast wieder freizukommen.

Ich habe Angst vor ihm und dass er plötzlich hier auftaucht, aber das kann ich Elijah nicht sagen. Auch nicht, dass es meine

Sicherheit vermutlich nicht erhöht, wenn er in meiner Wohnung ist. Das hat Niko noch nie von irgendetwas zurückgehalten. Ich seufze laut auf und wünschte, es wäre so einfach. Leider ist das nicht der Fall, und ich kann mich nicht überwinden, einem anderen Menschen Einblick in meine Vergangenheit zu gewähren. Nicht jetzt, nicht hier.

»Du bist aber nicht immer da, Elijah«, sage ich müde, ohne weiter nachzudenken. Außerdem ist er hier genauso in Gefahr wie ich und ich möchte ihn in die ganze Sache wirklich nicht hineinziehen. Wenn ein männlicher bester Freund zu ungeahnten Gewaltausbrüchen führen kann, wie sieht es dann erst mit einem gutaussehenden Clubbesitzer aus, der mich geküsst hat und dem es erstaunlich leichtfällt, meine seelischen Mauern abzutragen?

Wie bei einer Zwiebel nimmt er vorsichtig Schale für Schale ab, nur um an die darunterliegenden Schichten zu gelangen, die er dann ebenfalls abträgt, unter viel Mühe zwar, aber er schafft es, nur um dann zum Kern zu gelangen, der giftig und zu nichts zu gebrauchen ist.

Er schnaubt und umfasst meine Handgelenke, kommt noch ein Stückchen näher. Plötzlich kann ich die Wärme fühlen, die von ihm ausgeht, und den seidenen Stoff seiner Boxershorts an meinem Bauch. Mir wird ganz anders, aber auf gute Art und Weise. Heiß und kalt läuft es mir über den Rücken.

»Weißt du was? Du bist verdammt stur. Und wenn du auf diese Weise spielen möchtest, bin ich gerne bereit, mitzuspielen. Du sagst, ich bin nicht immer da? Wenn es dir besser damit geht, bin ich so oft es geht hier. Nachts. Tagsüber. Wann du willst. Mir scheißegal. Solange du nur nicht verängstigt mit einem Schlachtmesser auf deinem Bett sitzt und darauf wartest, dass weiß Gott was passiert.« Sein heißer Atem trifft auf mein Gesicht, er hat sich in Rage geredet. »Aber dann muss dir auch klar sein, dass ich nicht aufhören werde zu versuchen, dich zu verstehen. Ich werde diese feinsäuberlich aufgebauten Mauern einreißen, egal wie blutig ich mir die Hände dabei mache. Und ich werde da sein, wenn sie endlich zusammenfallen und dich aus den Trümmern bergen, um dir zu zeigen, wie es außerhalb sein kann.«

Mit großen Augen sehe ich Elijah an und schlucke hart. Er tut es schon wieder. Wie gestern Abend im Restaurant. Es ist eine Androhung, ein Angebot, eine Auswahlmöglichkeit. Ich ahne: Wenn ich ihn jetzt davon schicke, sehe ich ihn nie wieder. Die momentane Sicherheit dafür eintauschen, nichts preisgeben zu müssen? Innerlich schwanke ich und kämpfe auch schon wieder mit den Tränen. Es gibt hier nur eine Frage zu beantworten, und dennoch bin ich mir der Antwort nicht sicher, entscheidet sie doch über so vieles und gleichzeitig vielleicht über nichts. Wäre es denn nicht ohnehin einfacher, weiterhin so zu leben und mich Elijah nicht auszusetzen, der mich so hart herausfordert, dass es schmerzt und Wunden aufreißt, die noch gar nicht richtig verheilt sind?

»Was ist, Liv? Hast du Angst? Vor mir und dem, was passieren könnte? Mit dir, mit deinem Leben, mit uns?«

»Nein«, stottere ich leise.

»Na also. Dann haben wir doch hier die Antwort.«

Ich nicke. Und begreife, dass ich mich nur schützen will, lieber den bequemen Weg nehme, als mich zu quälen. Aber jetzt gibt es kein Zurück mehr und noch bin ich mir nicht sicher, ob ich mir damit wirklich einen Gefallen tue. Irgendwie bin ich mir nämlich ziemlich sicher, dass er nicht vorhat, vorsichtig vorzugehen. Doch das kann ich auch in den kommenden Tagen noch herausfinden, jetzt will ich dringend zurück ins Bett.

»Ich bringe das weg«, meint Elijah und schnappt sich das Messer, ehe ich mich ihm in den Weg stellen kann.

Hilflos sehe ich meiner einzigen Verteidigung nach und beschließe dann, mich wieder ins Bett zu legen.

Als ich bemerke, dass Elijah wieder in Richtung Couch geht, setze ich mich auf. »Wenn du willst, kannst du auch hier schlafen …«

10

Elijah

»Am Anfang dachte ich noch, es wären Leute, die hinter mir her sind. Aber im Gegenteil, die haben es alle auf Liv abgesehen. Das eine Mal in der Fußgängerzone war dieser eine Kerl kurz davor, sie zu kriegen. Gut, dass du die ganze Zeit über ein Auge auf sie hattest und eingreifen konntest. Und gestern Nacht – ich schwöre dir, Kelly, wäre ich nicht da gewesen oder wach geworden, wäre jemand in ihre Wohnung eingebrochen.« Ich lehne mich gegen das Geländer der balkonartigen Empore, von der aus man den ganzen Club im Blick hat. Um diese Uhrzeit ist er leergefegt, höchstens die Putzkolonne ist noch unterwegs.

Kelly tigert im Gegensatz zu mir unruhig umher. »Was wollen die von ihr?«

»Ich habe keine Ahnung. Ihr polizeiliches Führungszeugnis ist vollkommen in Ordnung, und auch sonst war sie nie auffällig. Ein bisschen zu oft im Krankenhaus vielleicht für meinen Geschmack, aber ansonsten …«

Sobald uns klargeworden ist, dass mit Liv etwas nicht ganz stimmt, habe ich meinen Arbeitgeber um einen Gefallen gebeten. Der schuldet mir ohnehin einiges, denn dafür, dass ich die Drecksarbeit für den Staat erledige, kann ich gar nicht genug bezahlt werden.

»Sie vertraut niemandem. Sie will nicht über ihre Vergangenheit sprechen, macht ständig rätselhafte Andeutungen, und sie ist verdammt schreckhaft. Vor irgendetwas hat sie gewaltig Angst. Oder jemandem.« Ich schnaube verächtlich. »Und sie glaubt, sie bringt mich in Gefahr, wenn ich Zeit mit ihr verbringe.«

Es gelingt mir einfach nicht, mir einen Reim auf ihre mysteriösen Aussagen und ihr seltsames Verhalten zu machen. Einerseits scheint sie sich zu mir hingezogen zu fühlen, andererseits versucht sie, mich so weit von sich zu stoßen wie irgend möglich. Und ich kann einfach nicht aufhören an sie zu denken. Nicht an die Probleme, die sie mit sich bringt, sondern einfach an sie. An ihre wachen Augen, ihre flammendroten Haare, ihre wohlgeformte Gestalt. Aber ganz besonders an den Menschen, der sie nun mal ist.

Obwohl es keine gute Idee ist, mich auf irgendetwas einzulassen, was nichts mit meinem Job zu tun hat, kann ich nicht umhin, mir mehr auszumalen. Kelly ahnt bereits, dass ich mich ein kleines bisschen in Liv verguckt habe und hält mir mehrmals täglich vor, dass ich weder Liv noch mich noch unsere Mission in Gefahr bringen darf.

»Wer hat jetzt gerade ein Auge auf sie?«, frage ich. Denn wenn Kelly hier ist und auch ich hier bin, dann muss sie jemand anderen damit beauftragt haben, auf Liv aufzupassen, ohne dass diese davon etwas mitbekommt. Unsere vertrauenswürdigen Angestellten halten sich in Grenzen, und ich werfe meiner Kollegin einen Blick zu, der eindeutig sagt, dass ich für ihr Wohlergehen hoffe, dass Liv gerade nicht alleine ist. Der Gedanke, dass ihr jemand auflauern könnte, lässt eisige Wut in mir aufsteigen. Ich stoße mich von dem Geländer ab, nehme mir ein Glas, schenke einen Finger breit Whiskey ein und sehe sie abwartend an.

»Peter. Er wird schon dafür sorgen, dass nichts passiert. Ich habe ihm gesagt, worauf er achten muss. Die auf sie angesetzten Kerle scheinen ja echt raffiniert zu sein. Ich glaube im Übrigen, dass sie weiß, dass ihr jemand auf den Fersen ist. In der Einkaufsstraße wirkte es zumindest auf mich so, als hätte sie es bemerkt.«

Nachdenklich nehme ich einen Schluck aus meinem Glas und

beobachte Kelly dabei, wie sie umhertigert. »Kannst du vielleicht mal still an einem Ort stehen bleiben und mich nicht so verrückt machen?«

Kelly dreht sich grinsend zu mir um und streckt mir kopfschüttelnd die Zunge raus. »Du lässt dich da zu tief reinziehen, Elijah. Ich weiß nicht, was dich an ihr so reizt, aber es ist für das hier – uns – nicht gesund. Es könnte uns das Leben kosten, wenn wir einen falschen Schritt machen.«

Diesmal schüttele ich den Kopf. Seit Jahren habe ich einmal nicht nur die Arbeit im Kopf und bin nicht mehr dauerhaft am ackern und Kelly sieht darin eine Gefahr. Ich hingegen bin froh, endlich wieder etwas gefunden zu haben, das mich anderweitig beansprucht. Der Kontakt zu Liv ist der Grund dafür, dass ich mich nicht mehr in die Schusslinie meiner Feinde werfen oder alles für meine Mission tun würde, dass mein Leben langsam wieder an Qualität gewinnt und ich das erste Mal seit langem darüber nachdenke, ob es richtig ist, mich dem Beruf gänzlich zu verschreiben. Es geht sogar noch darüber hinaus! Niemals habe ich bereut, was ich im Namen des Staates getan habe. Schlimme Dinge, für die man lebenslänglich ins Gefängnis kommen würde, wenn man nicht die offizielle Lizenz dazu hat. Die Lizenz zum Töten sozusagen. Ich zweifle nicht an der Richtigkeit dessen, nur daran, ob es wirklich richtig ist, mich dafür zu einem Monster machen zu lassen. Einem Monster, das im Untergrund bekannt ist wie ein bunter Hund und mindestens ebenso gefürchtet. Ich starre auf meinen Ringfinger, auf den Totenkopfring an diesem, der mir meinen Namen verliehen hat. *The Skull.*

»Du hörst mir gar nicht zu«, empört sich Kelly gerade, als ich aus meinen Gedanken hochschrecke.

»Doch. Es wird uns nicht das Leben kosten, weil ich aufpassen werde. Ich bringe weder dich noch mich in Gefahr, und Liv werde ich auch davon fernhalten. Alles andere kommt nicht in Frage. Verstanden? Allerdings wüsste ich zu gerne, was es mit all dem auf sich hat.«

»Du hast gestern bei ihr geschlafen. Wenn ich mich recht entsinne, sagtest du, dass du sogar in ihrem Bett geschlafen hast. Irgendwann wird sie es erzählen. Das war übrigens ihr erstes Date. Womöglich stehen deine Chancen bei ihr sogar relativ gut.«

Kelly lacht auf, ich ziehe eine Grimasse. Offenbar will sie nicht kapieren, dass es mir nicht alleine darum geht. Je öfter ich Zeit mit Liv verbringe, desto mehr fühle ich mich zu ihr hingezogen, fühle eine Verbindung. So als könnte sie mich verstehen, wenn ich mich ihr nur öffnen würde. Aber das Risiko ist hoch und ich spreche nicht gerne über die Vergangenheit, auch wenn dadurch die Möglichkeit besteht, eine Verbindung zu ihr zu gewinnen.

»Vielleicht. Wer weiß das schon. Ich würde sie einfach nur gerne besser kennen und verstehen lernen, für den Anfang. Mehr mit ihr unternehmen. Und ich fürchte, dass wird dazu führen, dass du hier öfter mal die Kontrolle übernehmen musst.« Kelly steckt nicht halb so tief in der ganzen Scheiße drin wie ich, und es schadet ihr sicher nicht, ebenfalls eine leitende Funktion zu übernehmen. Ursprünglich ist nie geplant gewesen, dass die Verantwortung in dieser Angelegenheit nur mir obliegt.

Sie zuckt mit den Schultern. Da sie genauso wenig Familie und Verpflichtungen hat wie ich, stellt es für sie auch kein Problem dar. Genau aus diesem Grund und vielen anderen hat man uns vor Jahren ausgewählt. Das Konzept hat funktioniert; nur bekommt es langsam Risse, denn wir alle sind nur Menschen, und Menschen sind fehlbar. Wir haben Gefühle und Moral, ein Gewissen, und wir denken. Es ist töricht anzunehmen, dass wir kein Risiko darstellen. Diese Tatsache ist nur noch nicht ganz oben bei unseren Chefs angekommen.

»Dann kann ich aber nicht mehr Aufpasserin spielen, und wir verlieren Peter hier als Security-Mann«, meint Kelly.

»Ich denke, das ist akzeptabel und verkraftbar«, antworte ich.

Kelly nickt und zieht einen Kalender aus ihrer Handtasche.

»Du hast auf dem Schirm, dass du dich heute Abend mit Karim Hernandez im Rosemary's triffst?«

Mein Blick wird düster, ich nicke. Beinahe ist es mir gelungen, das zu verdrängen, und natürlich muss sie es mir jetzt auf die Nase binden, da ich mir wahrlich Besseres vorstellen kann, als mit einem bekannten Drogenkartell Geschäfte zu machen. Wobei Geschäftemachen vielleicht die falsche Bezeichnung ist … ich werde ihm ein Angebot unterbreiten, welches er nicht ausschlagen kann und dann dafür sorgen, dass er bald überhaupt keine Drogen mehr vertickt.

11

Ich richte die Manschettenknöpfe an meinen Ärmeln, hebe dann den Arm an, bis alles richtig fällt und werfe einen langen Blick in den Spiegel. Der dunkle Anzug ist maßgeschneidert und passt perfekt, aber es gibt nichts, was ich an diesem Job mehr hasse als die schicken Klamotten, die überall kneifen und sich in den meisten Situationen als äußerst unpraktisch herausstellen.

Meine Armbanduhr sagt mir, dass ich noch ungefähr fünfundvierzig Minuten habe, bis ich Karim Hernandez in diesem Edelrestaurant treffen muss. Ich gebe meinem Fahrer Bescheid, dass er den Wagen vorfahren soll. Das hier ist eine Rolle, die ich in den letzten Jahren perfektioniert habe: der reiche, gefährliche Clubbesitzer, dem man nie etwas nachweisen kann.

Ich wende mich vom Spiegel ab und gehe zu einer Kommode, ziehe die oberste Schublade auf und betrachte die ansehnliche Waffensammlung darin. Dann entscheide ich mich für eine handliche Pistole, nur für den Fall, dass etwas eskaliert, und schiebe sie in das unter dem Jackett gut verborgene Holster unter meinem linken Arm.

Dieser Abend wird für jemanden nicht gut ausgehen. Bereits beim Gedanken daran muss ich schmunzeln. Und das alles im Namen des Gesetzes, im Auftrag des Staates. Kelly kommt herein, mustert mich von unten nach oben und schüttelt dann den Kopf.

»Da fehlt was«, tadelt sie und steckt eine Pilotenbrille an mein Hemd, wirft mir den Totenkopfring zu und anschließend eine Dose Haargel.

»Corinne und Paul werden dich die ganze Zeit über im Auge haben. Du musst ihn nur um den Finger wickeln und ins Auto bekommen. Dann geht es hierher. Und glaub mir, hier ist alles schon bereit für dieses Arschloch.«

Ja, der Staat strebt humane Tötungen an. Die können wir nur nicht immer ermöglichen. Das erste Mal, als Kelly rotgesehen hat, sind wir gerade einem Pädophilen auf den Fersen gewesen. Himmel, dieser Kerl hat leiden müssen. Als wir unseren Vorgesetzten schließlich mitgeteilt haben, wo sie die Leiche finden würden, war der Kerl nur noch mittels seiner Zahnabdrücke identifizierbar.

Das hat mir meinen Spitznamen eingebracht – »The Skull«. Hin und wieder mache ich ihm auch alle Ehre.

Wenig später lasse ich mich von Paul vor dem Edelrestaurant absetzen. Bevor ich es schließlich betrete, öffne ich mein Jackett. Bevor sich die Tür hinter mir schließt, werfe ich noch einen Blick über die Schulter. Der Häuserblock auf der gegenüberliegenden Straßenseite steht leer und ich kann erkennen, dass Corinne ihre Stellung bereits bezogen hat. Sie ist die beste Scharfschützin, die ich in meiner gesamten Laufbahn als FBI-Agent getroffen habe. Und es sind wirklich einige gewesen. Sollte heute hier etwas schiefgehen, wird sie unseren neuesten geköderten Schwerverbrecher einfach abknallen. In aller Öffentlichkeit, denn dazu hat man uns die explizite Genehmigung erteilt.

Drinnen lasse ich mir einen Tisch geben, welcher im hinteren Teil des Restaurants liegt, so dass ich den ganzen vorderen Bereich im Auge habe. Es dauert nicht lange, bis ein Kerl reinkommt, der verschlissene Kleidung trägt, nicht viel auf Hygiene gibt und finster dreinblickt. Eindeutig habe ich da Karim Hernandez vor mir. Einige Minuten später hat er mich entdeckt und gesellt sich zu mir. Kaum dass er sitzt, zieht er seine riesige Knarre aus dem Hosenbund und verstaut sie für mich gut sichtbar in der Innentasche seines Jacketts.

Eine Warnung.

»Kein Bullshit, Freundchen. Verstanden?«

Ich verkneife mir meine Herablassung und das Amüsement über diese Maßnahme und zucke nur mit den Schultern. »Ich dachte, dieses Treffen findet auf Vertrauensbasis statt. Aber du bringst dein Spielzeug mit, Karim. Ich bin wirklich enttäuscht. So kann man doch keine Geschäfte aushandeln.«

In meiner Stimme lasse ich nur einen kleinen Hauch Tadel mitschwingen, gerade genug, um ihm meine Missbilligung der Situation begreiflich zu machen. Unbehaglich rutscht er auf seinem Stuhl hin und her, ehe er flucht und die Knarre an sich reißt und wieder verschwinden lässt.

»Schon besser«, ermutige ich ihn und weiß nun genau, dass das, was ich ihm angeboten habe, sein Interesse so weit geweckt hat, dass er bereit ist, sich schutzlos an mich auszuliefern. Ein großer Fehler.

Er zieht eine Grimasse und trommelt mit den Fingern auf den Tisch. »Was ist nun? Wie lautet dein genaues Angebot?«

Demonstrativ blicke ich mich im Restaurant um, sehe die vielen Leute der Reihe nach an und schweige. Diesen Ort haben wir nicht ohne Grund als Ausgangssituation für den heutigen Abend ausgewählt. In einer Atmosphäre wie dieser ist es kaum möglich, ein vertrauliches Gespräch zu führen.

»Ich fürchte, dieser Ort hier war eine schlechte Wahl meiner Assistentin. Bitte entschuldige, Karim. Ich würde vorschlagen, wir setzen uns in mein Auto und fahren eine Weile durch die Stadt, bis wir alles geklärt haben?«

Misstrauen breitet sich auf dem Gesicht meines Gegenübers aus, und ich merke, dass sich der Haken langsam aus seinem Mund löst. Wie bei einem Fisch, der an der Angel zu sehr zappelt.

»Außer du hast einen besseren Vorschlag, ich bin da ganz offen. Aber schließlich willst du Geschäfte mit mir machen, und ich habe wie immer nur das Beste zu bieten«, setze ich fast gelangweilt nach und weiß, dass ich ihn damit wieder für mich gewinnen kann.

Menschen wie er sind so durchschaubar. Das eigene Wohl immer im Vordergrund, wollen sie das möglichst beste Geschäft abwickeln. Und einfach zu manipulieren sind sie auch. Obwohl er sicher von meinem Ruf gehört hat, sitzt er heute Abend trotzdem vor mir. Mit einer Knarre zwar, aber die habe schließlich auch ich bei mir. Zwar nicht nur aus Misstrauen, aber vor allem deswegen. Über meinen Ruf lassen sich viele Dinge sagen, aber das Prominenteste ist wohl, ich sei blutig und gnadenlos.

Missmutig grunzt mein Gegenüber vor sich hin, sieht sich unruhig im Raum um und ist hin- und hergerissen. Verständlich. Er muss abwägen, ob ihm seine Sicherheit lieber ist als das vermeintliche Geschäft, das ihm winkt. Schließlich nickt er, sieht mich dabei aber nicht richtig an.

Kommentarlos erhebe ich mich und verlasse das Restaurant unter genauso viel Beobachtung, wie ich es auch betreten habe. Draußen halte ich meinem Geschäftspartner die Tür zu dem dunklen Wagen mit den getönten Scheiben auf. Der Fahrer ist vorausschauend bereits vorgefahren.

Auf dem Fahrersitz sitzt Paul und begrüßt uns förmlich. Ohne dass ich ihm sagen muss, wo es hingeht, fährt er los. Karim bereitet das offenbar Unbehagen und das ganz zu Recht. Corinne hat er bisher noch nicht kennengelernt, die folgt uns nämlich unauffällig mit einem zweiten Wagen und würde uns an unserem Zielort dann bereits mit Kelly erwarten.

»Und wie lange lebst du schon in den Staaten, Karim?«, frage ich mit dunkler Stimme und fixiere ihn mit meinem raubtierhaften Blick. Er rutscht gegen die lederverkleidete Tür und sieht mich unbehaglich an. Ist das Angst, die in seine Augen sickert? Ich setze noch einen drauf:

»Was ist mit diesem Haftbefehl, der vor zwei Monaten gegen dich erlassen wurde? Meinst du nicht, die Polizei hat ein Auge auf dich und deinen Aufenthaltsort?«

Es verschafft mir Genugtuung, dass er immer unruhiger wird und ich ihm immer näher kommen kann, weil er sich mittlerweile gegen die Türe presst und sehr flach atmet. Genüsslich spiele ich an dem Ring an meinem Finger und sehe Karim dabei direkt an. Er beantwortet keine meiner Fragen, sondern verarbeitet weiterhin die Erkenntnis, dass er sich echt in die Scheiße geritten hat.

Als der Wagen hält, klatsche ich laut in die Hände, woraufhin mein Gegenüber zusammenzuckt. »Wir sind da. Zeit, Klartext zu reden.«

Elegant steige ich aus dem Wagen und sehe zu, wie Paul die Tür auf der anderen Seite aufreißt und Karim auf den Gehweg stolpert. Vor uns erhebt sich das alte Fabrikgelände, welches ich in den letzten Jahren in den Club *Loki* verwandelt habe. Drinnen habe ich nicht viel verändert, es gibt mehrere Dancefloors, eine große, balkonartige Empore, diverse Theken und Bars und einen VIP-Bereich. An den Wänden verlaufen alte Rohre und in der Mitte des Raumes besteht der Boden aus Plexiglas, den Freiraum darunter haben wir in ein Aquarium umgebaut.

Paul führt unseren Gast in die große Halle und verschwindet dann. Stattdessen tauchen Kelly und Corinne auf, die in ihren schwarzen Etuikleidern wirklich hinreißend aussehen und Karim sofort um den Finger wickeln. Pech nur für ihn, dass er es hier mit zwei äußerst tödlichen *Femmes Fatales* zu tun hat. Sein Traumbild scheint zerstört zu werden, als er bemerkt, dass Kelly hinter sich eine lange eiserne Kette herzieht, die unangenehme Geräusche auf dem Beton macht.

»Kommen wir nun zu meinem Angebot«, knurre ich und rage hinter ihm auf.

Ihm bleibt kein einziger Fluchtweg. Während ich mir die nächsten Worte zurechtlege, knacke ich mit den Fingern und seufze enttäuscht vor mich hin. Unser Gast ist mittlerweile zum Zerreißen angespannt. Ich werfe den beiden Frauen ein süffisantes Grinsen zu.

»Jahrelang hast du Verbrechen begangen, Menschen in Gefahr gebracht und Menschen getötet. Sie zu bösen Dingen verführt.

Du hast krumme Dinger gedreht und dich der Polizei und deiner gerechten Strafe immer wieder entzogen. Aber jetzt bist du hier. Und weißt du was? Du wirst für deine Verbrechen bezahlen und niemals wieder das Antlitz dieser Erde beschmutzen.«

Entspannt ziehe ich mein Jackett aus, falte es zusammen und lege es ordentlich auf einen Barhocker. Dann kremple ich die Ärmel meines weißen Hemdes hoch, während Kelly den gesuchten Verbrecher wie ein Raubtier umrundet. Immer weiter treibt sie ihn in meine Richtung, bis er zitternd vor mir steht.

»Na klar, und jetzt in die Hose scheißen.«

Ich hole mit der Faust aus und verpasse ihm einen kräftigen Schlag mitten ins Gesicht. Blut spritzt mir entgegen. Er sackt gegen Kelly, die das zum Anlass nimmt, ihm die Kette um den Oberkörper zu wickeln.

Eigentlich bin es weniger ich, der die Kriminellen um die Ecke bringt. Die beiden weiblichen Agentinnen an meiner Seite haben von Anfang an etwas Hartgesottenes an sich gehabt, scheinen es leichter wegzustecken. Bereitwillig habe ich den Ruf auf mich genommen, denn nicht nur aus taktischer Sicht war es klug, eine Figur aufzustellen, nicht drei.

Also lasse ich die beiden erstmal alleine die Befragung durchziehen und gehe in Richtung der Bar, um mir einen Schluck Alkohol zu gönnen, untermalt von Schmerzensschreien. Wir haben den Freifahrtschein zum Töten jener, die das FBI uns auf die Liste setzt. Es sind Schwerverbrecher. Menschen, die selbst aus dem Gefängnis heraus noch Schaden an ihrer Umwelt anrichten würden.

Während sie sich aus persönlichen Gründen für dieses FBI-Projekt gemeldet haben, war es bei mir einfach die Hoffnung, später ein besseres, sichereres Projekt angeboten zu bekommen. Doch jetzt sind schon einige Jahre vergangen und die Hoffnung geht langsam ein wie eine der vielen Pflanzen, die man mir im Laufe der Zeit angedreht hat.

Irgendwann habe ich genug gehört und wende mich wieder

dem Spektakel zu, das mitten in meinem Club stattfindet. Ich ziehe meine Pistole aus dem Holster und gehe zielstrebig auf Karim Hernandez zu. Sein Gesicht ist kaum noch zu erkennen und er wimmert, als ich ihm den Lauf der Pistole gegen die Schläfe drücke. »Irgendwelche letzten Worte?«, frage ich. Ich kann die Langeweile und Routine in meiner Stimme hören.

Beinahe schockt es mich, wie abgestumpft ich gegenüber dieser Tätigkeit schon geworden bin. Aber nur beinahe. Einen Teil davon bekommt man schon während der Ausbildung antrainiert, der Rest entwickelt sich zwangsläufig, wenn man so ein Projekt wie dieses hier zugeteilt bekommt. Im normalen Außendienst wäre das vielleicht nicht vorgekommen, aber so ist es eigentlich unumgänglich.

Als nichts von ihm kommt, drücke ich schulterzuckend ab. Einen Moment später sackt er leblos in seinen Ketten zusammen.

»Sorgt ihr dafür, dass das hier wegkommt?« Ich mache einen Schritt von der Plane herunter, achte darauf, nicht in die immer größer werdende Blutlache zu treten. Mein Part ist nun ein anderer, nämlich unsere Vorgesetzten darüber zu informieren, dass wir wieder einmal erfolgreich einen gesuchten Kriminellen in unsere Obhut gebracht und unschädlich gemacht haben. Später würden sie einen Cop in Zivil vorbeischicken, der die Leiche abholt.

Nachdem ich alle notwendigen Anrufe getätigt habe, verziehe ich mich in meine Privaträume, um den Abend zu verarbeiten. Obwohl man annehmen sollte, dass es mir mittlerweile leichter fällt, eindeutig böse Menschen um die Ecke zu bringen, tut es das nicht. In meinen Schläfen macht sich ein dumpfes Pochen breit. Ich beginne mich auszuziehen und lege mich anschließend auf mein Bett. Mit den Fingern massiere ich mir die schmerzenden Stellen, und meine Gedanken schweifen ab … Plötzlich möchte ich nicht mehr alleine sein, sehne mich nach der Gesellschaft einer ganz bestimmten Person. Am liebsten würde ich zum Handy greifen und sie fragen, ob sie vorbeikommen will. Aber es ist mitten in der Nacht und unten befindet sich noch immer eine Leiche. Alles was ich will ist, die Augen zu schließen und ihrer Stimme zu lauschen, egal ob sie mir von sich oder irgendetwas frei Erfundenem erzählen würde, es würde dabei helfen, all die Zweifel für ein paar Sekunden verstummen zu lassen. Während ich das denke, kann ich fast schon Kelly hören und wie sie sich darüber beschwert, jemandem mir so Unbekanntem so viel Raum in meinem Leben einzuräumen. Aber ich kann nicht anders, ich muss Liv jetzt sehen. Sofort.

12

»Was machst du denn hier?«, fragt sie mich besorgt, nachdem sie endlich die Tür geöffnet und das lange, scharfe Messer weggelegt hat, weil sie mich scheinbar für nicht gefährlich befindet.

Angespannt fahre ich mir durch die Haare und bin mir auf einmal nicht mehr ganz so sicher, dass es die richtige Idee war, herzukommen. »Ich will heute Nacht nicht alleine sein und dachte, du verstehst das vielleicht.« Wenn es jemanden auf dieser Welt gibt, der in der Lage dazu ist, das zu verstehen, dann ja wohl Liv.

Wortlos tritt sie zur Seite und lässt mich rein. Nachdem ich mich heute Morgen einfach vom Acker gemacht habe, scheint sie nicht einmal verärgert zu sein, was mich ungemein erleichtert.

Halb grinsend setzt sie sich auf ihren Sessel, auf dessen Lehne ein Buch liegt. Darauf steht eine Tasse Tee.

»Du siehst echt scheiße aus, wenn ich das so sagen darf.« Ihr Blick wandert an mir herunter, als müsse sie jedes Detail in sich aufsaugen. Dabei wickelt sie sich eine Strähne ihres roten Haares um den Finger.

Ich lege den Kopf schief und weiß, welche Frage sie als nächstes stellen wird. Prompt fragt sie:

»Was ist mit dir passiert?«

Umgehend sind ihre Gesichtszüge ganz ernst. Am liebsten würde ich ihr von alldem erzählen, was mir gerade die Schultern bis in den Boden drückt, aber es ist nicht möglich. Theoretisch hat sie schon jetzt eine Zielscheibe auf dem Rücken. Nicht nur wegen ihrer Verfolger, sondern auch durch jene, die hinter mir her sind und meinen Kopf am liebsten auf einem Spieß sehen wollen.

Frustriert zucke ich mit den Schultern. »Ich wünschte, ich könnte es dir einfach erzählen … Kannst du nicht weiter so grinsen wie eben und mich ein bisschen von meinen Gedanken ablenken?«

Es bereitet ihr keine Probleme, darauf einzugehen. Sie bohrt nicht weiter nach, stellt keine Fragen und setzt wieder dieses unbeirrte Lächeln auf, zeigt mit dem Finger auf die Couch und streckt mir ihre Tasse Tee entgegen. Das ist der Unterschied zwischen uns: Ich kann solche Themen nicht einfach ruhen lassen, muss mehr, alles wissen. Liv allerdings nimmt es einfach hin, weil sie möchte, dass man es mit ihr ebenso hält.

»Das ist doch das Mindeste, was ich tun kann. Nachdem du gestern Abend bei mir geblieben bist. Ich habe grade das hier gelesen«, erzählt sie und wirft mir das Buch zu.

Ich fange es aus der Luft auf und sehe mir den Klappentext an. Als ich das letzte Mal ein Buch gelesen habe, muss ich noch im College gewesen sein. Es handelt sich um ein Buch von Patrick Rothfuss, Fantasy.

»Um was geht's?«

In kurzen Sätzen erklärt sie den Inhalt, hört aber auf, als sie bemerkt, dass ich nicht wirklich bei der Sache bin und das nichts ist, was mich ablenken kann. Sie verschwindet für einige Minuten und kommt dann mit einer neuen Tasse Tee zurück und einem Karton, der verdächtig nach Pizza riecht.

»Rutsch mal.« Sie lässt sich neben mich nieder, bietet mir Pizza an und angelt nach der Fernbedienung. Musik flutet den Raum, *Twenty One Pilots* dröhnt aus den Boxen.

»Hast du heute noch jemanden erwartet?«, frage ich amüsiert mit einem Blick auf die Pizza.

Liv schüttelt den Kopf und isst einige Minuten stumm vor sich hin, ehe sie mir erklärt, dass es manchmal so Tage gibt, an denen man sich am liebsten mit Pizza, Musik und einem Tee in eine flauschige Decke kuschelt und die Welt um sich herum einfach ausschaltet. »Und so einer ist heute«, schließt sie und nickt bekräftigend. Obwohl ihr Blick nur kurz kontrollierend zu den Fenstern abdriftet, bemerke ich auch so, dass die Rollläden heruntergelassen sind. Die einzige Lichtquelle im Raum ist eine Stehlampe und ein paar Kerzen.

»Und das hilft tatsächlich dagegen?« Klingt nach einer Technik, die nur bei Frauen funktioniert. Wir Männer gehen doch dann normalerweise eher in die nächste Trainingshalle und prügeln uns die Fäuste an einem Boxsack zu Matsch. Oder so was. Ich kann es nicht wirklich beurteilen, denn normalerweise komme ich erst gar nicht dazu, die Welt ausschalten zu wollen.

»Tut es. Man muss sich nur darauf einlassen. Eine heiße Dusche oder ein heißes Bad hilft auch. Am wichtigsten ist aber ganz viel Pizza mit richtig viel Käse.« Grinsend steckt sie sich ein weiteres Stück in den Mund, und ich greife auch endlich zu, um zu verhindern, dass sie mir alles wegisst.

»Glaubst du an das Schicksal? Oder an Karma?«

»Ja und nein. Es gibt Menschen, die sollten definitiv das heimgezahlt bekommen, was sie anderen angetan haben. Und was das Schicksal angeht … hinter allem steckt ein Grund und alles, was man tut, hat irgendwelche Konsequenzen. Aber ob man das jetzt Schicksal nennen sollte? Fragwürdig.«

Mein erster Satz erinnert mich wieder an Corinne und Kelly, die beide sehr viel an solche Menschen verloren haben und somit auch wieder an den heutigen Abend. Falsches Thema.

»Warum bist du so, wie du bist?«, stelle ich eine andere Frage.

Heute Abend ist sie schlagfertig und spielt das Spiel, wie ich es für gewöhnlich spielen würde. »Weil Dinge passiert sind und es Dinge gibt, die mich so gemacht haben, wie ich bin. Wie bin ich denn?«

Provokation liegt in ihrer Stimme, so als habe ich sie gerade beleidigt. Es ist schwer, das, was ich eigentlich meine, in die richtigen Worte zu fassen. Ich komme in Verlegenheit. »Das ist gar nicht so einfach. Einerseits bist du die unscheinbarste Person, die ich kenne, andererseits brennst du wie ein Leuchtfeuer und ziehst die Aufmerksamkeit eines kompletten Raumes spielend leicht auf dich. Ob du das willst, ist eine andere Sache. Es passiert einfach. Und es liegt nicht einfach nur an deinem Äußeren, so viel ist sicher. Deine Gegenwart ist unheimlich angenehm und ich fühle mich wohl hier, auch wenn es immer ein bisschen ist, als würde so viel Ungesagtes zwischen uns stehen. Unter deiner Oberfläche brodelt es und ich warte darauf, dass es endlich aus dir herausbricht. Möglicherweise verbrenne ich mich daran, aber das ist es mir wert. Du hast Angst und manchmal merkt man dir das an, vor allem wenn du mit einem Messer vor mir stehst und nicht weißt, dass ich es bin. Andere Male merkt man davon absolut gar nichts und du bist fast normal. Beide Seiten gehören zu dir und es macht mir nichts, dass du zusammenschreckst, wenn man dich unvermittelt anfasst. Das alles ist okay. Und Teil von dir. Aber es wurmt mich, dass du so schweigsam bist und dich geschickt um all diese gefährlichen Themen herummanövrierst. Ich glaube, du hast Angst, was ich dann von dir halten würde. Oder du vertraust mir nicht, weil du nie jemandem vertraust. Und ich spekuliere einfach viel zu viel, weil du mir nichts von dir zeigst, nichts preisgibst.«

Ich hole tief Luft und greife fahrig nach dem letzten Stück Pizza, reiße mit den Zähnen ein Stück ab und kaue vehement darauf herum.

Gut, dass sie mich jetzt nicht anstarrt, als sei ich vollkommen verrückt.

»Haben wir nicht vorhin eine stumme Vereinbarung darüber getroffen, dass wir dem anderen solche Fragen heute nicht stellen? Sonst muss ich dich jetzt fragen, warum deine Fingerknöchel aufgeplatzt sind und warum du so schlechte Laune hast und mitten in der Nacht vor meiner Tür standst.«

Sie schlägt mich. Mit meinen eigenen Waffen. Auch wenn es

eindeutig in ihr arbeitet, ist sie nicht bereit, sich zu dem, was ich gesagt habe, zu äußern.

»Kann ich hier duschen gehen?«

Sie nickt, weist mir den Weg und verschwindet dann ins Schlafzimmer.

Wenig später liege ich neben ihr und sie mit ihrem Kopf auf meiner Schulter und zieht auf meiner nackten Brust Kreise mit dem Zeigefinger, während sie kein Wort verliert. Obwohl ich nun schon das zweite Mal neben ihr liege, passiert nicht mehr als das. Stattdessen entwickelt sie sich immer mehr zu einem sicheren Hafen für mich, auch wenn sie nichts weiter tut, als zu existieren.

Schließlich durchbricht sie die Stille. »Ich fürchte einfach, dass das hier nicht von Dauer ist. Ich kann nie sagen, wann ich einen Ort wieder verlasse. Und ich gehe immer so plötzlich, dass ich mich nicht mal von Bekannten verabschieden kann.«

Du verlässt einen Ort nicht. Du fliehst, denke ich. Es gibt immer mehr Dinge, die in eine ganz bestimmte Richtung weisen, selbst wenn sie sie nur indirekt ausspricht.

»Du würdest gehen, ohne dich von mir zu verabschieden?«

Ich sehe auf ihren Kopf hinab, spüre ihren zarten Körper an meinem und kann es kaum glauben, dass es etwas gibt, das sie zu dergleichen zwingt. Mein Arm liegt locker um sie herum und ich realisiere noch etwas anderes. Wir sind beide auf der Suche nach einem Ort, einer Person, die uns die Sicherheit gibt, die wir brauchen und schon so lange in unseren Leben vermissen. Auch wenn sie ihre Vergangenheit nicht mit mir geteilt hat und ich ihr auch meine noch nicht anvertraut habe, fühle ich mich gerade jetzt so unheimlich stark mit ihr verbunden, dass es beinahe weh tut.

»Ich hätte doch gar keine Wahl«, nuschelt sie kleinlaut.

Ich fühle, wie sie ihren Kopf tiefer an meiner Schulter vergräbt und blicke ihm Dunkeln auf ihren Kopf hinab, frage mich, was sie damit jetzt schon wieder meint. »Wer bist du, Liv?« Meine

Stimme ist nicht mehr als ein Hauchen und während ich nicht erwarte, dass sie antwortet, spüre ich der Wärme ihres Körpers nach, lausche dem Echo, das er in meinem eigenen auslöst und fühle, wie sie mit ihm ganz unabsichtlich einen Abdruck hinterlässt, der sich von nun an leer und voller Sehnsucht anfühlen wird, wenn sie nicht in meinen Armen liegt. Ich weiß, wer sie für mich ist. Die Frau mit den tausend Geheimnissen und der gefährlichen Vergangenheit, die dunkel hinter ihr lauert und sie zu ertränken droht, wenn niemand da ist, der ihre Hand nimmt und sie über der Wasseroberfläche hält. Gleichzeitig ist sie die Frau mit dem Namen, dem sie momentan nicht gerecht wird, es aber ganz einfach könnte, wenn sie nur loslassen würde. Sie hat Angst, mindestens genauso viel, wie mir zu erzählen, welchen Dämonen sie da an einer Leine unter ihrem Bett hält.

»Ich bin diejenige, die den falschen Mann viel zu lange geliebt hat.«

Wie bei Hänsel und Gretel ist es eine Brotkrume mehr, der mich irgendwann zu meinem Ziel führen wird. Die ganze Geschichte zu kennen. Für jetzt zerbreche ich mir erstmal den Kopf darüber, was ich dazu am besten sage und wie ich diesen kleinen Schnipsel an Information behandeln soll. Hinter dieser einfachen Aussage steckt so viel mehr und das ist mir bewusst, ich weiß nur nicht, was genau dahinter steckt.

Einer Sache bin ich mir jedoch sehr sicher, nämlich, dass es mit den Kerlen zu tun hat, die ihr, seit sie hier in dieser Stadt lebt, auf den Fersen sind. Die auch nicht davor zurückschrecken, des Nachts um ihre Wohnung zu schleichen oder sie in der belebten Fußgängerzone zu verfolgen. Bei all ihren Andeutungen ist mir bereits klar, dass es dabei nicht bleibt. Wie könnte es?

»Er hatte deine Liebe nicht verdient, oder?«

Sie zögert keine Sekunde, als sie den Kopf schüttelt und plötzlich wird mir eines klar: Auch ich habe ihre Liebe nicht verdient. Denn sobald ich ihr erzählen würde, womit ich meinen Lebensunterhalt bestreite, wie viele Menschen ich schon auf dem Gewissen habe und unter welchem Namen man mich kennt und vor allem warum, würde sie das Weite suchen. Sich so weit wie möglich von mir fernhalten. Ich kann nur vermuten, dass sie bereits einmal ihr Herz in die Hände eines Kriminellen gelegt hat, und ein zweites Mal wird sie das aufgrund ihrer Erfahrungen sicher nicht tun. Irgendetwas in meinem Inneren beginnt zu schmerzen bei dem Gedanken daran, dass auch ich sie nicht verdient habe. Nicht einmal, dass sie jetzt mit mir hier liegt und Schutz bei mir sucht. Auch wenn ich mich innerlich dabei krümme und der Dummheit bezichtige, beschließe ich, ihr unter keinen Umständen davon zu erzählen, dass ich, Elijah Davis, *The Skull* bin und mehr Menschen den Schädel mit bloßen Fingern zerquetscht habe als ich an diesen abzählen kann.

13

Liv

Kelly und ich liegen auf Maze' Couch und lassen uns von ihr die neue Choreographie für ihren Hip-Hop-Tanzkurs zeigen. Es ist Samstagabend und ich werde die Idee nicht los, später mit den beiden ins Loki zu gehen. Ich könnte Elijah besuchen, mir seinen Club ansehen und einen schönen Abend mit ihm verbringen. Vielleicht liegt es auch nur daran, dass ich Elijah nicht mehr gesehen habe, seit er plötzlich vor meiner Tür stand und den Abend mit mir verbringen wollte. Ich rechne mir sehr große Chancen aus, ihn im Loki anzutreffen. Wo auch sonst? Außer seinem Namen sind mir kaum Details über ihn bekannt, anrufen will ich ihn nicht und bisher hat er mich immer gefunden, wenn es notwendig war.

Als Maze mit ihrer Choreographie fertig ist und die Musik verstummt, springen Kelly und ich begeistert auf und klatschen in die Hände. Ich mehr aus Solidarität, denn von der eigentlichen Choreographie habe ich wegen meiner kreisenden Gedanken kaum etwas mitbekommen.

»Was haltet ihr davon, wenn wir heute Abend noch in diesen einen Club gehen, von dem ich kürzlich gehört habe?« Ich kann Kellys prüfendem Blick nicht standhalten, denn sie weiß, dass ich eigentlich nicht gerne feiern gehe. Ich verdrehe die Augen. »Na gut. Elijah arbeitet dort«, erwähne ich noch wie beiläufig und hoffe, dass sie darauf nicht weiter eingehen. Und tatsächlich schweigen sie, tauschen aber vielsagende Blicken aus, ehe sie schulterzuckend nicken.

»Und was genau, denkst du, sollen wir anziehen? So kann keine von uns gehen!« Kellys Blick fällt auf unsere Jogginghosen.

»Ich bin mir sicher, Maze hat eine phantastische Kleiderauswahl für uns alle?«

Ehe diese protestieren kann, stürmt Kelly auch schon ihr Schlafzimmer und reißt die Schranktüren auf. Ich bleibe etwas zurück. Als ich den Inhalt ihres Kleiderschranks erblicke, frage ich mich, ob Maze auch irgendetwas besitzt, das nicht aussieht, als würde sie in einem Stripclub arbeiten. Kelly fördert diverse solcher Fetzen zu Tage, schaut mich dabei jedes Mal prüfend an und winkt dann doch wieder ab, weil sie weiß, dass ich mich darin entweder nicht wohlfühlen oder ganz sicher nicht gut aussehen würde.

Die beiden haben ihre Outfits längst gefunden, als ich immer noch nicht weiß, was ich anziehen will.

»Du könntest nur in deinem bezaubernden verträumten Lächeln gehen, ich wette, das würde ihm gefallen …«, behauptet Kelly.

Sie bekommt meine Zunge zu sehen, während ich sie beiseiteschiebe. Sie hält mir gerade einen weißen Hauch von Nichts vor den Oberkörper, der angezogen mit etwas Glück so etwas wie ein Kleid sein könnte. Ich bin mir nicht sicher. Zielstrebig greife ich nach einem schwarz-weiß karierten Kleid mit einem kleinen, schwarzen, an den Stoff angelegten Kragen. Dazu ziehe ich die ebenfalls schwarze Lederjacke vom Bügel und drehe mich siegessicher zu den beiden Frauen um.

»Das Kleid hatte ich zuletzt während meiner Schulzeit an …«

»Willst du nicht lieber … –«

Ich hebe warnend die Augenbrauen und ziehe mich dann fix um. Nachdem auch meine Haare einigermaßen sitzen, blicke ich in den Spiegel und nicke zufrieden. Dann betrachte ich Maze und Kelly und stelle schnell fest, dass die beiden nur mitgehen, um entweder ihre verdammt heißen Körper zu zeigen oder um Männer aufzureißen. Möglicherweise auch beides. Wir lassen die Outfits der jeweils anderen unkommentiert und machen uns wenig später auch schon auf den Weg, nachdem Maze uns noch dazu überredet hat, eine Flasche Sekt zu leeren.

Angetrunken und mit einem leichten Gefühl in der Brust kommen wir wenig später auch schon am Club an. Er befindet sich auf einem alten verlassenen Fabrikgelände. Dem ehemaligen Fabrikgebäude hat man mit wenigen Handgriffen zu neuem Glanz verholfen. Oben auf dem Dach prangt in türkisen Lettern der Name des Clubs, und wenn man genau hinsieht, kann man dort oben auch feiernde Menschen erkennen.

Die Musik dröhnt bis nach hier draußen und vor dem Eingang tummeln sich rund hundert Leute, die alle darauf warten, dass die Türsteher sie endlich reinlassen.

Kelly lotst uns unter Beschwerden an der Menge vorbei, und als wir vor der Security stehen, grinst der bärige Kerl nur freundlich und lässt uns dann einfach passieren. »Kennst du den etwa?« Ich lehne mich zu Kelly, damit sie mich trotz der lauten Musik verstehen kann.

»Hatte mal was mit ihm.«

Ihre Erklärung fällt so kurz aus, dass ich sofort weiß, dass ich am besten nicht weiter nachfrage. Wir kämpfen uns bis zur Bar durch und bestellen uns erstmal eine Runde Cocktails, die wir in einer abgelegenen Nische genießen.

»Und, wo ist er jetzt?«, fragt Maze mich aufgeregt und lässt den Blick über die Menge gleiten, um herauszufinden, wer wohl der mysteriöse Elijah ist, den ich vorhin kurz erwähnt habe.

Ich erwische mich dabei, wie auch ich den Blick über die Menge gleiten lasse, erwarte dabei aber nicht, ihn zu erspähen. Warum sollte er sich als Clubbesitzer auch unter den Tanzenden befinden?

Desinteressiert hebe ich die Schultern. »Ich weiß es nicht, ich finde aber, wir sollten unbedingt ein bisschen tanzen.« Grinsend erhebe ich mich und greife nach den Händen der beiden anderen Frauen. Schon als sie sich erheben, liegt die Aufmerksamkeit einiger umstehenden Männer auf ihnen. Maze in ihren engen, schwarzen Lederklamotten mit dem tiefen Ausschnitt zieht die Aufmerksamkeit zunächst auf sich, doch stößt sie ebenso schnell auch wieder ab, denn sie hat die Gabe, Männer einzuschüchtern.

Kelly hingegen genießt die Aufmerksamkeit und grinst dem ein oder anderen jungen Mann sogar frech zu. Ich bin froh darüber, dass die beiden alle Blicke auf sich ziehen und daher keine mehr für mich übrig sind. Ich bewege mich in ihrem Schatten auf die Tanzfläche und atme erleichtert aus, als sich die Menge endlich um uns herum schließt und wir für uns sind.

Bunte Lichtstrahlen regnen auf uns herab, tauchen uns abwechselnd in Dunkelheit und in gleißende Farbe. Der Bass donnert unter unseren Füßen, so dass ich die Vibration in meinem Körper spüren kann. Alles in mir fühlt sich leicht an, sobald mich eine Basswelle erfasst und davonträgt. Ich fliege. Und reiße die Arme in die Luft, tanze in der johlenden Menge und bin plötzlich selbst eine der Johlenden. Ich singe das Lied viel zu laut mit und spüre umgehend, wie mein Hals heiser wird, aber es ist egal. Denn die Musik umfängt mich, lässt mich herumwirbeln und mit Fremden lachend tanzen, während die Energie durch meine Adern pulsiert und mich lebendig fühlen lässt. So habe ich mich schon lange nicht mehr gefühlt, so gänzlich ohne irgendeinen negativen Gedanken oder Sorgen.

Fließend geht das Lied ins nächste über, die Menge grölt auf, weil es wohl ein sehr beliebter Song ist. Maze und Kelly liegen sich in den Armen und tanzen eng verschlungen miteinander, womit sich ein kleiner Kreis um uns bildet und die Aufmerksamkeit wieder auf uns liegt. Diesmal stört es mich nicht und ich tanze einfach unbeirrt weiter, als mich jemand von hinten antanzt und mir irgendetwas ins Ohr brüllt. Mit einem Lachen auf dem Gesicht drehe ich mich um und blicke in das Gesicht einer jungen Frau, deren Haare so türkis wie das Licht sind, welches gerade auf uns herabregnet. Sie brüllt mir etwas entgegen. Ich verstehe kein Wort, aber es ist auch egal, denn wir nehmen einander einfach bei den Händen und tanzen gemeinsam weiter. Für einen Moment hatte ich erwartet, einen Mann hinter mir vorzufinden und bin erleichtert, dass es nicht so ist, gibt es doch kaum etwas Unangenehmeres, als von einem fremden Mann in einem vollen Club angetanzt zu werden.

Langsam bewegen wir uns auf Kelly und Maze zu, woraufhin Kelly Maze gegen die Unbekannte mit mir tauscht. Sie zwinkert mir zu und kommt der anderen plötzlich sehr nahe und langsam begreife ich, dass ihr die Aufmerksamkeit all dieser Männer gänzlich egal ist. Grinsend wende ich mich Maze zu und tausche vielsagende Blicke mit ihr aus, ehe wir wieder in der Musik versinken und auf ihr davongleiten wie auf einer Welle.

Nachdem wir uns wenig später aus der Menge gelöst haben, treffen wir uns wieder an der Bar und besorgen eine neue Runde Drinks. Diesmal sind wir allerdings zu viert, Kelly hat ihren Arm um die junge Frau mit den türkisfarbenen Haaren gelegt und unterhält sich aufgeregt mit ihr, während Maze und ich genüsslich an den bunten Drinks schlürfen.

»Vielleicht hat sie ja Glück«, murmele ich Maze ins Ohr.

Erst vor kurzem hat sich Kelly noch darüber beschwert, wie wenig Glück in Liebesdingen sie bislang gehabt hat. Jetzt scheint sie mit ihrer Begleitung für den heutigen Abend doch recht zufrieden.

»Ich hoffe es.« Maze' Blick nach zu urteilen ist unsere Freundin in dieser Hinsicht nicht gerade der Glückspilz schlechthin. »Lass uns wieder tanzen gehen.«

Mit den Drinks in der Hand schieben wir uns durch die Menge zurück auf die Tanzfläche. Ich deute fragend nach oben – die Menschen auf dem Dach sind noch nicht in Vergessenheit geraten. Kühle Nachtluft in Kombination mit der guten Musik würde jedenfalls weniger dazu führen, dass ich vor Hitze dahinschmelze, als es hier drinnen der Fall ist. Doch Maze schüttelte den Kopf, und ich gehe nicht weiter darauf ein, die Nacht ist schließlich noch jung.

Das aktuelle Lied geht gerade zu Ende, als der DJ sich über das Mikrophon auf die Lautsprecher schaltet. Neugierig blicken sich alle nach ihm um. Ich erspähe ihn etwas erhaben zwischen diesem Stockwerk und dem nächsten.

Er räuspert sich. »Normalerweise spielen wir keine Songwünsche, aber heute machen wir aufgrund überzeugender Argumente eine Ausnahme.« Aus den Augenwinkeln sehe ich, wie sich Security-Männer durch die abwartende Masse schieben.

Als ich den Blick hebe, begegne ich dunklen Augen. Oben auf der Empore steht Elijah und sieht nach unten, direkt in meine Augen. Noch ehe ich das Gefühl genauer benennen kann, weiß ich, dass etwas nicht stimmt.

»Dieses Lied hier ist für eine ganz besondere Frau, deren Liebe nur diesem einen Mann zu gehören hat.« Der DJ lässt noch einen belustigten Kommentar darüber fallen, aber in meinen Ohren klingelt es längst.

Das Lied dröhnt aus den Boxen auf mich herab, reißt an meinen Nerven, meiner Beherrschung, meinem Verstand. Ich rede mir ein, dass dieses Lied und die Aussage nicht für mich bestimmt sind, obwohl ich beides genau erkenne. Immer dann, wenn Niko mir wieder einmal Schmerzen zugefügt, mir Knochen gebrochen oder eine Platzwunde geschlagen hat, mich aber nicht ins Krankenhaus gehen lassen wollte, hat er mir dieses Lied vorgespielt. Es versetzt mich in eine Art Trancezustand, lässt mich Phantomschmerzen spüren und nichts weiter hören als das Rauschen in meinen Ohren.

Meine Sicht ist verschwommen. Ich wanke, nur am Rande bemerke ich, dass die Menge sich teilt und panisch kreischend davonstürmt, als Schüsse die angespannte Atmosphäre im Club zerreißen. Es fühlt sich an, als würde ich fallen, dabei stehe ich so aufrecht wie ein Baum, blicke ihm entgegen, warte darauf, dass er endlich vollbringt, weswegen er hier ist.

Aber nichts davon geschieht. Meine Sicht klärt sich langsam und ich erkenne, dass er mit erhobener Waffe einige Meter entfernt von mir steht, mich frech angrinst. Ein Zittern läuft durch meinen Körper. Ich will nicht verantworten, dass hier meinetwegen Menschen sterben. Auch wenn mir bewusst ist, dass bereits Menschen in Gefahr sein müssen, weil mindestens ein Schuss gefallen ist.

Die Musik ist inzwischen versiegt, und was bleibt, ist eine Kakophonie an Schreien und lautem Brüllen, Menschen, die sich gegenseitig auf dem Weg zu den Ausgängen über den Haufen trampeln.

Aus den Augenwinkeln heraus kann ich sie immer noch sehen, die Security-Männer, die nur zur Hälfte an den flüchtenden Menschen interessiert sind. Mein Blick schießt nach oben, doch Elijah ist verschwunden. Vermutlich hat er sich selbst in Sicherheit gebracht, als der erste Schuss gefallen ist.

Ein Schnalzen lenkt meine Aufmerksamkeit auf Niko. Er macht noch mehr abfällige Geräusche, ehe er endlich das Wort an mich richtet. »Ich hatte schon befürchtet, du bist wie all die anderen Angsthäschen hier drinnen geflohen. Aber so bist du nicht, nicht wahr, Liv? Immer die Starke spielen, sich niemals brechen lassen, das ist es doch, was dich ausmacht, oder?« Inzwischen schreit er mich an, und bei jedem Wort zucke ich innerlich und äußerlich zusammen.

Millimeter für Millimeter schiebe ich mich rückwärts und erreiche damit, dass seine Aufmerksamkeit die ganze Zeit über auf mir liegt und er die Security gar nicht erst wahrnimmt. Dafür nehme ich umso mehr wahr: seine zitternde Hand, die Männer, die sich langsam auf uns zu bewegen. Irgendwo hinter Niko sehe ich in der Dunkelheit unter der Empore jemanden vorbeihuschen.

Vereinzelt stürmen noch Menschen aus den verschiedensten

Ecken des Clubs herbei und lassen sich von den Angestellten nach draußen lotsen. Wie gerne würde ich die Zeit anhalten und einfach verschwinden, weit weg laufen, während er sich hier in einer Art komaartigem Zustand befindet.

»Diesmal läufst du mir nicht davon, Mäuschen. Diesmal kommst du mit nach Hause. Und dann sehen wir ja, wie lange du so stark bleiben kannst! Am liebsten würde ich das sofort aus dir rausficken. Aber auf Zuschauer steh ich nicht. Also, Liv, beweg deinen süßen Hintern hier raus. Keine Spielchen.«

Niko wendet sich mit vollkommen irrem Gesichtsausdruck zu den Security-Männern um. »Ihr bleibt hier. Sonst sterben da draußen nicht nur mehr Menschen, sondern auch das bezaubernde Vögelchen hier drinnen.«

Schlagartig ist die Knarre wieder auf mich gerichtet und ich kann, will mich keinen Zentimeter weiterbewegen. Ihm vor allem nicht den Rücken zudrehen, denn Niko mit einer geladenen Waffe in meinem Rücken zu haben ist keine gute Idee. Sein aktueller Zustand zeigt noch mehr Fehler an dieser Idee auf, so dass ich einfach stehen bleibe, ihm stillen Widerstand leiste.

Ich kann sie sehen, die Wut in seinen Augen. Wie sie auflodert und ihn verzehrt. »VERDAMMTE SCHEISSE, DU MIESE SCHLAMPE. BEWEG DEINEN ARSCH HIER RAUS ODER ICH KNALL DICH AUF DER STELLE AB, VERSTANDEN? MACH SCHON! BIST DU SCHWERHÖRIG, ODER WAS?« Niko tobt, fuchtelt wild mit seiner Knarre.

Aber das interessiert mich nicht, denn mein Blick ruht auf der großen Gestalt hinter ihm, die sich immer näher schiebt.

Elijah.

Beinahe erleichtert atme ich aus, meine Schultern sacken nach unten und jegliche Angst schwindet aus meinem Körper. Obwohl Niko diese Veränderung noch bemerkt, ist es bereits zu spät. Elijah holt mit der Faust weit aus und donnert sie so fest gegen Nikos Hinterkopf, dass dieser leblos in sich zusammensackt. Dumpf fällt die Knarre zu Boden und Elijah schiebt sie mit seinem Fuß in Richtung eines Security-Mannes, der gerade auf die beiden Männer zuläuft.

»Zwei Menschen sind tot, drei verletzt. Die Behörden sind schon auf dem Weg.«

Knapp nickt Elijah und winkt dann ab. »Kümmert euch um die Leute draußen.«

Nachdem sich der Club vollends geleert hat, kommt er auf mich zu und versperrt die Sicht auf den noch immer bewusstlosen Niko. In den letzten Minuten habe ich mich nicht bewegt, einzig das Zittern meiner Unterlippe verrät, dass ich nicht zu einer Salzsäule erstarrt bin.

Seine Stimme ist ruhig und leise, als er mich anspricht, während seine Hand sanft die meine umschließt. »Kommst du mit mir mit, Liv?« Wenn er meinen Namen ausspricht, klingt er ganz anders.

Tränen schießen in meine Augen und ich nicke, fahre unwirsch mit dem Handrücken über mein Gesicht. »Wohin gehen wir?« In diesem Moment möchte ich ihm bewusst unbegrenzt viel Vertrauen entgegenbringen, denn ich selbst bin gerade nicht dazu in der Lage, eine rationale Entscheidung zu treffen.

Ich will nicht mehr stark sein, sondern einfach nur von ihm gerettet werden. Elijah zieht mich an sich, an seinen starken Körper, der wie eine Schutzwand um mich herum aufragt. Eine seiner Hände fährt in mein Haar, die andere liegt leicht auf meiner Hüfte und er beugt sich vor, um mir einen hauchzarten Kuss auf die Stirn zu geben. Für einen kurzen Moment schaffe ich es, meine Augen zu schließen. Sie schmerzen so sehr, dass ich sie am liebsten nicht wieder öffnen würde. Es sind seine Finger, die mich zurück in die Realität katapultieren, als sie sanft meinen Nacken massieren.

»Wir gehen nach Hause. Zu mir.«

Über einen Seiteneingang führt er mich nach draußen, wo bereits ein Wagen mit laufendem Motor auf uns wartet. Elijahs Angestellter steigt heraus und hält ihm die Tür auf, während er das

Auto mit mir umrundet und mich auf den Beifahrersitz setzt. Als er neben mir sitzt und das Auto sanft in die Nacht davongleitet, lehne ich meinen Kopf gegen die Nackenstütze und warte darauf, dass er Fragen stellt. Doch es kommen keine.

»Warum hast du einen Fluchtwagen?«, frage ich also stattdessen und versuche, den Gedanken an Niko weit von mir zu schieben.

»Weil mein Job einige Gefahren mit sich bringt, wie du siehst.« Sein Blick ist stur auf die Straße gerichtet.

Ich beiße mir auf die Unterlippe. »Als ich dich plötzlich nicht mehr sehen konnte, dachte ich, du wärst wie all die anderen einfach geflohen.« Es fällt mir schwer, das zuzugeben.

Für einen Moment habe ich das ohnehin schon brüchige Vertrauen in ihn einfach verloren, damit gerechnet, dass er mich, wie so viele andere Menschen auch, einfach im Stich lässt. Aber im Gegenteil: Er hat mir das Leben gerettet und dafür gesorgt, dass Niko zum ersten Mal echte Gegenwehr erfahren hat.

Er stößt ein freudloses Lachen aus und schüttelt ungläubig den Kopf. »Nach all den Dingen, die du die vergangenen Wochen immer wieder angedeutet hast, werde ich sicher nicht weglaufen, wenn du in Gefahr bist, Liv! Was dieses Schwein gesagt hat …«

»Nicht«, flehe ich und meine Hand schießt nach vorne, legt sich beschwichtigend auf seinen Unterarm.

Wut tobt wie ein Orkan über sein Gesicht und seine Beherrschung leidet so sehr, dass er mit der linken Hand kurz, aber hart auf das Lenkrad einschlägt und mir dann einen Blick zuwirft, der mir zu viel und gleichzeitig nichts verrät. Er ist schockiert und verletzt und hilflos. Seine Gesichtszüge sind zum Zerreißen angespannt. Mir bleibt nicht mehr übrig, als meine Finger sanft über seinen Arm gleiten zu lassen. Durch zusammengebissene Zähne knurrt er so lange, bis sich endlich so etwas wie Entspannung auf seinem Gesicht ausbreitet, ausgelöst von meiner unablässigen Berührung. Erst jetzt bemerke ich, dass ich noch immer am ganzen Körper zittere. Nicht, weil mir kalt ist und auch aus keinem anderen Grund, den ich hätte beheben können. Ich kann nicht anders, als zu zittern, schaffe es nicht, mich zum Aufhören zu zwingen.

Obwohl er es sich vermutlich schon denken kann, spreche ich aus, was ungesagt zwischen uns schwebt. »Das war mein Ex. Niko.«

Ehe ich fortfahren kann, klingelt Elijahs Handy und er reicht es mir. Meine Hand ruht weiterhin auf seinem Unterarm, während ich mit der anderen den grünen Button drücke und gleich darauf auch den für die Lautsprecherfunktion.

»Was gibt's?«, fragt er angespannt.

»Boss? Wir haben da ein Problem. Dieser Kerl ... der ist verschwunden. Als die Bullen hier eingetroffen sind und das Gebäude gestürmt haben, war er weg. Einfach weg. Wie vom Erdboden verschluckt.«

Unangenehme Stille entsteht, meine Hand zittert unkontrolliert. Das Auto ist auf einmal viel zu eng und ich kriege kaum Luft, so schnürt es mir den Brustkorb zusammen.

»Ich befürchte, der ist vielleicht hinter euch her –« Der Rest des Satzes geht in Elijahs Fluchen unter, worauf er rechts ranfährt, die Türverriegelung aktiviert und mir dann sanft das Handy abnimmt.

»Er darf nicht herausfinden, wo du wohnst«, flüstere ich tonlos, ohne ihn anzusehen.

Fest entschlossen sieht er mich von der Seite an. »Keine Sorge, das wird er nicht.«

Daraufhin startet er den Motor wieder und fährt weiter.

14

Sanfte Töne dringen aus den Boxen des teuren Luxusschlittens. Es handelt sich bei Elijahs Playlist nicht um die Art von Musik, die man bei unserer aktuellen Situation erwarten würde. Eigentlich schätze ich ihn so ein, dass er jetzt normalerweise laute, donnernde Musik mit viel Geschrei hören würde. Es scheint mir, als würde er Rücksicht auf mich nehmen – oder ich liege ganz einfach falsch.

Meine Hand ruht noch immer auf seinem Unterarm und seit dem Anruf ist es verdächtig still zwischen uns geworden. Dieser liegt gut zwei Stunden zurück und seitdem lenkt er den Wagen kreuz und quer durch die Stadt, über die angrenzenden Highways und Schleichwege. Die ganze Zeit ist uns dabei ein Auto auf den Fersen, welches er einfach nicht abhängen kann. Ich weiß auch ohne einen Blick in den Rückspiegel, dass es sich dabei um Nikos schwarzen Land Rover handelt. Aber wie über so vieles andere schweige ich mich auch darüber aus, denn Elijah weiß es genauso gut wie ich. Ansonsten würden wir nicht die halbe Nacht lang durch die Stadt fahren und versuchen, jemanden abzuhängen. Immer wieder fallen mir die Augen zu, und auch wenn meine Gedanken rasen und allzu gerne aus mir herausbrechen würden, sage ich nichts. Eigentlich ist es lächerlich, dass ich nicht möchte, dass Elijah mehr erfährt. Den Großteil hat er sich ohnehin schon zusammengereimt, es fehlen nur noch die kleinen schmutzigen Details. Solange wir aber dieses lächerliche Katz-und-Maus-Spiel mit Niko spielen und Gefahr laufen, dass er herausfindet, wo Elijah wohnt, will ich mich nicht mit ihm über Niko unterhalten. Mit hoher Wahrscheinlichkeit weiß Niko bereits, wo ich wohne. Unmöglich also, in meine Wohnung zurückzukehren und meine Tasche zu holen. Ich würde ihm so nur direkt in die Arme laufen, und das kann ich nicht riskieren. Nicht nach dem, was er zu mir gesagt hat, nach der Eiseskälte in seinen Augen und der Waffe, die er skrupellos auf mich gerichtet hat.

Gerade will ich mich zu Elijah drehen und ihm sagen, dass es sinnlos ist, vor Niko davonzulaufen. Das ist es, was ich die letzten zwei Jahre versucht habe, und gerade jetzt zeigt sich wieder einmal deutlich, wohin das führt. All die Menschen im Club sind durch mich in Gefahr geraten, ein paar sind verletzt, zwei sogar getötet worden. Doch bevor ich den Mund aufmachen kann, dringen die ersten Töne eines mir sehr wohl bekannten Liedes aus den Boxen neben mir, die einen so scharfgestochenen Klang haben, das ich mich wie eine Katze fühle, die direkt neben der Steckdose sitzt.

Ich lehne mich nach vorne, drehe die Lautstärke auf und sehe den dunkelhaarigen Mann neben mir plötzlich doch mit einem ehrlichen Grinsen an. Ich schiebe für einen Moment beiseite, was heute Abend passiert ist, und was mir noch immer tief in den Knochen sitzt. Mich zittern lässt und die Angst tief in mir so sehr geschürt hat, dass ich kaum einen Atemzug machen kann, ohne das Bild von Niko mit der Knarre vor meinem inneren Auge zu sehen.

Es ist *Me, Myself and I* und ich kann nicht anders, als den Mund zu öffnen und lautstark mitzusingen. Ich brülle beinahe und drücke dabei Elijahs Arm. Er lässt es sich nicht nehmen, den männlichen Part des Songs zu übernehmen, und zwar so einwandfrei, dass ich ihn erstaunt ansehe, dann grinse.

Oh ja, die Musik tut mir gut. Damit hat die Sängerin eindeutig recht. Auch wenn die Scheiße literweise auf meinen Kopf herabregnet und mein Leben mal wieder zu einem stinkenden Sumpf werden lässt, ist es immer wieder die Musik, die mich herauszieht und mir den nötigen Halt gibt. Im schummrigen Dämmerlicht des Tachos sehe ich Elijah von der Seite an, lehne meinen Kopf gegen die Nackenstütze und bewege meine Hand vorsichtig, forschend, von seinem Unterarm nach oben bis zu seiner Schulter. Sanft schiebe ich meine Finger in seinen Nacken und ziehe kleine Kreise. Es bringt ihn zum Schmunzeln. Ich fühle mich aus der Realität so sehr losgelöst, dass sich meine Gedanken um die banalsten Dinge drehen, nur nicht um den Club und Niko, der uns noch immer dicht auf den Fersen ist. Egal, wie Elijah fährt, er kann ihn nicht abhängen.

Wie vom Blitz getroffen hebe ich den Kopf. So gut kann er nicht sein. Er ist zwar schlau, aber nicht so schlau. »Elijah, ich glaube, du musst irgendwo anhalten. An einer Tankstelle oder so. Irgendwo, wo Leute sind und Überwachungskameras.«

Stirnrunzelnd sieht er mich an, lenkt den Wagen aber auf die rechte Spur, damit er die nächste Abfahrt vom Highway zu einer Raststätte nehmen kann.

»Was hast du vor?«

»Es ist unmöglich, dass er uns seit über drei Stunden immer wieder findet. Das kann nicht sein. Dein Auto stand die ganze Zeit am Club, oder? Und je nachdem, wie lange er schon in der Stadt ist, wird er sicher herausgefunden haben, welches Auto dir gehört. Ich glaube, er hat es einfach mit einem Peilsender ausgestattet oder etwas in der Art.« Auf diese Art und Weise können wir ihm nicht entkommen, natürlich nicht. Wenn wir den Peilsender nicht loswerden, kann er uns bis zu Elijahs Wohnung verfolgen. Es liegt mir fern, jegliche Sicherheit einfach aufzugeben.

Es dauert nicht lange, bis die nächste Raststätte kommt und wir den Highway verlassen. Nach einer kurzen Fahrt um die Tankstelle herum wählt Elijah den Parkplatz, der hellerleuchtet und auf den eine Überwachungskamera gerichtet ist.

»Ich will, dass du im Wagen bleibst.« Sein Blick ruht irgendwo hinter mir.

Ehe er die Zentralverriegelung löst, überrumpelt er mich damit, indem er sich zu mir herüberbeugt, mein Gesicht sanft in seine Hände nimmt und mich küsst. Zwar nur flüchtig, aber es reicht aus, um mir den nötigen Mut für die nächsten Minuten zu verleihen. Außerdem scheint sich mein noch immer laut und fast schmerzhaft klopfendes Herz dadurch langsam zu beruhigen.

Kaum da Elijah den Knopf auf der kleinen Fernbedienung betätigt hat, um die Zentralverriegelung zu lösen, schlüpft er auch schon nach draußen und betätigt ihn abermals, schließt mich im vermeintlich sicheren Inneren des Autos ein. Mit zu Fäusten geballten Händen schaue ich zu, wie er das Auto umrundet und alles abtastet. Nach kurzer Zeit verschwindet er aus meinem Sichtfeld, vermutlich, weil er sich niedergekniet hat, um auch unter dem Wagen nach dem Peilsender zu suchen, den ich dort vermute.

Mein Blick schweift unterdessen abwechselnd in jede Richtung, um frühestmöglich erkennen zu können, ob Niko sich nähert. Aber nirgends kann ich auch nur ein Anzeichen von ihm entdecken, es sind lediglich andere Menschen auf der Raststätte unterwegs, die allesamt müde aussehen. Ich hingegen fühle mich, als hätte ich zehn Energy Drinks getrunken.

Elijah taucht neben meinem Fenster wieder auf, zeigt mir ein kleines, schwarzes Gerät, dass er offenbar irgendwo unter dem Wagen entdeckt hat. Grimmig dreinblickend schließt er die Faust darum, umrundet den Wagen, steigt wieder zu mir und reicht es mir dann.

»Sobald wir wieder auf dem Highway sind, wirfst du das Ding aus dem Fenster.«

»Du hättest es doch gleich kaputt machen können«, antworte ich verwirrt, aber er schüttelt bloß den Kopf.

Das schelmische Grinsen verleiht seinem Gesicht einen jungenhaften Ausdruck. »Ich glaube, es sollte dir vorbehalten sein, diesen Job zu erledigen.«

Ich drehe das schwarze Etwas in meinen Händen, das in regelmäßigen Abständen rot blinkt, und nicke schließlich. »Einverstanden.«

Auch wenn ich bisher nie etwas daran gefunden habe, Dinge zu zerstören, hat Elijah vermutlich recht. Ich habe mich bereits vor zwei Jahren auf verschiedene Arten von Niko losgesagt, und jetzt kann ich ihm abermals zeigen, dass er in meinem Leben nichts mehr verloren hat. An seinem Part in meinem Leben würde sich zwar nichts mehr verändern, denn was ich mit ihm durchlebt habe hat innerlich tiefe Wunden und äußerlich hässliche Narben hinterlassen. Trotzdem vermittelt es ihm hoffentlich, dass diese Zeit vorbei ist.

Wir fädeln uns auf dem Highway wieder in den Verkehr ein, und Elijah greift unterstützend nach meiner Hand. Ich lasse die Fensterscheibe runter und die kühle Nachtluft peitscht mir schlagartig ins Gesicht. Mit einem letzten, tiefen Atemzug strecke ich die Hand nach draußen und löse dann einen Finger nach dem anderen. Gar nicht so leicht, denn ich muss das schwarze Gerät ziemlich fest umklammert haben, so wie mir die Finger jetzt schmerzen. Mit einem dumpfen Sausen verschwindet das Gerät in der Nacht und zerschellt hoffentlich auf dem Asphalt. Ich warte noch ein paar Minuten, bis ich das Fenster wieder hochfahre.

Unvermittelt sieht Elijah mich an, sagt aber nichts dazu. Stattdessen scheint es, als müsse er eine Entscheidung fällen. »Eigentlich will ich dir in deinem aktuellen Schockzustand nicht noch mehr zumuten, aber ich will dieses Arschgesicht endlich loswerden.«

Schockzustand? Das Gefühl grenzenloser Freiheit drückt mich tief in den Ledersitz, als er seinen Fuß mit Nachdruck auf das Gaspedal stellt. Augenblicklich schießen wir an den anderen Autos vorbei, rasen auf der linken Spur entlang. Sein Auto frisst sich mit jedem Meter schneller durch den Asphalt, bis die Umgebung nur noch ein einziges, verschwommenes Bild ist. Mein Blick schweift kurz zum Tacho, wo die Nadel weit ab der 200er-

Marke liegt. Ein Glücksgefühl jagt zusammen mit dem Adrenalin durch meine Adern und lässt mich hibbelig im Sitz hin und her rutschen.

Elijah fährt noch zwei weitere Stunden ohne Ziel durch die Stadt, und diesmal ist uns niemand auf den Fersen. Irgendwann mitten in der Nacht parken wir schließlich vor einem großen, dunklen Haus. »Wir sind da«, flüstert er nahe meinem Ohr, und erst jetzt registriere ich, dass ich die letzten Minuten geschlafen haben muss. Gerade verklingen die letzten Töne von *Tear in my Heart* von *Twenty One Pilots* und ich gähne.

»He, friss mich nicht«, kommentiert er mein Gähnen.

Man hört Elijah die Müdigkeit nicht nur an, sie ist ihm auch deutlich ins Gesicht geschrieben. Ich hingegen kann schon wieder nicht ans Schlafen denken. Sobald wir drinnen angekommen sind, er die Türen und Fenster doppelt und dreifach gecheckt und die Alarmanlage eingestellt hat, lasse ich mich von ihm irgendwohin bringen, wo ich schlafen kann und sage ihm dann, dass er mich durchaus alleine lassen kann. Er verabschiedet sich, um ins Bett zu gehen. Lässt mich mit meinen Emotionen, den Gedanken und der Angst zurück, die stetig an mir knabbern und mir Dinge ins Ohr flüstern, um meine Dämonen aus ihrem Schlaf zu wecken. Ich verbiete mir, die Ereignisse der Nacht noch einmal durchzugehen. Meine Gedanken wandern also nicht zum vergangenen Abend, sondern zu Elijah und all den Dingen, die ich ihm nicht erzählt habe. All die schrecklich geheimen Geheimnisse, die sicher verwahrt in meinem Inneren hausen und sich ähnlich wie Mietnomaden anfühlen, überall in meinem Körper umherwandern und jede ihrer vorübergehenden Wohnungen schrecklich kaputt und mit viel Müll und Reparaturbedarf zurücklassen. Das Vertrauen, welches ich Elijah bisher immer nur in kleinen Dosen zugesprochen habe, ist bei genauerer Betrachtung mehr als gerechtfertigt. Nach allem, was er heute für mich getan hat, nachdem er mich vorbehaltlos mit in sein Allerheiligstes genommen hat, hat er wirklich etwas mehr verdient.

Vielleicht sogar mein volles Vertrauen. Nichtsdestotrotz gelingt es mir gerade nicht, meine Altlasten außen vorzulassen. Ich bin ein gebranntes Kind. Mit dem Vertrauen einer anderen Person kann man viele Dinge anstellen, unter anderem eben auch, diese für den Rest ihres Lebens zu schädigen. Schon einmal habe ich dem falschen Menschen vertraut, und es ein zweites Mal zu tun, wäre ein fataler Fehler. Doch egal in welchem Zusammenhang ich an Elijah denke, es gibt keine Situation, in der ich ihm nicht instinktiv vertraut habe. Nicht ein Mal habe ich daran gezweifelt, dass er mir nur Gutes will. Auch wenn es zwischendurch immer wieder Situationen gab, in denen ich seinen wahren Beweggründen gegenüber skeptisch gewesen bin.

Spätestens, seit er mir felsenfest überzeugt ins Gesicht gesagt hat, dass er meine Mauern niederreißen würde, koste es, was es wolle, scheint gar nichts anderes mehr möglich zu sein. Und obwohl ich es mir selbst nicht eingestehen will, hat er sich unlängst auch einen Weg in die Nähe meines Herzens gebahnt.

All das wird von meinem kranken Ex überschattet, dessen Psychospiele mir mein Leben versauen.

15

Es fühlt sich nicht mehr richtig an. Nicht von meinen Gefühlen her oder weil ich jemand anderen kennengelernt habe, sondern weil ich mit jedem verstreichenden Tag mehr von seinem wahren Ich kennenlerne. Und sein wahres Ich macht mir so viel Angst, die bis in meine Knochen vordringt. Es ist, als hätte er mir am Anfang Honig um den Mund geschmiert und jetzt fällt es mir schwer, mich von ihm zu lösen. Ich erwische mich dabei, wie ich bei jedem seiner Worte an seinen Lippen hänge, obwohl ich genau weiß, wie gefährlich er ist.

Mittlerweile weiß ich das, ja.

Der aromatische Duft der frisch zubereiteten Bolognese steigt mir in die Nase, schon seit zwei Stunden stehe ich in der Küche, denn ich weiß genau, was von mir erwartet wird. Was Niko von mir erwartet, heute, da wir mit diesem Tag bereits zwei Jahre zusammen sind. Mein Magen dreht sich um, ich befühle geistesabwesend mein Gesicht.

Es pocht und fühlt sich geschwollen an. Würde ich jetzt in einen Spiegel sehen, den es hier in seiner Wohnung allerdings nicht gibt, würde ich sicher feststellen, dass mein Gesicht in Grün- und Blautönen schimmert. Es ist sicher so farbenprächtig geschmückt, dass ich dem Weihnachtsbaum in der Ecke Konkurrenz machen kann.

Unser Jahrestag ist Anfang Dezember. Die letzten beiden Weihnachten waren nicht gerade schön. Das erste vielleicht noch ein wenig, weil er da sein wahres Gesicht noch verborgen hatte, aber das Weihnachten letztes Jahr war die Hölle auf Erden.

Ich höre, wie der Schlüssel im Schloss umgedreht wird und werde schmerzlich daran erinnert, dass ich keinen Schlüssel zu dieser Wohnung besitze und auf ihn angewiesen bin, wenn ich irgendwohin möchte. Eine Gefangene, wenn man es so will. Nervös nestele ich an meinem grünen, außerordentlich kurzen Kleid herum. Nicht einmal das überlässt er mir: Jeden Morgen sagt er mir, was ich anzuziehen habe, und wenn er mal wieder einen schlechten Tag hat, lässt er mich nackt herumlaufen, damit er sich all die hässlichen Narben auf meinem Körper genüsslich ansehen und in Erinnerungen darüber schwelgen kann, wie er sie mir zugefügt hat.

Ich schaudere, als er von hinten an mich herantritt und eine Hand in meinem unteren Rücken platziert. »Ich bin zu Hause, mein Goldkehlchen.« Seine Finger fahren durch meine Haare, er drückt sich von hinten eng an mich und atmet mir ins Ohr. »Was ist das?«, fragt er irritiert, und mir bricht bereits der Schweiß aus.

»Bolognese.« Ich spreche leise und mache mich so klein wie möglich, um seinem Zorn zu entgehen.

Aber natürlich nutzt es nichts. Denn Glück habe ich nicht. Ruckartig dreht er mich um und drückt mich gegen den Herd, unangenehm spüre ich die Hitze der Pfanne in meinem Rücken. Niko packt meinen Kiefer, schmerzerfüllt jaule ich auf. Angst flutet meinen Körper und instinktiv weiche ich weiter zurück, Hauptsache ich kann ihm irgendwie entgehen.

Sinnlos.

Er knurrt mich wütend an. »Hab ich dir heute Morgen nicht gesagt, dass ich gerne Steaks hätte?« Seine Finger liegen so fest um meinen Kiefer, dass sie meine Lippen zusammenquetschen und es mir schwer fällt zu sprechen.

»Aber das war das Einzige, was noch da war. Du hast keine Steaks gekauft, Niko.«

Schallend trifft seine flache Hand auf meine Wange, schmerzerfüllt zucke ich zusammen. Instinktiv stütze ich mich mit meiner Hand hinter mir ab, damit ich nicht von den Füßen gerissen wer-

de. Und verbrenne mir dabei die Finger. Noch mehr Schmerzen jagen durch meinen Körper, aber es ist egal.

Ich hätte ihm nicht die Schuld geben dürfen, jetzt ist er böse auf mich. Und seine Wut kann so verheerend sein, dass sie einen ins Krankenhaus bringt. Oder ins Grab.

Er knurrt noch immer, als er weiterspricht. »Du hättest welche besorgen sollen, Liv. Weißt du, du lebst hier bei mir und hast den ganzen Tag lang nichts zu tun und dann kriegst du es nicht mal auf die Reihe, ein paar Steaks zum Abendessen zuzubereiten. An unserem Jahrestag.« Theatralisch schüttelt er den Kopf und tätschelt mir die Wange. Für den Bruchteil einer Sekunde ist der Ausdruck in seinen Augen fast sanft, bevor er wieder umschlägt und ihn Wut ergreift.

Obwohl sich alles in mir dagegen sträubt, ihm jetzt auch noch Widerworte zu geben, kann ich meinen Mund nicht halten. Giftig blitze ich ihn an. »Weißt du, dafür müsste ich in der Lage sein, diese Wohnung zu verlassen. Dann könnte ich einkaufen gehen und dir deine beschissenen Wünsche erfüllen. Dann würde ich mich nicht wie eine Gefangene fühlen …«

Bevor ich zu Ende sprechen kann, hat er mich schon gepackt und zu Boden gestoßen. Der Stoff zerreißt. Auch in mir reißt etwas. Bevor ich zuordnen kann, was, brüllt er auch schon auf mich ein, tritt und schlägt nach mir, so dass mir nichts anderes übrig bleibt, als mich zu einem kleinen Ball zusammenzurollen. Dieses Mal prügelt er mich krankenhausreif. Und sorgt dafür, dass ich nie mehr mit allen meinen Fingern die Tasten eines Pianos berühren und ihm die lieblichsten Töne entlocken kann.

16

Die Hände zu Fäusten geballt sitze ich an dem hohen Fenster, welches auf den weitläufigen Garten hinausführt. Dicke Regentropfen prasseln gegen die Scheibe, Phantomschmerz pulsiert durch meine Adern. Es ist vergebene Mühe, dort draußen mehr als die Schwärze der Nacht erkennen zu wollen, und dennoch kann ich nicht anders, als meine Umgebung im Blick zu behalten. Ich muss einfach wissen, ob Niko sich diesem Haus nähert.

Vorne ist die Alarmanlage aktiv, aber ich bin mir nicht sicher, ob das gleiche auch für den Garten gilt. Unruhig zucken meine Finger, obwohl sie zu Fäusten geballt sind. Noch immer. Genau genommen, seit mich diese Erinnerung wie aus dem Nichts angefallen und mit sich gerissen hat. Damals ist er so oft auf meine Hand getreten, dass die Knochen bestimmter Finger in viele Einzelteile zertrümmert waren. Beinahe wäre ich an einer Thrombose gestorben und beinahe wäre es den Ärzten im Krankenhaus auch nicht gelungen, alle meine Finger zu retten. Trotz der Tatsache, dass ich alle meine Finger noch habe, sind sie nicht mehr so gut zu gebrauchen wie zuvor. Das Klavier spielen ist schwer geworden und ich muss bei vielen alltäglichen Dingen tricksen, um überhaupt etwas tun zu können.

Noch immer bin ich hellwach, an Schlaf ist nicht zu denken. Nicht heute Nacht. Vielleicht nicht mal die nächsten Tage, ich weiß es nicht. Wie kann ich schlafen, wenn Niko sich in der gleichen Stadt aufhält, wie ich? Wie kann ich hier bleiben und riskieren, dass er mich findet? Alles in mir schreit danach, zu fliehen. Aber diesmal geht er die Sache klüger an, diesmal weiß er, worauf er achten muss. Ich wette, er hat auch mein Auto mit einem Peilsender ausgestattet und lässt meine Wohnung überwachen.

Vielleicht weiß er auch längst, wo Elijah wohnt.

In diesem Moment höre ich, wie Elijah das Zimmer betritt und sich mir langsam nähert. Sanft schiebt er die Arme auf meine Schultern, küsst meinen Haaransatz und starrt grimmig in die Nacht hinaus. Er spiegelt sich im Glas des Fensters und ich erkenne, dass er vermutlich nicht lange, eventuell sogar gar nicht, geschlafen hat.

Automatisch lehne ich mich nach hinten und sein Blick rutscht zu mir nach unten. Auf seiner Stirn bildet sich eine steile Falte und er hebt einen Finger zu meiner Wange, streicht darüber. Erst jetzt bemerke ich, dass mein Gesicht feucht ist. Und es kommt nicht davon, dass ich so lange am Fenster gelehnt und gegen das Glas geatmet habe.

»Du hast geweint«, stellt er nüchtern fest. »Scheiße. Und ich Dummkopf lasse dich auch noch ganz alleine.«

Mir bleibt nichts anderes übrig, als die Schultern zu heben. »Bei mir ist wirklich alles okay«, lüge ich und er durchschaut mich sofort.

»Vorhin hatte ich noch das Gefühl, du würdest mir bald alles erzählen.«

Seufzend wende ich meinen Kopf ab und erhebe mich mit krachenden Knochen. Diesmal kann ich ihn nicht direkt ansehen, denn mein Blick wird von Tränen verschleiert. Wütend fahre ich mir über mein Gesicht, sehe trotzig zu ihm auf. »Ich vertraue dir, Elijah. So wie schon sehr, sehr lange niemandem mehr.«

Es ist nur ein Bruchteil dessen, was ich sagen will. Aber es ist ein Anfang. Er wartet geduldig ab, damit ich weiterspreche. Ausgerechnet jetzt fehlen mir jegliche Worte, ich weiß einfach nicht, wo ich beginnen und was ich ihm erzählen soll.

Mein Blick fällt auf meine Finger und ich verschränke meine kaputte Hand und seine ineinander. »Ich war sechzehn, als ich ihn das erste Mal gesehen habe. Niko war … gutaussehend, aufregend, zog mich damit auf, dass ich die beste Pianistin im ganzen Bundesstaat wäre … und man merkte ihm nicht an, wie kaputt er war. Ich verliebte mich in ihn. Es dauerte über ein Jahr, bis er sein wahres Gesicht zeigte. Zunächst waren es nur harmlose Dinge. Harmlos im Vergleich zu dem, was er mir später angetan hat.«

Ich atme aus, dann tief ein und meide seinen Blick, als ich fortfahre. »Es entwickelte sich schnell zu einer sehr schlechten Angewohnheit von mir, ihm sein Verhalten immer wieder zu verzeihen und es irgendwie abzutun. Sehr viel später hatte ich einfach nur noch Angst. Irgendwann durfte ich nicht mehr zu meinem Unterricht und nicht mehr alleine nach draußen gehen. Nach und nach hat er mich von meiner Familie abgekapselt und von ihnen ferngehalten und es irgendwie sogar geschafft, dass ich geglaubt habe, dass das alles so seine Richtigkeit hätte. Er hat alles entschieden, einfach alles. Was wir essen, was ich anziehe, wann wir nach draußen gehen und wie ich meine Tage zu verbringen habe. Nicht eine Sache konnte ich noch selbst bestimmen. Immer wenn ihm mein Verhalten missfiel, hat er mich verbal niedergemacht. Schon bald dann auch körperlich … er war stolz auf die Narben, die er mir zugefügt hat, weil sie seine Kontrolle über mich symbolisierten, dass ich ihm gehörte und niemandem sonst. Ich weiß nicht, warum, aber ich habe ihn so sehr geliebt, dass ich den Fehler immer wieder bei mir suchte. Erst kurz vor unserem zweiten Jahrestag wurde mir klar, wie schädlich das alles für mich war. Und da habe ich einen großen Fehler gemacht, und er hat mir so sehr weh getan, dass ich wochenlang im Krankenhaus lag. Beinahe gestorben wäre. In manchen Momenten wäre es mir sogar lieber gewesen, als weiterzuleben mit diesem andauernden Schmerz. Das ist auch der Grund dafür, warum ein paar meiner Finger unbrauchbar sind.«

Ich verziehe den Mund zu einem traurigen Lächeln und Elijah

drückt sanft meine Hand, auch wenn in seinem Gesichtsausdruck das Gegenteil von Sanftheit anklingt.

»Ich hätte mich jemandem im Krankenhaus anvertrauen können, aber er hat damit gedroht, alle zu töten, die mir jemals etwas bedeutet haben. Zu dieser Zeit musste ich auch meinen besten Freund loswerden, Miles. Er hat versucht, mich da rauszuholen, und ich wollte nicht, dass er mit seinem Leben bezahlen muss. Deshalb wollte ich in den letzten zwei Jahren auch nie, dass jemand großartig Kontakt mit mir hat. Es bringt alle nur in Gefahr. Jedenfalls dauerte es einige Jahre, bis ich den Mut aufbrachte zu fliehen. Und bis sich mir die Gelegenheit dazu bot.«

»Was er dir angetan hat ...«

»Was er mir körperlich angetan hat ... ich habe gelernt, damit zu leben. Es ist okay. Also, ist es eigentlich nicht, aber ich kann damit umgehen. Es sind Narben zurückgeblieben, ja. Und ich hasse es, mich nackt in einem Spiegel zu sehen. An manchen Tagen gibt es kaum etwas, was mich davon abhält, daran zu zerbrechen. Irgendwie hilft mir dann der Fakt, dass ich weiß, dass sich alle Zellen in meinem Körper alle sieben Jahre selbst töten und erneuert werden. Irgendwann werde ich einen Körper haben, den er nicht berührt hat. Vielleicht vergesse ich all diese schrecklichen Momente dann ... Was er mir psychisch angetan hat, ist eine ganz andere Sache. Ich habe Angst vor ihm, weil ich weiß, wozu er fähig ist. Seit zwei Jahren bin ich auf der Flucht vor ihm und immer wieder findet er mich. Ganz egal, wie weit weg ich auch gehe, spätestens nach zwei Monaten hat er mich wieder gefunden. Ich bin es leid, davonzurennen, aber ich kann mich ihm auch nicht stellen. Wenn er mich nicht tötet, wird er mich ganz sicher den Rest meines Lebens spüren lassen, wie unglaublich wütend ich ihn gemacht habe.

Du hast mich gefragt, wer ich bin. Das bin ich. Ich bin das kaputte Mädchen, dass sich in den falschen Kerl verliebt hat und das für immer mit sich herumtragen wird. Gleichzeitig weiß ich aber, dass ich das nicht für immer sein möchte. Ich will wieder ich sein, meine Träume leben, nicht mehr fliehen. Ich will einfach nur … ich sein. Zur Ruhe kommen, verstehst du?

Das sind sie, meine Mauern. Und als ich dich gestern Abend gesehen habe, wie du ihn zu Boden geschlagen und mich dann fortgebracht hast, da wusste ich, dass ich dir trauen kann, auch wenn ich seit Jahren niemandem mehr getraut habe. Von Anfang an hast du versucht, mich zu beschützen, auch wenn du nicht wusstest, um was es geht. Du hast mir die Zeit gelassen, die ich gebraucht habe, obwohl du mir angedroht hast, meine Mauern einfach niederzureißen. Eigentlich ist es falsch, dich mit in diese Sache zu ziehen, weil es einfach nicht dein Problem ist …«

Er lacht kehlig auf, und als ich zu ihm hochblicke, kann ich sehen, dass in seinen Augen Tränen schimmern. »Es ist mein Problem, seitdem ich dich das erste Mal gesehen habe. Du gehst mir nicht mehr aus dem Kopf, Liv. Ganz egal wie viele Probleme ich die ganze Zeit über bei dir erkannt habe, es war mir immer egal. Ich will dich. Alles von dir. Ich möchte, dass du dich wieder sicher fühlen kannst und dass du vergisst, was dir dieses Drecksschwein angetan hat. Ich möchte, dass du nicht mehr davon laufen musst. Ich will, dass deine sorgsam gehüteten Mauern unten bleiben, für mich. Es ist mir egal, ob du auch anderen diese Seite zeigen willst. Hauptsache, du stößt mich nicht weg.«

Von all den Dingen, die er sagen könnte, wählt er das. Nicht ein Hauch von Mitleid liegt in seinen Augen, alles, was ich dort finden kann, sind Wut und Hilflosigkeit, weil er jetzt gerade nichts gegen Niko machen kann.

Ich lege meine Hand an seine Wange und er drückt sich dagegen, Geborgenheit suchend. »Niemals.« Dabei schüttele ich vehement den Kopf. Vielleicht stellt es sich zur Abwechslung als guter Fehler heraus, ihn in mein Leben gelassen zu haben.

»Du bist so stark«, murmelt er und schließt die Augen. Kurz darauf löst er sich von mir. »Willst du dir was Bequemeres anziehen?«, fragt er, denn ich bin immer noch in meine Lederjacke gewickelt, das Kleid riecht nach dem Club. Ich nicke. Er hat den

Großteil seines Anzugs ausgetauscht, trägt jetzt eine Jogginghose und darauf sein Hemd. Ohne sich irgendwelche Umstände zu machen, knöpft er es auf. Vorsichtig streift er mir die Lederjacke ab, dann umrundet er mich, um den Reißverschluss meines Kleids aufzuziehen. Es fällt um meine Füße herum zu Boden, aber noch ehe ich frösteln kann, legt er bereits den weichen Stoff des Hemds um mich, zieht es über meine Arme und umrundet mich dann abermals, um es vorne wieder zuzuknöpfen. Obwohl ich gerade fast gänzlich nackt vor ihm stehe und sein Blick die ganze Zeit über auf mir liegt, kann ich darin nicht das geringste bisschen Lust erkennen. Einzig Fürsorge zeichnet sein Gesicht und ich könnte jetzt in diesem Moment schwören, dass mein Herz einen kleinen Satz macht.

»Du bist wunderschön, Liv.« Ich frage mich, ob er die Narben und die verschandelte Haut überhaupt gesehen hat.

Darauf habe ich keine Antwort, gleichermaßen schaffe ich es aber auch nicht, mich von ihm abzuwenden.

»Können wir all das für einen kleinen Moment beiseiteschieben und vergessen?«

»Wie?« Ich klinge fast verzweifelt, wie eine Ertrinkende, die versucht, nach einer imaginären Rettungsleine zu greifen.

»Tanz mit mir. Tanz mit mir und tu einfach so, als würde die Welt nicht existieren«, bittet er.

Und in diesem Moment gibt es kein Zurück mehr, denn ich beschließe, mich vollends auf ihn einzulassen.

Elijah führt mich nach unten in einen Raum, dessen Wände mit Bücherregalen gesäumt sind. Die Fenster werden durch dunkle, schwere Vorhänge verdeckt und das Licht ist so schummrig, dass er ein paar Kerzen anzündet. Flackernd werfen diese ihre Schatten. Ruhe fließt plötzlich um mich herum, strömt in mich hinein und beruhigt meine aufgewühlte Seele.

In einer Ecke des Raumes thront ein alter Schallplattenspieler auf einer kleinen Kommode. Die Platte, die er hervorzieht, scheint jedoch relativ neu zu sein. Immer wieder schafft er es, mich mit seiner Musikauswahl zu überraschen. *Walking On Cars* erfüllt den Raum. Elijah kommt mir mit gesenktem Kopf entgegen.

Das hier ist nicht nur, um die Welt für einen kurzen Moment zu vergessen. Denn als *Don't Mind Me* in hervorragender Qualität durch den Raum schallt, zieht er mich an sich. Seine Stirn ruht an meiner und seine Lippen formen stumm den Text des Liedes.

Bevor ich mich gänzlich darauf einlasse, kommt mir noch ein Gedanke in den Sinn: Auch er muss seine Geheimnisse haben, scheint aber noch nicht bereit zu sein, sie mit mir zu teilen. Und für mich ist das okay, weil er geduldig darauf gewartet hat, dass ich ihm alles erzähle.

17

Elijah

Das Haus ist weitläufig angelegt und mindestens ebenso hellhörig, so dass ich sofort mitbekomme, dass sie aufsteht und sich oben umsieht. Eigentlich möchte ich sie davon abhalten, weil es nicht mein Haus ist, nie sein wird. Ich wohne hier sozusagen nur für einen gewissen Zeitraum, weil meine eigene Wohnung momentan kein sicherer Ort ist. Momentan? Die letzten fünf Jahre vielmehr. Würde ich jetzt dort aufkreuzen, wüssten meine Feinde, wo ich eigentlich zu Hause bin. So wissen sie nur, dass ich in einer gut gesicherten Villa am Stadtrand wohne, die zu überfallen sinnlos ist und an Wahnsinn grenzt.

Da ich hier also praktisch auch nur zur Miete lebe, gehört keines der Möbelstücke mir und ich hätte diese Villa auch nie so eingerichtet, wäre sie mein Eigentum. Die hohen Decken sind schön, der viele Stuck aber schon wieder unnötig. Die Möbel sehen aus, als stammten sie aus einem anderen Jahrhundert. Die aus dunklem Holz bestehende Küche bildet das moderne Herz des alten Anwesens. Oben ist es verdächtig still geworden, vielleicht ist sie bei dem Zimmer angekommen, das man früher vermutlich als Musikzimmer bezeichnet hätte. Keine zehn Sekunden später kommt sie langsam die Treppe herunter. Ich wende mich schnell der Pfanne vor mir zu.

Eier und verschiedenes Gemüse – was irgendwie wie ein Omelett anmutet, aber irgendwann in den nächsten fünf Minuten vermutlich schiefgeht, weil ich weder kochen kann noch die nötige Aufmerksamkeit dafür habe.

Noch immer trägt sie mein Hemd. Die sanften Sonnenstrahlen, die durch das Fenster in ihrem Rücken fallen, erleuchten ihren Körper und die roten Haare flammen auf. Trotz meiner Bemühungen gestern Nacht, sie sanft zum Schlafen zu bewegen, scheint es nicht geholfen zu haben.

Liv reißt den Mund auf wie eine brüllende Löwin und gähnt herzhaft, dann wirft sie einen Blick in die Pfanne, anstatt mich anzusehen. Zartes Pink breitet sich über ihren Wangen aus.

»Du spielst auch?« Unvermittelt sieht sie auf und direkt in meine Augen.

Wie vom Blitz getroffen schüttele ich den Kopf. Damit bringt sie mich ganz schön in Erklärungsnot. Ich kann … und darf ihr nicht verraten, was diese ganze Farce hier zu bedeuten hat. Es macht mir Angst, dass mich das in ihren Augen nicht besser dastehen lässt als Niko.

»Nein. Man könnte sagen, ich wohne hier nur zur Miete und bin nie dazu gekommen, alles nach meinen Vorstellungen einzurichten, deswegen stehen hier noch diese altertümlichen Möbel rum und na ja, ich bin eh kaum hier …«

Unangenehmes Schweigen entsteht zwischen uns. Ich kann nicht umhin, sie verstohlen von der Seite zu beobachten, weil sie immer noch im frühmorgendlichen Sonnenlicht steht und wie eine Göttin strahlt.

Ich räuspere mich, die Hand fest um den Griff der Pfanne. »Du hast nicht zufällig Hunger, oder? Perfekt ist es zwar nicht … aber essbar schon.«

Sie strahlt mich an, als hätte ich ihr gerade einen riesigen Diamanten gezeigt, und nickt, ehe sie wahllos Schränke öffnet und nach Tellern sucht. Genau das mache ich auch immer, weil ich mir einfach nicht merken kann, wo hier was steht.

Schon kurz darauf hat sie Teller und auch Besteck gefunden und tritt neben mich, hält die Teller so, dass ich das Omelette geschickt darauf platzieren kann. Ein Wunder, dass nichts auf dem Boden landet …

Im Schneidersitz nimmt sie auf einem der Barhocker an der Kücheninsel Platz, und ich stelle mich ihr gegenüber mit einem Teller hin. Diese Stühle sehen viel zu fragil für meinen Körper aus. Schweigsam essen wir vor uns hin, obwohl ich viel lieber ein Gespräch mit ihr über gestern Nacht und das, was passiert ist, führen würde.

»Kannst du noch mehr kochen oder ist das dein Standardessen für morgens, wenn du Frauen hier hast?« Unverschämt ruhig stellt sie mir diese Frage und die Luft bleibt mir für einen Moment weg. »Ich meine, warum sonst sollte man einen Club führen und in so einem Haus wohnen?«

Gespielt empört lege ich die Gabel weg. »Jetzt hör mir aber mal zu, Liv. Es war noch nie irgendeine Frau hier.« Sicherheitsrisiko und so. »Und kochen tu ich normalerweise auch nicht.«

Sie sieht mich an, als wäre ich ein Alien. Ein kleines grünes Männchen mit piepsiger Stimme, das völligen Humbug erzählt. Lachend wende ich mich ab.

»Also hast du mich nur wegen Niko hierhergebracht?«

»Ja. Und ein kleines bisschen, weil ich dich für mich alleine haben wollte. Ohne diesen Vollpfosten, der dich eindeutig nicht verdient hat.« Einige Wörter bleiben mir im Hals stecken, vielleicht habe ich mich schon zu arg aus dem Fenster gelehnt. Eigentlich möchte ich ihr doch nur helfen, und wenn sie mich ansieht wie ein verschrecktes Reh, kann ich nicht glauben, dass ich sie lange halten kann. Wie bei einem wilden Pferd schlägt ihr Herz für die Freiheit und es braucht sehr starke Hände, um eines dieser wilden Pferde stillzuhalten; nicht zu zähmen, um Himmels Willen. Das sollte man solchen majestätischen Tieren auf keinen Fall antun. Aber ihnen zu zeigen, dass festgehalten zu werden gar nicht so schlimm ist … das ist die wahre Kunst.

»Ich kann nicht ewig hier bleiben. Früher oder später wird er mich finden. Sei es, weil er beobachtet, wie du hierher fährst, oder durch seine vielen Kontakte. Ich bin nirgends sicher, Elijah.«

Nicht mal bei mir. Immer wieder versucht sie, mir diese Illusion zu rauben, und ich halte dann noch stärker als zuvor daran fest. Ich kann nicht glauben, dass es für sie keinen Ort gibt, an dem sie nicht sicher ist. Unmöglich, sie ihm einfach zu überlassen. Auf dem Silbertablett zu präsentieren. Mittlerweile bedeutet das ihr Ende. Das weiß sie genauso gut wie ich, denn ich habe diesem Psychopathen in die Augen gesehen, gehört, was er gesagt hat. Dennoch sind mir die Hände gebunden und das obwohl ich ihr eigentlich helfen könnte. Ein Haftbefehl gegen Niko? All ihre Probleme würden sich plötzlich in Luft auflösen. Nur ist das leider nicht mehr so einfach für mich. Es erscheint mir zwar wahrscheinlich, das bereits ein Haftbefehl gegen Niko vorliegt, denn es ist einfach keine Bagatelle, in einem Club um sich zu schießen und zwei Menschen zu töten, aber es ist in meinem Augen gar nicht so leicht, diesen Kerl zu fassen. Dazu ist diese Ratte einfach zu gewitzt.

Genervt kratze ich mich am Kopf, meine Gedanken rattern vor sich hin. Irgendwann muss es doch Klick machen und mir sagen, dass die perfekte Lösung gefunden ist.

»Ich weiß, aber … wenn ich immer ein Auge auf dich habe, muss er zuerst an mir vorbei. Und an meinen Sicherheitsleuten. Ich weiß, ich habe es dir schon einmal vorgeschlagen und du hast abgelehnt, aber vielleicht solltest du es dir noch mal überlegen.« Es ist zwar kein Klick, aber immerhin ein kleiner Schritt auf dem Weg dahin. »Du sprichst mehrere Sprachen, bist klug und arbeitest zuverlässig … all diese Dinge wären eine Bereicherung im Club. Keine öffentlichen Aufgabenbereiche, alles hinter den Kulissen. Du wärst in meiner Nähe und nichts würde dir passieren.«

Sie sieht mich einfach nur an.

»Überleg es dir bitte wenigstens.«

»Damit noch mehr Leute dauerhaft in Gefahr schweben?«,

sagt sie gepresst. »Ich glaube nicht. Deine Sorge um mich, schön und gut, aber ich kann doch nicht verantworten, dass er wieder mit einer Knarre da reinstürmt und Menschen verletzt oder gar tötet. Das geht nicht.«

Jetzt würde ich ihr wirklich gerne sagen, dass sie dort in absoluter Sicherheit ist, dass auch ich eine Pistole besitze und damit vermutlich besser umgehen kann als dieser Amateur. Dass dort für so was ausgebildete Menschen arbeiten.

Aber das würde zu Fragen führen, unangenehmen Fragen, die ich hier nicht beantworten kann.

»Was willst du dann tun? Davonlaufen und auf das Beste hoffen? Den Rest deines Lebens so verbringen wie die letzten zwei Jahre? Liv ... das ist kein Zustand, das weißt du. Gestern Abend, als er da reingestürmt ist, wärst du gestorben, hätte ich ihn nicht niedergeschlagen. Alle anderen sind geflüchtet.« Ihre Augen brennen sich in meine. Sie weiß, dass ich recht habe.

»Aber ich würde mich immer wieder vor dich stellen, damit dir nichts passiert. Ich will nicht beschützt werden. Ich will einfach nur dauerhaft meine Ruhe.« Ihre Augen funkeln verdächtig. Ich hoffe inständig, dass sie nicht auf das anspielt, was ich gerade denke. »Auch wenn das ganze Land nach ihm suchen würde, die würden ihn nicht finden. Und selbst wenn, vermutlich würde er vorher das erledigen, was ihm bislang nicht gelungen ist« erklärt sie, felsenfest davon überzeugt, dass es tatsächlich so ist.

Dieses Verhalten sehe ich in meinem Beruf nicht das erste Mal. Sobald das Leben mehrerer Leute in Gefahr ist, nicht nur das eigene, tendieren die meisten Menschen dazu, sich für die Flucht und gegen den Kampf zu entscheiden. Und Liv ist damit bisher am besten zurechtgekommen.

Entschlossen sehe ich sie an. »Das alles ist keine dauerhafte Lösung.«

18

Liv

Ironisch, wie dieses leere Haus mein halbes Leben widerspiegelt. Elijah ist vor fast zwei Stunden gegangen, nachdem er mir die Alarmanlage erklärt und einen seiner Security-Männer vor der Haustür postiert hat.

Alleine. Immer wieder alleine. Und das, obwohl in meinem Leben, genau wie in diesem Haus hier, so viel Platz für andere Menschen wäre. Gäbe es da nicht diesen einen Fehler, den ich vor über zehn Jahren gemacht habe. Momentan bin ich sicher, aber für wie lange? Jeden Augenblick kann er draußen stehen, meinen Rottweiler abknallen und sich mir dann in Ruhe widmen.

Eine Gänsehaut bildet sich prompt auf meinem Rücken. Andererseits überlege ich gerade das erste Mal seit langem, ob ich mich bei meiner Mutter, meinen Eltern, melden soll. Damals, als ich Niko kennengelernt habe, habe ich noch bei ihnen gelebt. Irgendwann kam er dann zu mir und hat brüsk verlangt, dass ich umgehend ausziehe und den Kontakt zu meinen ach so schlimmen Monstereltern abbreche. Nun, das einzige Monster in meinem Leben war zu diesem Zeitpunkt er.

Das weiß ich inzwischen.

Niko ist schon immer fabelhaft darin gewesen, Menschen nach seinem Willen zu manipulieren, und es fiel ihm ausgesprochen leicht, meine Eltern in ein schlechtes Licht zu rücken. Immerhin ist er ihnen ein Dorn im Auge gewesen. Mittlerweile weiß ich, dass ich besser daran getan hätte, in dieser einen Sache auf sie zu hören. Meine Eltern hingegen trauern vermutlich immer noch ihrer durchgeknallten Tochter hinterher, die sich seitdem nie wieder gemeldet hat oder aufgetaucht ist.

Bloß – egal wie lange meine Gedanken darum kreisen, ich weiß nicht, was ich ihnen sagen soll. Tut mir leid, dass ich so dumm war? Ich weiß, dass ich einen Fehler gemacht habe und bereue es seit Jahren? Mir geht's gerade gut? Niko ist ein Arschloch und will mich umbringen? Ich dachte, ich melde mich mal, bevor ich den Löffel abgebe?

Nein. Ich darf sie nicht beunruhigen. Im Gegenteil, ich muss ihnen sagen, dass alles okay mit mir ist und ihnen ein bisschen Hoffnung zurückgeben. Wenigstens das haben sie verdient. Zu gerne würde ich sie besuchen gehen, sehen, wie es ihnen geht, was mein Kater Jimmy treibt. Und um wenigstens den Versuch zu starten, alles zu kitten. Nur ein kleines bisschen. Ebenso riskant wäre es aber auch, ohne Fallschirm aus einem Flugzeug zu springen. Über den Bergen.

Somit ist alles, was mir bleibt, ein Brief. Ich werfe einen Blick nach draußen zu dem Sicherheitsmenschen und wäge ab, ob ich ihn fragen kann, wo ich einen Stift und Papier finde, lasse es aber bleiben. Stattdessen suche ich nach etwas, das als sein Arbeitszimmer durchgehen könnte. Möglicherweise ist es gar keine schlechte Idee, für ihn zu arbeiten. Ich hätte ein sicheres Einkommen und viel wichtiger: ein halbwegs sicheres Leben. Auch wenn ich nicht glaube, dass Niko einfach aufgibt, ich habe somit für mich einen weiteren Versuch unternommen, mich selbst vor ihm zu schützen.

Trägt es dennoch keine Früchte, kann ich immer noch meine Sachen packen und gehen. Denn in einem hat Elijah recht, auch wenn er es so direkt nicht ausgesprochen hat. Ich spreche einige Sprachen und auf den Kopf gefallen bin ich, zumindest meinerseits absichtlich, auch nicht. Die letzten Jahre war ich entweder auf der Flucht oder durfte nicht arbeiten. Und auch wenn es sicher nicht mein Traumjob ist, für einen Club hinter den Kulissen zu arbeiten, ist es ein Anfang. Noch ein weiterer Schritt Richtung Freiheit, weg von Niko.

Im unteren Stock gibt es eigentlich nur noch ein Zimmer, welches ich nicht gesehen habe. Wenn ich mich nicht täusche, ist es das Arbeitszimmer. Für gewöhnlich ist mir nicht wohl dabei, in fremden Sachen zu schnüffeln oder Räume zu betreten, in denen ich eigentlich nichts zu suchen habe. Aber jetzt … ich bin doch nur auf der Suche nach Papier und einem Stift. Dafür wird Elijah mir nicht den Kopf abreißen. Er ist ein normaler Mensch. Vermutlich bekommt er nicht einmal mit, dass ich in seinem Büro war, und dementsprechend gibt es auch keinen Grund, vor möglichen Konsequenzen Angst zu haben.

Auf Zehenspitzen schleiche ich mich nach drinnen, obwohl ich nach wie vor ganz alleine hier bin. Als ob der Security-Mann draußen mitbekommen würde, wenn ich hier drin auf die Suche nach einem Bogen Papier gehe. Viel eher würde ich mitbekommen, wenn er draußen Gesellschaft bekäme. Da die Alarmanlage aktiv ist, zeichnet sie das Geschehen draußen nicht nur auf, sondern warnt einen auch rechtzeitig vor möglichen Gefahren. Sollte jemand versuchen, ins Haus zu gelangen, geht der schrillste Ton los, den ich in meinem Leben jemals gehört habe. Außerdem wird umgehend die Polizei alarmiert und Elijah bekommt eine Mitteilung aufs Smartphone. Mir kann hier also nichts passieren. Theoretisch. Zumindest hat er mir das ungefähr einhundert Mal versichert, bevor er dann doch gegangen ist, obwohl er viel lieber hiergeblieben wäre.

Das Büro macht einen sauberen Eindruck, das Chaos scheint sich auf einen Bereich zu beschränken, nämlich den Schreibtisch. Mit voller Absicht werfe ich nicht einen einzigen Blick auf die Unterlagen dort, sondern suche gehetzt nach einem Stapel Druckerpapier. Einen Stift habe ich bereits aus dem übervollen Stiftehalter neben dem Bildschirm genommen.

Kein Papier.

Seufzend gebe ich nach und beginne, die Schubladen zu öffnen und Dinge anzuheben, um mir einen Überblick zu verschaffen. Zu gerne würde ich jetzt Ordnung in das Chaos bringen, damit ich endlich wieder von hier verschwinden kann. Angespannt schiebe ich einen schwarzen Ordner zur Seite und stoße mit den Fingern gegen eine glatte, kühle Oberfläche. Ich erstarre und fühle mich plötzlich, als hätte man mich blutend in ein Haifischbecken geworfen. Soll ich wild mit den Armen rudern und versuchen zu entkommen? Oder stillhalten und abwarten, wie die Haie reagieren? Ruckartig entweicht mir der Atem, wie hypnotisiert gehe ich in die Knie und hebe den Ordner aus der Schublade. Was ich erblicke, lässt mich die Augen schließen.

Es fühlt sich an wie ein Faustschlag mitten ins Gesicht, als würde man ein Haus abreißen, obwohl ich mich noch darin befinde. Schwarz glänzend liegt die tödliche Schönheit zwischen Blättern und Unterlagen. Abwartend.

Obwohl Elijah in einem Club arbeitet und somit einen nicht gerade ungefährlichen Job hat, kann ich mir kein Szenario ausmalen, in dem er diese Pistole wirklich brauchen würde. Seine Statur ... die kräftigen Oberarme, der muskulöse Körperbau, die Kraft, die verborgen in ihm ruht. Solche Waffen besitzt man nur, wenn man vorhat, sie auch zu benutzen, und irgendwie kann ich mir nicht vorstellen, dass er sie rein zum Vergnügen hat. Sonst würde er seine Handfeuerwaffe besser sichtbar aufbewahren und nicht in der untersten Schublade meines Schreibtischs.

Es ist nicht das erste Mal, dass ich so eine Pistole von nahem sehe. Niko hat mir vor einigen Jahren das gleiche Modell an den Kopf gehalten und gedroht, mich auf der Stelle umzubringen. *Ich brauche nur diesen Abzug zu streicheln und dein hübsches Gesicht wird vollkommen zerfetzt.*

Auf dieser hier ist die Seriennummer allerdings nicht abgefeilt, sondern ziert den Griff. Sie sieht gepflegt aus, obwohl sie in dieser Schublade vor sich hin wartet. Ist sie neu? Oder hat er sie schon benutzt? Und wenn ja, für was? Und wie oft? Hat er damit Menschen bedroht oder sie gerettet? Brauchte er sie, um sich selbst ein bisschen Sicherheit zu verschaffen oder … ich will nicht daran denken, wie viel Schaden diese Waffe anrichten kann.

Ich kann nicht länger in diesem Raum bleiben, alles fühlt sich eng und falsch an. Die Tür fällt mit einem lauten Knall hinter mir zu, als ich mich ins Wohnzimmer stürze. Ich will nicht so über Elijah denken, möchte eine rationale Erklärung dafür. Viele Menschen in den USA haben eine Waffe, um sich selbst und ihre Familie zu schützen. Warum sollte es bei ihm einen anderen Grund geben?

Nur langsam lassen sich meine Gedanken beruhigen …

19

Noch immer in meine verworrenen Gedanken versunken höre ich plötzlich, wie sich jemand an der Tür zu schaffen macht. Mein erster Gedanke ist es, mich im Arbeitszimmer zu verschanzen und die Waffe zu meinem eigenen Schutz zu verwenden.

Inzwischen fällt es mir leichter, die Existenz der Waffe nachzuvollziehen. Trotzdem bereitet mir etwas daran Unwohlsein. Auch ein kleines bisschen Angst mischt sich darunter.

Schließlich höre ich, wie die Tür geöffnet wird. Es folgen Schritte. Da die Alarmanlage nicht angesprungen ist, muss mein Besucher den Sicherheitscode besitzen. Meines Wissens nach besitzt den nur einer.

Elijah schiebt sich durch die halboffene Tür und sieht mich mit schief gelegtem Kopf an.

Hitze steigt in mein Gesicht. »Ich wollte nur schauen, wer da kommt. Und ob ich nicht besser renne.« Es soll ein Witz sein, aber er fasst es als überhaupt nicht so auf.

Meine Hand wandert in meine Haare, und ich wickele mir einige Strähnen um den Finger, wippe mit den Füßen auf und ab. Ich stehe hier, er da drüben an der Haustür.

Er merkt, dass etwas nicht stimmt, sagt aber nichts. »Ich hab ein paar Unterlagen in meinem Arbeitszimmer liegen lassen und bin deshalb noch mal zurückgekommen.«

Ich nicke. Das ist natürlich die einzig logische Erklärung und nicht, dass er mitbekommen hat, dass ich an seinem Schreibtisch war …

Ich gehe zurück in die Küche und nehme mir ein Glas Saft, warte darauf, dass er wieder geht. Doch auch zehn Minuten später ist er noch nicht zurück. Schweiß haftet meinen Handflächen unangenehm an. Er ruft meinen Namen, und ertappt zucke ich zusammen.

Noch bevor ich das Arbeitszimmer erreiche weiß ich, um was es geht. Er hat irgendwie erkannt, dass ich dort drinnen war und dass ich die Pistole gefunden habe. In all den Jahren, die ich Niko ertragen habe und bei all den Dingen, die ihn furchtbar aufgeregt haben, gab es nie einen Grund für ihn, anzunehmen, dass ich etwas getan habe, was ihn hätte aufregen können. Obwohl ich regelmäßig Dinge getan habe, die er eigentlich nicht wollte. Ich bin einfach nur gut darin gewesen, meine Spuren zu verwischen. Wenn er allerdings etwas finden wollte, um mir weh zu tun, dann hat er es auch gefunden. Da nutzte es auch nie etwas, dass ich mich eigentlich gänzlich nach seinen Vorstellungen verhalten hatte.

Ich betrete das Arbeitszimmer und will schon zu einer Erklärung ansetzen, doch verfalle wieder in Schweigen, als ich sein besorgtes Gesicht sehe. Er sitzt auf dem Stuhl, die unterste Schublade seines Schreibtischs steht offen, und unschlüssig blickt er hinein.

»Ich habe keine Unterlagen vergessen«, gibt er zu. Elijah sieht auf und mich direkt an, Hitze krabbelt von meinen Füßen meinen Körper hinauf. Unmöglich kann ich still stehen.

»Ich bin zurückgekommen, weil ich dir etwas geben will.«

Er greift in die Schublade und zieht die mir bereits bekannte Pistole hervor. Trotzdem reiße ich die Augen auf und keuche ehrlich überrascht.

Unwillkürlich mache ich einen Schritt von ihm weg und will flüchten.

»Keine Angst«, beschwichtigt er mich und erhebt sich. »Ich will einfach nur sicher gehen, dass du dich verteidigen kannst und nicht weglaufen musst.«

Er trägt die Waffe so selbstverständlich, dass mir davon schwindelig wird. Sie ist kein Fremdkörper in seiner Hand, es ist Routine für ihn. Mittlerweile stehe ich wieder draußen im Gang, weil ich einfach immer einen Schritt rückwärts gemacht habe, wenn er einen auf mich zugegangen ist.

Elijah richtet die Waffe zwar nicht auf mich, dennoch löst es in mir das gleiche Gefühl aus wie vorhin, als ich sie in seinem Schreibtisch entdeckt habe.

»Lass mich dir zeigen und erklären, wie man damit umgeht.« Er hält mir die Waffe mit dem Griff voraus hin. Ich schlucke hart.

»Warum besitzt du eine Pistole, Elijah? Warum ist sie in deinem Schreibtisch und warum kannst du damit so verdammt gut umgehen?« Ich stelle ihm all die Fragen, die ich ihm eigentlich nicht habe stellen wollen, während ich vor weniger als einer halben Stunde noch dabei war, mich deswegen verrückt zu machen.

Er schweigt einen Moment. »Ich will, dass du dich sicher fühlst.« Wenn ich seinen Blick richtig deute, ist er ob meiner Fragen hilflos. Dabei sind es in meinen Augen so einfache Fragen.

»Elijah?« Meine Stimme wird schwach, ich spüre die Wand in meinem Rücken. Ich muss wie ein verängstigtes Reh auf ihn wirken, wie ich mich immer weiter in die Wand presse, am liebsten darin verschwinden würde.

»Ich kann … nicht. Diese Fragen bringen mich in einen Gewissenskonflikt, Liv. Bitte vertrau mir einfach.«

Sein Gesichtsausdruck und seine Worte sind ehrlich, aber mein Kopf schreit mir alte Geschichten von Niko ins Ohr, und ich kann nicht auf beide hören.

Kurz darauf gibt er auf. »Ich lege sie weg.« Die Art, wie er sich bewegt, strahlt mittlerweile Niedergeschlagenheit aus.

Nachdem er die Waffe wieder in seinem Schreibtisch verstaut hat, kommt er zurück zu mir. »Du weißt, wo sie liegt. Und du kannst sie ohne Bedenken benutzen.«

Ein Schritt trennt uns noch, und ehe ich mich versehe, hat

er die kurze Distanz überwunden und mich in die Arme geschlossen. Ich lasse es zu und bemerke erst jetzt, dass ich zittere. Meinen Kopf lehne ich gegen seine Schulter und schließe die Augen. Ich hasse meine Reaktion plötzlich. Der Zweifel an den Gründen, warum er diese Waffe besitzt, und seine vage Aussage darüber hat sich aber längst in meine Gedanken gefressen. Ich kann einfach nicht bleiben, auch wenn seine Gegenwart wie Wundsalbe und ein großes Pflaster auf die letzten Jahre wirkt.

Mit den Fingern fährt er durch meine Haare, krault meinen Kopf und hebt ihn schließlich an, damit ich ihm ins Gesicht sehe. »Soll ich noch ein bisschen bleiben?«

Ich nicke, weil ich noch ein bisschen von seiner Heilung gebrauchen kann.

Seine großen Hände schließen sich seitlich um meine Oberschenkel und er hebt mich hoch, so dass ich einen Kopf größer bin als er. Wie ein Verräter schleicht sich ein Lächeln auf meine Lippen. Wenn ich die letzte Stunde ausblende, gelingt es mir vielleicht sogar, die wenige Zeit, die ich mit Elijah noch habe, zu genießen, denn langsam festigt sich der Entschluss, einfach zu verschwinden, in mir. So habe ich immer reagiert, das ist immer meine beste Lösung gewesen.

»Ich weiß, was wir machen.« Schmunzelnd trägt er mich die Treppen nach oben und zu seinem Schlafzimmer.

Es ist anders als der Rest des Hauses, moderner. In einer Ecke steht ein riesiger Ohrensessel, nebendran ein hohes Bücherregal und eine Stehlampe. Auf der anderen Seite findet sich eine Anlage mit riesigen Boxen und direkt unter den großen Fenstern steht sein Bett, dass die Definition von *King Size* eindeutig sprengt.

»Ich dachte, du hattest keine Zeit, hier irgendetwas einzurichten?«

An der Kante des Betts bleibt er stehen und sieht mich mit einem gefährlichen Funkeln in den Augen an. »Das stimmt ja auch. Aber ich konnte unmöglich in einem Bett für Zwerge schlafen und die Chaise Lounge wäre unter meinem Gewicht zusammengebrochen.«

Ich stelle mir vor, wie er sich auf so ein halbmittelalterliches Teil setzt und beginne zu lachen. In meinen Gedanken formt sich ein seltsames Bild, weil er viel zu groß für so zierliche Möbel ist. Er hat recht, es wäre unter ihm zusammengebrochen wie ein Ast unter meinem Fuß.

»Was gibt's da zu lachen, hm?«, grummelt er, hält mich plötzlich nur noch mit einem Arm, den er um meine Beine geschlungen hat. Seine andere Hand liegt an meiner Seite, die Finger bewegen sich schnell über meine Haut. Prustend neige ich mich zur Seite und versuche dem kitzelnden Gefühl zu entgehen.

»HE!«, protestiere ich mich windend.

»Wenn du mir erzählst, an was du gedacht hast, höre ich auf.«

»Ich habe mir nur vorgestellt, wie du auf einer Chaise Lounge sitzt«, beteuere ich atemlos.

Mit zusammengekniffenen Augen sieht er mich an. »Soso.«

Plötzlich lässt er mich los und wirft mich auf das Bett. Federnd lande ich darauf und sehe ihn verblüfft an. Er mustert mich, angefangen bei den Beinen und dann weiter nach oben. Ich trage noch immer das weiße Hemd, das er mir gestern Abend gegeben hat. Seine Augen sind dunkel, als sie bei meinem Gesicht ankommen und es wirkt, als würde ein Raubtier in seinem Inneren auf und ab laufen. Zwischen meinen Beinen beginnt es zu kribbeln und mein Atem gerät ins Stocken. Plötzlich ist es furchtbar heiß hier und der Stoff fühlt sich an, als würde er mich einengen. Auch meine Haut spannt unangenehm. Unruhig schiebe ich mich weiter in Richtung Kopfteil, doch seine Augen rasen von meinem Körper zu meinem Gesicht und furchtbar langsam beugt er sich nach unten, die Matratze senkt sich unter seinem Gewicht und er umfasst meine Knöchel, zieht mich mit einem Ruck wieder zu sich.

»Nicht weggehen.« Seine Stimme ist nicht mehr als ein Flüstern und mein Mund ist plötzlich furchtbar trocken.

Benommen nicke ich, schließe die Augen, als seine Finger sanfte Spuren über meine Beine ziehen, mich damit quälen, dass er mich zwar berührt, aber niemals richtig. Elijah zieht mich in eine halb sitzende Position und hebt mich auf seinen Schoß. Träge öffne ich die Augen, atme seinen männlichen Duft genüsslich ein, der mich schlagartig überfallen hat. Mein Blick trifft seine dunklen Augen und dann ist es um mich geschehen.

Wie eine Ertrinkende falle ich über seinen Mund her, eine Hand in seinem Haar, die andere an seinem Hals. Er stößt ein Knurren aus, packt meine Hüfte und zieht mich noch näher an sich. Durch den Stoff seiner Jeans kann ich ihn spüren.

Wie ein tiefverwurzelter Baum hält er dem Sturm stand, setzt mir etwas entgegen. Seine Hände sind überall, auf meinem Rücken, meinem Bauch, meinen Beinen unter dem Hemd.

Er erreicht den unteren Teil meines BHs und beginnt zu fluchen. »Ich habe keine Geduld dafür.« Knöpfe springen in alle Himmelsrichtungen davon, dann zerrt er die Überreste des Hemds von meinem Körper. Was bleibt, ist schwarze Spitze. Mit einem bedauernden Blick hakt er einen Finger zwischen den Cups ein und zerreißt ihn. Unbeachtet fällt der BH neben uns auf das Bett.

Jetzt stürze ich mich wieder auf ihn, küsse ihn hart, berühre seine Zunge sanft mit meiner und erforsche. Sein Atem trifft heiß auf mein Gesicht, als ich mich kurz zurückziehe und stattdessen seinen Mundwinkel, die Wange, sein kantiges Kinn und die empfindliche Stelle unter seinen Ohren in Beschlag nehme. Gerade will ich meine Hände über seinen Gürtel weiter nach unten schieben, da umfasst er meine Handgelenke.

Fragend sehe ich zu ihm auf, er schüttelt den Kopf. »Mach weiter.«

Frustriert beiße ich in seinen Hals, doch es führt seinerseits nur zu Belustigung.

Sanft drückt er mich nach unten in die Matratze, legt sich auf mich und küsst mich, sanft. »Wenn du das jetzt machst, kann ich all die Dinge, die ich gerne mit dir anstellen würde, nicht mehr tun.«

Mir geht ein Licht auf und nachdenklich beiße ich mir auf die Unterlippe.

Er schließt gequält die Augen. »Lass das, Liv«, fleht er sanft.

Er gibt meine Hände frei und ich umfasse sein Gesicht. »Das macht dich an, oder?«

Grummelnd öffnet er seine Augen wieder und streicht mit dem Finger über meine Brustwarze. Erst sanft, dann in kreisenden Bewegungen, bis sie sich ihm erregt entgegenstreckt. Schnaubend sieht er mich an. »Und wie.« Dann senkt Elijah den Kopf und schließt den Mund um die Spitze meiner Brust. Seine Zunge schießt hervor und neckt mich, seine Zähne kratzen über die empfindliche Stelle und ich drücke meinen Rücken durch, mich ihm entgegen, seufze unwillkürlich auf.

Unterdessen massiert seine Hand meine andere Brust, während ich jetzt schon nicht mehr weiß, wo mir der Kopf steht. Verlangend ziehe ich an seinem Hemd, reiße daran, bis Elijah nachhilft. Dann ist er mit seiner Hand sofort wieder an meiner Brust. Haltsuchend fahre ich über seinen Oberkörper. Nur kurz lässt er von mir ab, küsst mich und dann knabbert er sich seinen Weg an meinem Körper nach unten, bis da das Spitzenhöschen seinen Weg versperrt.

Beinahe hasserfüllt sieht er den störenden Fremdkörper an, fasst unter mich und hebt meine Hüfte ein Stück an, damit er den Stoff nach unten ziehen kann. Seine Augen sagen »Schon besser«, als er mit den Händen meine Beine nachfährt. Immer, wenn er an den Innenseiten meiner Oberschenkel ankommt, hält er inne und sucht sich eine andere Stelle meines Körpers, die er zeitweilig mit den Fingern erforschen kann.

Ich hingegen stehe innerlich in Flammen, in meinem Unterleib hat sich ein nerviger Knoten gebildet und die Nässe zwischen meinen Beinen führt mir vor Augen, wie sehr ich ihn eigentlich will.

Gerade will er seine Hände von meinen Oberschenkel zu meinen Hüften schieben, doch so weit kommt es nicht. Wild vor Verlangen richte ich mich auf. Nur drei Wörter kommen über meine Lippen, zu mehr bin ich nicht in der Lage. »Nimm mich endlich.«

Als hätte er nur darauf gewartet, schiebt er meine Beine an den Knien auseinander. Sein intensiver Blick wirkt wie glühende Kohlen auf meiner Mitte, frustriert stöhne ich auf. Er dirigiert mich wieder in eine liegende Position, bevor er mit dem Kopf zwischen meinen Beinen verschwindet. Zunächst sind es nur sanfte Küsse um meine Schamlippen herum, die meinen Atem ins Stocken bringen, dann vergesse ich diese überlebenswichtige Sache komplett.

Seine Zunge taucht in meine Nässe ein, erkundet mich. Meine Finger vergraben sich in seinen dunklen Haaren, zerren daran. Gerade als ich ihn wegziehen will, weil der süße Schmerz meiner im Takt zu seinen Berührungen zuckenden Beine zu viel zu werden scheint, schiebt er einen Finger in mich und liebkost meine Klit mit seiner Zunge.

Ich verfalle seinen Berührungen, der Lust und den zufriedenen Geräuschen, die er bebend an mir ausstößt.

Unaushaltbar. Obwohl ich jede seiner Berührungen genieße, will ich mich ihm entwinden, weil ich glaube, dass ich davon nicht mehr aushalten kann, aber er entlässt mich nicht, hält meine Hüfte still. Bis mich mein Orgasmus in eine aufrechte Position katapultiert, alle Muskeln in meinem Körper scheinen verrückt zu spielen und ich weiß nicht mehr, wo oben oder unten ist, als ich keuchend und verschwitzt und immer noch zuckend über seinem Kopf zusammensacke. Er leckt mich noch immer und gestattet mir somit, dass ich meinen Orgasmus schwer atmend auskosten kann. Irgendwie schafft er es, sich unter mir zu befreien und mit einem schelmischen Blick leckt er sich über die Lippen, ehe er mich packt und küsst, mich mich selbst schmecken lässt.

Obwohl ich gerade erst gekommen bin, ist mein Verlangen nicht gestillt. Ich zwicke mit den Zähnen in seine Lippe, diesmal lässt er mich gewähren, als ich nach seinem Gürtel greife, ihn mit schwachen Fingern öffne. Ehe ich fortfahren kann, ist er aufgesprungen und hat sich die Jeans und Boxershorts schon vom Körper gerissen. Er kommt zurück zu mir und küsst sich diesmal an meinem Körper nach oben.

Ich kann ihn spüren. Nicht nur seinen Schwanz, sondern sein ganzes Körpergewicht und ihn als Menschen. Als jemanden, der mir nicht nur körperlich nahe ist. In diesem Moment möchte ich meine Entscheidung, zu gehen, rückgängig machen, aber die warnenden Stimmen in meinem Kopf sind zu laut. Ich rede mir ein, dass es nicht nur daran liegt, dass ich diese Waffe gefunden habe, sondern auch daran, dass ich nicht möchte, dass Elijah in Nikos Fokus gerät. Früher oder später wird das passieren und trotz aller Beteuerungen seinerseits fällt es mir schwer, einfach am Rand des Spielfelds zu stehen und das zuzulassen.

Mit einer Hand auf seiner Brust halte ich ihn zurück, stoße ihn neben mich auf die Matratze, was wohl nur funktioniert, weil er es freiwillig mit sich machen lässt. Ich klettere auf ihn, mache es mir auf seinen Oberschenkeln bequem, so dass sein aufgerichteter Schwanz an meinem Bauch ruht. Ich funkle ihn von oben herab an, lasse ihn denken, dass ich ihm jetzt heimzahle, wie er mich vorhin gequält hat. In Wirklichkeit halte ich es keine Sekunde länger aus, ihn endlich in mir zu spüren. Ich beuge mich ein bisschen nach vorne, so dass meine Haare seinen Bauch kitzeln und platziere einen Kuss da, wo ich sein Herz vermute. Ich spüre, wie es kräftig gegen seinen Brustkorb schlägt.

Ohne zu zögern umfasse ich ihn, und Elijahs kräftige Hände heben mich an und ein Stück nach vorne, so dass ich seine Spitze so positionieren kann, dass er gegen mich stößt. Sehnsüchtig hebt er seine Hüfte ein Stück an, drängt sich weiter gegen mich. Doch ich verharre noch einige Sekunden regungslos, genieße den frustrierten Ausdruck auf seinem Gesicht, ehe ich die Hüfte so kippe, dass er zumindest mit der Eichel gänzlich in mich eindringen kann. Prompt schließe ich die Augen, fühle dem angenehmen Druck in meinem Inneren nach, verliere mich darin, wie er sich in mir anfühlt. Elijah lässt mich Zentimeter für Zentimeter weiter nach unten sinken, bis er mich vollständig ausfüllt. Dabei flucht er, wie ich noch nie jemanden zuvor habe fluchen hören.

»Himmel, das könnte ich mir für den Rest meines Lebens anschauen.« Seine Hand legt sich an mein Gesicht, der Daumen streichelt über meine Lippen.

Ich beiße nach ihm, lehne mich nach vorne und stütze mich mit beiden Händen auf seinem Brustkorb ab. Langsam beginne ich, mich zu bewegen und ersticke beinahe an der plötzlichen Intensität.

Hemmungslos trage ich nach außen, was ich empfinde. Ich reite ihn immer schneller, immer härter. Elijahs Finger bohren sich in meine Hüften, er versucht mich zurückzuhalten. Unmöglich, ich kann jetzt nicht wieder aufhören, wenn es sich doch so gut anfühlt.

Sein Schwanz zuckt in mir, macht mich ganz verrückt, reißt mich mit sich. Bevor ich protestieren kann, liege ich wieder auf dem Rücken und er drängt sich so heftig gegen mich, dass ich die Beine anziehe, bis sie protestierend spannen. Immer weiter drängt er sich in mich, stößt schnell und mit ganzer Länge zu. Sein Daumen liegt plötzlich auf meiner Klit, ärgert mich genauso viel, wie er mir Lust bereitet.

Elijah stößt etwas aus, das Fluch und Stöhnen gleichermaßen ist. Ich reiße die Augen auf, als ich unvermittelt komme, weil er es auch tut. Er hat es nicht eilig, sich aus mir zurückzuziehen und stößt stattdessen noch ein paarmal zu, während sein Sperma sich mit meiner Nässe vermischt und die Bettwäsche ruiniert.

Alles, was zurückbleibt, ist absolute Zufriedenheit und ein kleines bisschen Müdigkeit und Leere, da, wo er mich zuvor ausgefüllt und ergänzt hat.

Ebenso zufrieden lässt Elijah sich nun auf mich sinken, bettet seinen Kopf auf meinem Brustkorb. Ich bemerke, dass er grinst und fahre mit einer Hand durch seine Haare, ziehe kleine Kreise mit den Fingern auf seiner Schulter.

»Am liebsten würde ich heute nicht mehr arbeiten gehen. Und morgen auch nicht. Und übermorgen … besser auch nicht«, murmelt er.

Unmittelbar bevor er sich neben mich legt und mich an sich zieht, so dass ich den Kopf auf seine Schulter legen kann, küsst er ebenfalls die Stelle über meinem Herzen. Tränen bilden sich in meinen Augen, aber ich dränge sie zurück. Dafür ist jetzt nicht der richtige Moment.

Verschwitzt kleben wir aneinander und es gibt gerade nichts auf dieser Welt, was besser wäre.

20

Den Zettel mit der knappen Erklärung platziere ich auf der Arbeitsplatte, so dass er ihn unmöglich übersehen kann. Mehr braucht es nicht. Sobald ich hier raus bin, muss ich nur noch kurz meine Tasche aus meiner Wohnung holen und dann bleibt mir nur, mich ins Auto zu setzen und davon zu fahren. So wie schon viele Male zuvor.

Damit mein Rottweiler Elijah nicht sofort darüber informieren kann, gehe ich nach draußen zu ihm. »Macht es dir was aus, mich zu meiner Wohnung zu fahren? Ich würde mir unheimlich gerne ein paar frische Klamotten holen.« Dabei sehe ich unwohl an mir herab und wieder zu ihm auf. »Dein Name war Nick, oder? Ich verspreche, dass Elijah davon auch nichts mitbekommt, Nick. Du kannst die ganze Zeit über direkt unten vor der Wohnung warten, ich brauche auch nur ein paar Minuten.«

Misstrauisch sieht er mich und dann seine Uhr an, ehe er seufzend einknickt und auf das dunkle, mitgenommene Auto in der Auffahrt deutet.

Erfreut folge ich ihm zu dem Auto, das in dieser Auffahrt völlig fehl am Platz aussieht, und doch gibt es nichts, was mich in diesem Moment glücklicher gemacht hätte. Ein altes Auto strahlt immer eine gewisse Gemütlichkeit aus, vor allem in einer Welt, wo fast jeder zweite Mensch eine moderne Luxuskarre besitzt, die so gar keinen Charme hat.

Eine halbe Ewigkeit verbringen wir im Auto, weil Nick die Geschichte von gestern Nacht gehört hat und so nervös ist, dass

Niko uns auf den Fersen sein könnte, dass er zwei Extrarunden dreht. Nur zur Sicherheit.

Ich hingegen versuche krampfhaft, nicht an Elijah zu denken und daran, dass wir vor kurzer Zeit noch miteinander geschlafen haben. Dass es irgendetwas mit mir gemacht hat, so dass es mir besonders schwerfällt zu gehen. Diese Geste … ich spüre einen Stich in meinem Herz. Allerdings kann ich es mir nicht erlauben, mich davon ablenken zu lassen, da ich meine Entscheidung doch längst gefällt habe. Daran ändert auch dieses bittersüße Abschiedsgeschenk nichts, es wird einfach eine wohl geschätzte Erinnerung sein.

Als er endlich vor dem Häuserkomplex hält, in dem sich meine Wohnung befindet, bleibe ich noch sitzen und sehe nach draußen, mustere die Menschen, die überall ihren täglichen Aufgaben nachgehen, genau. Keiner von ihnen sieht verdächtig aus, so dass ich mich nach dem dritten Räuspern meines Fahrers endlich dazu entschließe, aus dem Auto zu steigen.

»Dauert nicht lange«, verspreche ich ihm und weiß schon jetzt, dass er mich nie wieder sehen wird.

Mein Auto steht auf dem kleinen Hof zwischen den vielen Häusern und dieser hat mindestens drei Zufahrten. Er wird nicht mitbekommen, dass ich verschwinde. Jedenfalls nicht, bis es nicht ohnehin schon zu spät ist. Bevor ich die Haustür mit der Schulter aufschiebe, entspanne ich mich innerlich. Niko wird nicht hier auf mich warten, nicht, nachdem Elijah mich gestern Abend mitgenommen und mehr als deutlich demonstriert hat, dass ich zu ihm gehöre. Irgendwie.

Dieser Gedanke versetzt mir einen schmerzhaften Stich. Ich bin gerade dabei, das Beste, was mir in den letzten Jahren passiert ist, zu zerstören. Vollkommen bewusst.

Einerseits möchte ich das nicht – ich will weiter in dieser Blase leben, weitab der Realität. Elijahs Nähe genießen, seine Lippen auf meinen spüren und meinen Körper so eng an ihn pressen, als wolle ich in ihn hineinschlüpfen, weil die bloße Berührung einfach nicht ausreicht, mein Verlangen nach Nähe zu stillen. Ohne Hindernisse will ich mich in ihn verlieben, das Kribbeln in meinem Bauch genießen, leben. Ganz ohne Rücksicht auf etwas oder jemanden nehmen zu müssen.

Doch so einfach ist das nicht. Niko wird keine Ruhe geben, mir dieses Glück nicht gönnen. In dem Moment, in dem er erfährt, dass ich mich auf Elijah, einen Mann, der nicht Niko ist, eingelassen habe, werden seine Sicherungen durchbrennen. Im Club hat er schon einen Teil seines wahren Ichs preisgegeben, aber verglichen mit dem, was er mir von sich gezeigt hat, ist das nur ein Bruchteil gewesen.

Die Vorstellung, dass Elijah unter ihm leiden wird, dass Niko alles daran setzen wird, uns zu zerstören, tut so weh, dass ich einen Moment lang keine Luft kriege. Es ist nicht einfach nur eine Einbildung oder ein Hirngespinst, es ist eine Tatsache, die ich mit Miles und unserer Freundschaft schon erlebt habe. Er hätte ihn skrupellos getötet.

Mir anzusehen, wie Elijah am anderen Ende einer geladenen Waffe steht, wie sie ihm das Leben nimmt und mich endgültig zerstört, führt dazu, dass Tränen in meine Augen schießen.

Ich muss einfach gehen, um zu schützen, was mir wichtig geworden ist. Es bleibt mir nichts anderes übrig. So lange nicht, bis Niko entweder hinter Gittern ist oder tot.

Meine Haustür ist demoliert, so als ob jemand wütend mit der Faust darauf eingeschlagen hätte. Das ist außerdem nicht alles. In großen Buchstaben hat jemand unordentlich auf das helle Holz der Tür gekritzelt:

»Ich werde dich finden.«

Als ein Geräusch die Stille im Gang übertönt, reiße ich ruckartig den Kopf erst in die eine, dann in die andere Richtung. Nichts. Ich brauche drei Anläufe, um das Schloss zu treffen. Als die Tür endlich aufgeht, habe ich Angst, dass sie mir entgegenfällt.

Erleichterung überkommt mich, als ich sie mit Ach und Krach endlich wieder hinter mir geschlossen habe, auch wenn sie keinen guten Schutz darstellt.

Hier drinnen ist alles so, wie ich es gestern zurückgelassen habe, auch meine Sporttasche steht noch am selben Fleck wie immer. Die Schlüssel bohren sich schmerzhaft in meine Handfläche, während ich unentschlossen zu meinem Schlafzimmer blicke. Nehme ich mir wirklich die Zeit?

Statt mich umzuziehen, hole ich nur das scharfe und lange Küchenmesser unter meiner Matratze hervor, lege es oben auf den Inhalt der Sporttasche.

Jetzt bin ich bereit, wieder einen Teil meines Lebens abzuschließen und hinter mir zu lassen. Der Highway liegt vor mir und abermals werde ich ihn entlang jagen, auf der Suche nach einer neuen befristeten Heimat. Ich werde sie finden, irgendwo. Wie immer.

Draußen blinzelt mir die Sonne entgegen, und ich verweile einige Minuten auf dem Innenhof neben meinem Auto, welches keinen Kratzer abbekommen hat. Vielleicht, weil Niko einfach nicht weiß, welches mein Auto ist.

Da es aber töricht wäre, das anzunehmen, beschließe ich, einen Zwischenstopp bei der Tankstelle hier in der Stadt einzulegen, um mir ein neues Schrottauto verkaufen zu lassen. Ehe ich einsteige, checke ich den Unterboden nach Peilsendern oder sonstigen Geräten, finde aber nichts.

Dann mache ich mich auch schon auf den Weg, nehme die Ausfahrt, die mich auf die Straße hinter meinem Wohnkomplex bringt, so dass Nick mich unmöglich sehen kann. Dann brause ich etwas zu schnell in Richtung der Tankstelle davon.

Schrottauto reiht sich an Schrottauto, aber solange es nicht viel kostet, fährt und mir auf dem Highway nicht auseinanderfällt, ist es mir reichlich egal, was für ein Auto ich nehme.

Kaum dass ich ausgestiegen bin, ist auch schon der typisch

schmierige Autoverkäufer bei mir. »Ich habe einen ganz tollen Jahreswagen reinbekommen gestern. Der passt wirklich gut zu Ihnen, wenn ich Sie mir so anschaue.« Sein Blick liegt jedoch nicht auf mir, sondern auf meiner alten Klapperkiste.

Mein Lächeln ist müde. Ich habe noch nie ein Auto gefahren, das mehr als siebenhundert Dollar gekostet hat.

»Ich bin mir sicher, dass ich so viel Geld nicht habe. Außerdem hätte ich gerne einen von denen hier. Am besten einen, der fährt und mir die nächsten tausend Kilometer nicht unterm Hintern zusammenbricht.«

Sichtlich unzufrieden mit meiner Entscheidung führt er mich zu einem knallgelben Golf 2. Alt und zu auffällig, um mich darin zu vermuten. Perfekt.

»Den nehme ich. Und lasse Ihnen auch gleich meinen alten hier, falls das okay ist?«

Er mustert wieder mein Auto, aber scheint nichts dagegen zu haben, denn äußerlich ist das Auto gepflegt. Was unter der Haube los ist, ist ihm wohl egal, jedenfalls fragt er nicht weiter nach technischen Details.

Nachdem ich bar bezahlt habe, händigt er mir auch schon den Schlüssel aus und wünscht mir eine gute Fahrt. Diese Autoverkäufer sind immer wieder meine Rettung in letzter Minute, und vielleicht sollte ich diesem hier stellvertretend für alle Autoverkäufer danken, die mir in meinen zwei Jahren Flucht schon echte Gefallen erwiesen haben. Doch ich schweige und steige einfach ein, stelle meine Sporttasche auf den Beifahrersitz.

Als Erstes nehme ich den furchtbar stinkenden Duftbaum ab und schmeiße ihn ins Handschuhfach. Dann verriegele ich die Türen, stelle einen Radiosender ein. Noch während ich den Wagen starte, fällt mein Blick voller Hoffnung auf die Tankanzeige.

Ich habe kein Glück. Er schafft gerade mal die paar Meter zur Zapfsäule, bevor der Motor geräuschvoll stirbt und mit einem letzten Röcheln nach Benzin verlangt.

Mir ist unwohl dabei, auszusteigen und auch dabei, so viel Zeit in dieser Stadt zu verschwenden. Ich beeile mich und atme erleichtert aus, als ich endlich wieder hinter dem Steuer sitze. Noch bevor ich das mulmige Gefühl in meinem Magen richtig zuordnen kann, ist mir klar, dass etwas nicht stimmt. Nicht so ist, wie es sein sollte. Irgendetwas drückt sich von hinten in meinen Sitz und noch während ich einen Blick hinter mich werfe, ist meine Hand bereits an der Tür.

Seelenruhig richtet er sich auf, die Pistole liegt lauernd in seiner Hand. Es ist jenes Kaliber, das auch Elijah in seiner Schublade hat.

»Eine Bewegung noch, und ich verteile dein Gehirn auf der Windschutzscheibe, Mäuschen.«

Widerwillig halte ich still, in meinem Kopf jedoch rasen die Gedanken auf der Suche nach einem Ausweg. Die anderen Menschen an der Tankstelle bemerken nichts. Wieder einmal wird mir die Ignoranz meiner Mitmenschen zum Verhängnis.

Ich schlucke hart und bin plötzlich furchtbar ruhig. Ich hoffe, dass er einfach den Abzug drückt und dieses Katz-und-Maus-Spiel ein für alle Mal beendet. Noch immer bereue ich nicht, von Elijah abgehauen zu sein, auch wenn mein Plan vielleicht etwas mehr Bedenkzeit gebraucht hätte, um lückenlos zu funktionieren. Ich beschütze ihn. Es ist die richtige Entscheidung gewesen.

Was ich hingegen sehr bereue, ist die Tatsache, dass ich mir nicht die Zeit genommen habe, etwas Frisches anzuziehen. Das Shirt ist mir viel zu groß, fungiert gerade als Kleid, aber so oder so ist klar, dass es einem Mann gehören muss. Es riecht nach ihm, und ich will nichts anderes tun, als die Augen zu schließen und darin zu versinken.

»Und jetzt hör mir ganz genau zu, Liv. Du startest jetzt den Motor und fährst eine Querstraße weiter. Da wartet mein Auto auf uns.«

Darauf bedacht, keine ruckartigen Bewegungen zu machen,

richte ich mich wieder nach vorne und hebe langsam die Hand zum Schlüssel, drehe ihn quälend langsam um. Diesmal hat der Motor sein gewünschtes Verbrennungsmittel und protestiert nicht. Mein Auto rollt von der Tankstelle fort, an der Auffahrt zur Straße warte ich, bis der Verkehr eine Lücke freigibt, dann reihe ich mich ein, beschleunige.

Ich könnte noch weiter beschleunigen und das Auto gegen diesen Baum setzen. Gegen das Haus. In den Gegenverkehr. Aber wie hoch ist die Wahrscheinlichkeit, dass er dabei stirbt? Am ehesten erwischt es mich.

Aufmerksam mustern mich seine Augen im Rückspiegel und ich muss mich zwingen, auf die Fahrbahn zu schauen. Um ein Haar wäre ich an der Querstraße vorbeigefahren, doch das genervte Räuspern meines Alptraums erinnert mich rechtzeitig daran, abzubiegen. Und der Lauf der Pistole, der sich durch den Sitz schmerzhaft in meine linke Niere bohrt.

Gleich ist alles vorbei. Zwei Jahre Flucht umsonst. Zwei Jahre konstantes Über-die-Schulter-Zurückblicken für die Katze. Die Freiheit rinnt mir wie Sand durch die Finger und egal wie sehr ich auch versuche, den Haufen zusammenzuhalten, er verteilt sich immer weiter.

Ironischerweise spielt der Radiosender gerade *What's Up* von den *4 Non Blondes.* Wäre alles anders gekommen, könnte ich in ein paar Monaten in den frühen Morgenstunden auf dem Dach dieser riesigen Villa sitzen, den Sonnenaufgang beobachten und dieses Lied schmettern, weil es mir gutgeht. Jetzt rollt das Auto aus, nachdem Niko mir gesagt hat, der dunkle Lieferwagen sei seiner.

Wie eine Gefangene auf dem Weg zum elektrischen Stuhl fühle ich mich, und dann kann ich nicht mehr anders. Hysterisch lachend und mit Tränen in den Augen singe ich den Song mit, blende Nikos Gesicht aus, auch wenn ich seine Stimme nicht ignorieren kann.

»Schlaf gut, Prinzessin«, knurrt er belustigt und drückt mir ein übel stinkendes Tuch vor Mund und Nase. Ich wehre mich nicht, singe noch, als um mich herum längst alles schwarz geworden ist.

21

Das Konzert in der Schulaula ist ein voller Erfolg. In unserer Musikgruppe haben wir monatelang darauf hingearbeitet, und jeder der ein Talent für ein Instrument hat, ist natürlich aufgetreten. Am Anfang bin ich davon nicht so begeistert gewesen, weil die Idee der Teilnahme von meiner Mutter kam und ich eigentlich gar keine Zeit dafür hatte, bei meinem vollen Stundenplan. Aber es hat doch irgendwie hingehauen und ich bin ganz froh darüber, denn in den Gesichtern der Anwesenden hat man doch ganz deutlich gesehen, wie berührt sie von dem Klavierstück waren. Und das ist doch genau der Grund, warum ich das zu meiner Karriere machen will; warum ich in zwei Jahren auf eine auf Musik spezialisierte Uni gehen möchte. Solche Events wie dieses hier machen sich da außerdem sehr gut.

Nach dem Konzert hat der Schulleiter Blumensträuße an uns verteilt, weswegen ich jetzt auch hinter der Bühne stehe, diesen halb vor mein Gesicht halte und hoffe, dass ich demnächst gehen kann. In einer halben Stunde fängt meine Klavierstunde an und am anderen Ende der Aula wartet bereits meine Mutter, scannt die hinaus strömenden Massen auf der Suche nach mir ab.

»Sagt mal, habt ihr die rothaarige Pianistin von eben gesehen? Ich würde sie gern was fragen?«

Ich blicke zu der Mädelsgruppe hinüber, die gerade Gesellschaft von einem Kerl bekommen hat, den ich dank der anderen gar nicht sehen kann. Inständig hoffe ich, dass sie ihm nicht verraten, wo ich mich verstecke. Aber zu spät. Er bedankt sich schon, nachdem

Miriam mit dem Finger geradewegs in meine Richtung gezeigt hat. Innerlich verdrehe ich bereits die Augen.

Als er näher kommt, bette ich den Blumenstrauß in meiner Armbeuge und sehe ihm abwartend entgegen. Er trägt die Haare, wie sie mittlerweile viele junge Männer tragen, weil sie denken, es sieht totchic aus. Tut es nicht, es sieht aus, als hätten sie einen Müllsack auf dem Kopf. Ich lache leise vor mich hin. Das ist aber nicht das Einzige an ihm, das Aufmerksamkeit erregen soll: Seine Arme sind bedeckt von Tattoos, ebenso das, was man von seinem Hals sieht. Ich widerstehe dem Reflex, die Nase zu rümpfen und lächle ihm freundlich zu, als er unschlüssig vor mir stehen bleibt.

»Du bist die Pianistin, richtig?«

»Falsch. Ich bin Liv«, widerspreche ich ihm. Vielleicht etwas zu forsch, denn in seinen Augen blitzt für den Bruchteil einer Sekunde etwas auf, was ich nicht ganz deuten kann.

Er wirkt nun distanzierter. »Ich wollte dir jedenfalls nur sagen, dass du sehr gut spielen kannst. Hat mir gefallen. Und ich wollte dir … das hier geben.« Er nimmt die Hand von hinter seinem Rücken nach vorne und hält mir eine rote Rose unter die Nase. Ihr schwerer Duft schlägt mir entgegen und ich zwinge ein Lächeln auf meine Lippen. »Danke«, presse ich hervor und nehme sie entgegen. Er hat vergessen, die Dornen zu entfernen und sie bohren sich schmerzhaft in meine Finger. Ich schweige dazu.

Unangenehme Stille breitet sich zwischen uns aus, die er dazu nutzt, sich verlegen umzusehen und am Kopf zu kratzen. »Kann ich dir sonst noch irgendwie helfen?«

Sein undeutbarer Blick richtet sich wieder auf mich und ich kann nicht anders, als einen Schritt Abstand zwischen uns zu bringen.

»Eigentlich nicht …« Gerade will er sich abwenden, als er sich doch wieder umdreht, die Hände in die Hosentaschen schiebt und mich frech grinsend ansieht. »Vielleicht doch. Du könntest mit mir ausgehen. Nur einmal.«

»Ich weiß nicht mal, wer du bist.«

Er flucht so leise, dass ich nicht verstehen kann, was er sagt. Offenbar hatte er das hier anders geplant, aber ich werde es ihm auch nicht leichter machen, nur weil er selbst gemerkt hat, wie das hier vermutlich auf mich wirkt.

Umgehend streckt er mir seine Hand entgegen und ich lagere den Blumenstrauß auf meinen anderen Arm um, damit ich ihm nicht die blutverschmierte Hand geben muss. Als ich seine ergreife, stellt er sich endlich vor. »Ich bin Niko. War zufällig hier, weil ich für den Hausmeister zwischendurch Hilfsarbeiten erledige.«

Es klingt nicht so, als ob ihm das Spaß machen würde, allerdings kann ich mir auch nicht vorstellen, dass er mit diesem Aufzug einen anderen Job bekommen würde. Vorurteile, schimpfe ich mich innerlich. Meine Mutter ist eine Weltmeisterin darin, Menschen in Kategorien und Schubladen einzuteilen und leider muss ich zugeben, dass es auf mich abgefärbt hat.

Wie sagt man so schön? Der erste Gedanke ist Erziehung, der zweite, wer man wirklich ist? Vielleicht ist bei mir nicht alles verloren in dieser Hinsicht.

»Na schön, Niko. Ein Essen, mehr nicht.«

Die anderen sind alle längst verschwunden, die Halle hat sich geleert und meine Mutter steht immer noch da und wartet auf mich.

Niko wirkt unheimlich erleichtert, grinst sogar. »Das nächste Mal solltest du aber besser die Dornen von der Rose wegmachen. Ich meine, falls du irgendwem noch mal eine geben willst.«

Ich zeige ihm meine blutenden Finger und er nickt bloß. Seltsamer Kerl. Als ich von der Bühne springe und die Aula durchquere, kann ich seinen Blick in meinem Rücken spüren, und ich werde das Gefühl nicht los, dass es ihn nicht stört, wenn sich jemand an den Dornen einer Rose verletzt.

Ich lache, das erste Mal seit Monaten. Es ist ein unheimlich befreiendes Gefühl, Zeit mit Miles zu verbringen. Auch wenn wir nur auf dem Dach einer heruntergekommenen, längst geschlossenen

Filiale des goldenen M's sitzen und Softdrinks der Konkurrenz schlürfen.

Zwischen uns steht ein Berg Pommes, die mit Käse und Jalapeños überzogen sind, weil Miles auf den Extrakick von Schärfe steht und ich der Meinung bin, dass man praktisch alles mit Käse überziehen kann.

Unsere Beine baumeln vom Dach herunter und irgendwo links von uns saust der Verkehr über den Highway. Seit wir hier sind, hat er kein Wort gesagt und ich weiß sehr wohl, warum, bin aber ebenso wenig bereit, etwas dazu zu sagen.

Um mich überhaupt mit ihm treffen zu können, musste ich wochenlang daraufhin arbeiten, damit Niko nichts davon mitbekommt. Trotz meines lückenlosen Plans werde ich das Gefühl nicht los, dass er es herausfindet und mich seine Meinung darüber spüren lässt, dass ich mich mit Miles treffe. Einem anderen Mann. Meinem besten Freund. Jemanden, der eine Verbindung zu meinem alten Leben ist, jemanden, den ich noch aus dem Sandkasten kenne, der mal so wichtig für mich war, dass wir geplant haben, eine gemeinsame Weltreise zu unternehmen und irgendwann in einer WG zu wohnen, weil wir beide Karriere wichtiger fanden als alles andere.

Im Gegensatz zu mir ist er verdammt erfolgreich, arbeitet für irgendeine Firma als ITler im Silicon Valley, was man ihm überhaupt nicht anmerkt. Er trägt immer noch bunte Shirts mit Superheldenaufdruck und Holzfällerhemden, die sich damit beißen.

Vor meinem Gesicht taucht eine Käsepommes auf und ich öffne gedankenverloren den Mund, kaue, schlucke.

»Erde an Liv. Liv? LIIV?«

Diesmal ist es eine Hand vor meinem Gesicht, die wild herumwedelt. Ich blinzle und sehe ihn dann grinsend an.

»Ja, bitte?«

»Houston hat dir gerade mitgeteilt, dass du ein echtes Problem hast.«

Bevor ich mich wehren kann, hat er schon nach meinem Arm

gegriffen und das Sweatshirt nach oben gezogen. In wilden Farbmustern reflektiert meine Haut das Sonnenlicht. Blau, lila, gelb, grün, dunkelrot. Alles ist dabei. Plötzlich kann ich weder meinen Arm noch Miles ansehen.

»Das kannst du nicht mit dir machen lassen. Du musst da weg, am besten gestern. Wenn du willst, nehme ich dich erst mal mit zu mir und dann melden wir das Schwein der Polizei.«

Mechanisch schüttle ich den Kopf. »Niko hat gesagt, falls ich mich noch mal mit dir treffe, bringt er dich um. Wenn er mitbekommt, dass du mich ihm weggenommen hast, dann …«

Miles blinzelt, schluckt. »Was?«

»Du hast schon richtig verstanden.«

»Er will mich umbringen, weil du dich mit mir triffst? Wir kennen uns unser ganzes Leben lang!«

Als wäre das hier der springende Punkt. »Du verstehst nicht. Das ist keine leere Drohung. Er meint das vollkommen ernst. Er jagt dir eine Kugel in den Schädel, wenn er uns zusammen sieht.« Für einen Moment versagt mir die Stimme. »Und ich kann dich nicht auch noch verlieren oder dein Leben in Gefahr bringen. Theoretisch mache ich das gerade jetzt schon. Ich habe schon so viel verloren, Miles. Ich ertrage es nicht, wenn er mir dich auch noch wegnimmt.«

Wieder kehrt Stille ein. Ich weiß, wovon ich spreche. In den letzten Monaten habe ich Niko von vielen Seiten kennengelernt, aber eine Tatsache gibt es in jeder Hinsicht: Sich in der Mitte seiner Aufmerksamkeit zu befinden war der denkbar schlechteste Ort, wo man sich aufhalten konnte. Mehr als empfehlenswert war es jedoch, einfach den Kopf einzuziehen und zu versuchen, unter seinem Radar zu bleiben. Das gelang einem zwar nicht immer, aber es half ungemein.

»Dann versprich mir wenigstens, dass du versuchst, dich von ihm zu trennen. Geh zur Polizei oder in ein Frauenhaus oder lauf davon. Aber lass dir das um Himmels Willen nicht länger gefallen.«

Ich bin ihm für seine ehrlichen Worte genauso wenig böse, wie er mir für meine. Ebenso weiß ich, dass er recht hat, aber ich weiß auch, dass es nicht so einfach ist, wie er sich das vorstellt. Wäre es das, wäre ich nicht mehr mit ihm zusammen.

Natürlich weiß ich, dass es Gewalt ist, die er mir zufügt. Nicht nur physische. Ich beschönige das nicht, weiß, dass es verkehrt ist und unter keinen Umständen geduldet werden darf. Gleichzeitig gibt es aber keinen Ausweg aus der Situation, bei der niemand stirbt. Und dass jemand sein Leben lässt, weil ich mir den falschen Mann ausgesucht habe, ist einfach undenkbar.

Stattdessen setze ich alles daran, dass er keine Fehler in meinem Verhalten sieht, beginnt, mir zu vertrauen. Erst wenn das der Fall ist, kann ich es irgendwann wagen, zu verschwinden. Ihn in Sicherheit zu wiegen, bis es so weit ist, ist die einzige Möglichkeit, die mir plausibel genug erscheint, um sie auszuprobieren.

»Ich versuche es. Versprochen.«

Gerade als ich wieder nach den Pommes greifen will, biegt ein Auto vom Highway ab, und ich springe auf. Diese Raststätte ist seit fünfzehn Jahren verlassen, hier hält normalerweise niemand, deswegen hat Miles ihn auch als Treffpunkt auserkoren.

Es ist außerdem nicht irgendein Auto. Panisch zerre ich an Miles Schulter. »Wir müssen verschwinden«, zische ich, obwohl längst klar ist, dass er uns entdeckt haben muss. Der Platz, den wir uns ausgesucht haben, ist von dort unten gut einsehbar.

»Bullshit.« Obwohl er aufsteht, ist klar, dass er nicht einfach verschwinden will.

»Das ist keine gute Idee. Bitte lass uns einfach gehen.« Mein Flehen verklingt unerhört, denn Miles krempelt sich bereits die Ärmel nach oben, und unten auf dem Parkplatz steigt Niko aus dem Auto. Selbst aus dieser Entfernung kann ich sehen, dass er stinksauer ist. Er schlägt die Autotür zu und ich erkenne, dass sein Hosenbund hinten verdächtig ausgebeult ist.

»Miles. Er ist bewaffnet. Es hat keinen Sinn, wenn du dich ihm entgegenstellst, er schießt dich einfach nieder. Bitte. Lass. Uns. Gehen. Solange wir noch können.«

Meine Worte sind vergebens, denn Miles stapft schon quer übers Dach und zur Leiter. »Verdammt noch mal«, fluche ich und haste ihm hinterher. Das Adrenalin drängt die Angst zurück und trotzdem sträubt sich alles in mir dagegen, da runter zu gehen und mich seiner Wut entgegen zu stellen. Einen kurzen Moment lang überlege ich, ob ich nicht besser abhauen soll. Vom Dach ins Gebüsch auf der anderen Seite springen und dann einfach rennen, so weit mich meine Füße tragen.

Bloß kann ich Miles nicht zurücklassen, nicht, wenn er sich angriffslustig auf einen bewaffneten Psychopathen stürzen will.

Keine Minute später stehe ich ebenfalls unten auf dem Parkplatz, einige Schritte hinter Miles. Zu gerne würde ich ihm sagen, dass es nichts nutzt, sich beschützend vor mich zu stellen. Niko steht knapp zwanzig Meter entfernt, die Hände lässig in den Hosentaschen vergraben. Genau wie damals, als ich ihn kennengelernt habe. Manchmal wünsche ich mir, zu diesem Zeitpunkt bereits gewusst zu haben, wie er in Wirklichkeit ist. Dann hätte ich meine zarten Gefühle mit einem Kissen erstickt und mir diesen anhaltenden Alptraum erspart.

»Ich schlage vor, du kommst einfach hierher, Schätzchen. Deinem kleinen Freund hier passiert dann vielleicht nichts.«

Er lügt, überspielt es aber so gekonnt, dass man ihm jedes Wort glaubt, wenn man ihn nicht gut genug kennt. Sein Lächeln ist verschmitzt, trotz der Drohung ist seine Stimme freundlich und dennoch verraten ihn seine Augen.

Mittlerweile habe ich gelernt, dass alle Psychopathen den gleichen Ausdruck in den Augen haben. Ihre Augen strahlen nicht den geringsten Funken Leben aus und selbst wenn ihre Augenfarbe blau oder grün ist, wirken sie immer schwarz. Raubtierhaft und abwartend. Es wirkt, als würde in ihrem Inneren ein Raubtier an einer Leine hin und her tigern, darauf wartend, freigelassen zu werden.

Es gibt auch nur einen einzigen Grund, warum ich das weiß. Immer, wenn ich daran zweifle, dass er wirklich so böse ist, wie er sich verhält, werfe ich einen Blick in seine Augen. Das genügt, um jegliche Zweifel effektiv zu tilgen.

Wie angewurzelt stehe ich hier, starre Miles Rücken an, dessen Hände zu Fäusten geballt sind. Tu's nicht, denke ich. Zu spät. Er stürzt auf Niko los. Es dauert keine zwei Sekunden, bis dieser seine Waffe gezogen und auf Miles gerichtet hat. Ich schließe die Augen, doch der Schuss bleibt aus.

»Schön stehen bleiben. Ich habe doch gesagt, niemandem passiert was, wenn sie einfach hierher kommt. Und jetzt machst du diesen beschissenen Fehler. Wie dumm bist du eigentlich? Jetzt muss ich dir natürlich weh tun. Und Liv. Weil du einen Fehler gemacht hast, du Idiot.«

Durch zusammengekniffene Augen erkenne ich, wie er mit der Pistole wild in der Luft herumfuchtelt und offensichtlich auch fest an das glaubt, was er sagt.

»Wie wär's damit: Du lässt sie in Ruhe und uns beide einfach gehen. Im Gegenzug rufe ich die Polizei nicht.« Miles ist wutentbrannt.

Schallendes Gelächter echot über den leeren Parkplatz. »Den Vorschlag finde ich nicht gut. Sie gehört mir. Los, sag's ihm. Sag ihm, dass du mir gehörst, nur mir.«

Es gibt nur einen Grund, jetzt zu schweigen. Ihm nämlich zu sagen, dass ich ihm nicht gehöre, wäre Selbstmord. Miles' Handy steckt in seiner hinteren Hosentasche. Vielleicht die letzte Rettung.

Langsam gehe ich zu ihm, stelle mich so dicht neben ihn, dass ich eine Hand ohne Probleme in seine Hosentasche schieben und das Handy herausfischen kann. Blind wähle ich die einzige Nummer, die in dieser Situation vielleicht eine Rettung sein kann.

»Sag es ihm endlich«, knurrt Niko nun, ich hingegen schlucke. Für mich grenzt es an eine Demütigung, ihm sein falsches Denken zu bestätigen.

»Ich gehöre dir«, murmele ich.

»Was?«, fragt er mit einem hässlichen Grinsen, welches ich ihm aus dem Gesicht schlagen möchte.

»Ich gehöre dir!«, brülle ich ihn an. »Und jetzt lass ihn endlich gehen!«

Unerwartet zerreißt ein Schuss die Stille, ich zucke zusammen. Das Handy gleitet mir aus der Hand und zerschellt auf dem Asphalt. Ich kann nur hoffen, dass derjenige am anderen Ende den Schuss gehört und aufgezeichnet und durch eine Ortung herausgefunden hat, wo wir uns befinden. Mein erster Blick gilt Miles, der noch immer aufrecht neben mir steht, unverletzt, aber ebenso geschockt wie ich. Wir sehen uns in die Augen, erkennen, dass es hoffnungslos ist, gegen Niko anzukämpfen. Wie ich gesagt habe.

Mein zweiter Blick gleitet an mir herunter, auch ich bin unversehrt. Ein Warnschuss. Trotzdem scheint ihn meine Aussage nicht zufriedengestellt zu haben.

»Tja. Das hat dich verraten, Liv. Offenbar bedeuten dir der Kerl und dein Leben mehr als ich.« Er schafft es tatsächlich, verletzt zu klingen. »Das war ein Test. Und du hast nicht bestanden.« Niko sieht das kaputte Handy am Boden, hebt die Waffe abermals an und richtet sie jetzt direkt auf Miles. Drückt den Abzug.

Ohrenbetäubend laut schallt der Schuss über den Parkplatz. Miles geht zu Boden, scheint aber unverletzt, denn er schiebt sich mit panischem Ausdruck im Gesicht Meter für Meter davon, bis er sich schließlich aufrichtet und rennt. Im selben Moment bewege ich mich auf Niko zu, die Hände beschwichtigend gehoben. Kaum dass ich ihn erreicht habe, versetzt er mir einen Stoß, und ich lande hart auf dem Boden. Umgehend sehe ich zu Miles, aber er rennt so schnell und immer wieder in verschiedene Richtungen, dass er unmöglich getroffen werden kann. Ich weiß, dass ich ihn nie wieder sehen werde. Nicht nach dem, was Niko gerade getan hat. Als auch er kapiert, dass er Miles so unmöglich erwischen kann, versetzt er mir einen Tritt in die Magengegend.

22

Elijah

Zwei leere, eine halb volle Flasche. Und somit ein Abend voller Alkohol. Ich muss mehrmals blinzeln, bis mein Blick sich klärt, und mein Körper will sich nicht so recht in die Waagerechte bringen. Hier zu liegen ist viel bequemer und die Welt dreht sich dann auch langsamer. Über die Schulter schiele ich zum Küchentisch, worauf das Objekt meines Hasses liegt und Unheil verkündet. Natürlich nur in meiner Vorstellung, denn dieses Blatt Papier ist völlig okay. Was nicht so okay ist, ist das, was in blauen Buchstaben darauf gekritzelt ist und für mich so wenig Sinn ergibt, wie zusammenhängende Wörter für Erstklässler.

Bis das Glas mit der wohltuenden bernsteinfarbenen Flüssigkeit meinen Mund erreicht, bin ich schon so genervt davon, dass ich es einfach auf den Tisch neben mir knalle. Irgendetwas zersplittert und als ich meine Hand das nächste Mal hebe, ist sie feucht und rot und irgendwie brennt es. Es juckt mich nicht im Geringsten.

Ich kann nicht hier bleiben … zu gefährlich … für dich und für mich …

Das miese Organ in meinem Brustkorb sticht und leidet viel zu laut vor sich hin, ich kann es weder fassen noch begreifen, dass sie einfach weg sein soll.

Plötzlich steht eine Frau vor mir und ich neige mich ihr entgegen, als sei sie die Rettung.

»Liv?«

»Nein, du Vollidiot!«

Ist das Tadel in ihrer Stimme? Sie ist doch diejenige gewesen, die einfach verschwunden ist, ohne sich ordentlich zu verabschieden. Grummelnd hebe ich zu einer Erwiderung an, doch mir fällt, trotz des dichten Nebels in meinem Hirn, ein wichtiges Detail auf.

Ihre Haare sind blond. Nicht rot.

Haltlos beginne ich zu fluchen und greife neben mir immer wieder ins Leere, auf der Suche nach dem verdammten Glas mit der Medizin. Dem Desinfektionsmittel für mein Inneres.

»Dein Glas hast du kaputt gemacht. Und deine Hand dabei auch. Soll ich dir die Flasche reichen? Dann kannst du dich weiter hoffnungslos betrinken.«

Erst nicke ich, später bemerke ich dann, dass es eine Fangfrage war. Kelly stellt mich auf die Beine und tätschelt mein Gesicht. Ich will sie ansehen, aber kann meinen Blick nicht fokussieren, so dass ich alles andere hier im Raum sehe, auch den verhassten Zettel, bloß nicht sie.

Meine Schultern sacken nach unten, ich will nicht stehen.

»Was zum Teufel ist überhaupt passiert?«

Bevor ich kläglich ihren Namen schluchze, weil Alkohol mich schon immer zu einem sentimentalen Weichei gemacht hat, krame ich in meiner Hosentasche nach meinem Handy. Das Display leuchtet grell und darauf sind mindestens fünf Versuche einer SMS gespeichert. Ich drücke es Kelly gegen die Brust. »Schreib ihr, sie soll sich wenigstens melden und sagen, dass es ihr gutgeht.«

Fünf Minuten später schiebt sie mir das Handy wieder in die Hosentasche, dann ist ihr Gesicht mit meinem auf einer Höhe. Ich erkenne sie dennoch nur verschwommen.

»Oh, Elijah. Ich habe dir doch von Anfang an gesagt, dass das gefährlich ist, und es ist wirklich besser, wenn wir sie los sind.«

»Das ist mir scheißegal! Ich bringe diesen Hurensohn um, dann muss sie nie wieder irgendwohin rennen. Am liebsten würde ich ihn höchstpersönlich ins Gefängnis stecken und dafür sorgen, dass er nie wieder rauskommt!« Ich verfalle in eine gelallte Hassrede und bin mir fast gänzlich sicher, dass die Hälfte davon nur in meinem Kopf Sinn macht.

Ich werde nicht unterbrochen, irgendwann sind da nur Kellys beschwichtigende Hände, die mich wieder in eine aufrechte Position ziehen. »Ich bring dich ins Bett.«

»Vielleicht kann ich unseren Chef um einen Gefallen bitten«, murmle ich. Vielleicht hat Kelly das ja überhört.

»Einen Teufel wirst du tun. Du bringst gerade alles in Gefahr, die jahrelange Arbeit. Die vielen Stunden Observation und die Schussverletzungen. Die Nacht- und Nebelaktionen. Und das willst du jetzt wegen irgendeiner Frau aufgeben? Da draußen gibt's genug andere.«

Keine Ahnung, wie, aber sie hat es tatsächlich geschafft, mich ins obere Stockwerk und zu meinem Schlafzimmer zu bringen.

»Den Rest schaff ich alleine. Und sie ist nicht irgendeine Frau.«

Dann schlägt sie mir mit der verbalen Faust mitten in den Magen. »Sie wollte ja auch nur mit dir zu tun haben, weil sie die ganze dreckige Wahrheit nicht kennt. Ansonsten wäre sie schon viel früher gegangen.«

Die Tür hinter mir gibt nach und ich wanke einen Schritt hinein.

»Geh einfach, Kelly. Geh.«

Sie bewegt sich keinen Zentimeter und sieht mich einfach nur überlegen an. Ich brülle sie an, bis sie verschwindet, erst dann gestehe ich mir ein, dass sie vielleicht recht hat. Dieser Job ist nicht dafür gemacht, dass man währenddessen eine Frau findet. Und hinterher vermutlich auch nicht mehr, weil man dann einfach zu kaputt für eine Beziehung ist.

Ich will mein altes Ich dafür nicht hassen, dass es diesen Job angenommen hat. Aber gerade jetzt tue ich das. Auch als ich auf das Bett falle und von den Überresten ihres betörenden Dufts angefallen werde, bereue ich es noch.

Aber wer weiß das schon vorher? Wenn mir vor damals einer gesagt hätte, dass ich in sechs Jahren überraschend eine tolle Frau kennenlernen würde, hätte ich den Job dann deswegen nicht angenommen? Ich muss mir eingestehen, dass ich es für einen Scherz gehalten hätte und mich trotzdem wie eine Edelhure verkauft hätte.

Dieses Dilemma will mich einfach nicht loslassen, ich sorge mich um ihr Wohlbefinden und darum, ob es für sie wirklich so viel sicherer ist, auf der Flucht vor einem Psychopathen durch das halbe Land zu reisen. Ich will sie finden und hierher zurückschleppen.

Umständlich hole ich das Handy wieder hervor und schaue fünf Minuten lang auf das Display, bis ich ganz sicher bin, dass sich nichts darauf ändert. Dann stelle ich die Lautstärke auf die höchste Stufe, ignoriere die Warnung vor Gehörschädigung und lege es neben meinen Kopf.

Dort geistert sie noch immer herum und ich falle in eine Diashow der letzten Tage, bis ich irgendwann unruhig einschlafen kann. Selbst in meinen Träumen habe ich keine Ruhe vor ihr, auch wenn diese Träume in diese eine ganz bestimmte Richtung gehen, die dazu führen, dass ich mitten in der Nacht aufwache, die Faust um meine steinharte Erektion schließe und mir die nötige Erleichterung verschaffe. Ich stelle mir vor, dass es ihr Mund ist und nicht meine dämliche, verletzte Hand, die jetzt wieder überall Blut verteilt.

23

Liv

Er streicht mir über die Wange, sagt sanft meinen Namen. In meinem benebelten Hirn nehme ich an, dass es sich um Miles handeln muss, weil er gerade noch vor meinem inneren Auge lachend im Schach gegen mich verloren hat.

Ein Lächeln stiehlt sich auf meine trockenen Lippen, die ich versuche mit meiner Zunge zu befeuchten. Diese fühlt sich jedoch wie ein Reibeisen an. Mein ganzer Mund ist so trocken wie die Wüste, hinten am Gaumen klebt ein bitterer Geschmack und das Schlucken fällt mir schwer. Außerdem schmecke ich Blut, womöglich sind meine Lippen so trocken, dass sie aufgeplatzt sind. Mein Schädel brummt und hämmert vor sich hin.

»Ich wusste doch, dass du mich vermisst hast.«

Unter größter Anstrengung öffne ich die Augen, sehe doppelt. Aber sicher nicht Miles. Ein Wimmern entkommt mir. Schlagartig kann ich mich wieder an alles erinnern. An Niko, der irgendwie in meinen neuen Fluchtwagen gekommen ist und mich dann gezwungen hat, mit ihm mitzukommen. Der mich betäubt und sonst wohin verschleppt hat.

Ich will mich winden, doch irgendetwas hindert mich daran. Nachdem ich meinen Kopf dazu überredet habe, nach unten zu schauen, stelle ich fest, dass ich vier Arme habe. Alle vier sind blutig, weil Kabelbinder in das empfindliche Fleisch schneiden. Der Schmerz ist so weit entfernt, dass ich ihn nicht mal spüren kann.

Was mit meinen Füßen ist, kann ich nicht erfassen, denn irgendwie sitze ich darauf. Mein Kopf sackt zur Seite weg, ich verliere den Kampf gegen die schwarze Wolke an den Rändern meines Sichtfelds.

Als ich das nächste Mal aufwache, sehe ich nicht mehr doppelt und liege auf einem Bett. Ich rieche den typisch modrigen Holzgeruch alter Ferienhäuser und frische Luft. Die Sonne blendet mich, weil sie durch das offene Fenster direkt auf mein Gesicht fällt.

Umgehend ist mein Körper bereit aufzustehen. Meine Hände sind frei und ich kann mich ohne weiteres erheben, auch wenn der Weg zum Fenster sich gefühlte Jahre hinzieht und es klingt, als würde ich irgendetwas hinter mir herziehen. Irgendwann erreiche ich das Fenster zwar, aber es dient unmöglich als Fluchtweg. Vor dem Fenster ist dünner Maschendraht angebracht.

Ich will zurück zum Bett wanken, da fällt mir auf, dass mein einer Fuß in einer Fußschelle steckt, die mit einer langen Kette verbunden ist. So eine, wie man sie normalerweise für Hunde benutzt, die man draußen im Zwinger oder Garten hält. Meine Hoffnung sinkt. Auch wenn der Maschendraht nicht vor dem Fenster wäre, würde ich hier nicht rauskommen.

Die Anstrengung vom Aufstehen und den wenigen Schritten zwingt mich in die Knie und an den Rändern meines Sichtfelds und mittendrin erscheinen schwarze Punkte. Mir ist schlecht. Ich schließe die Augen, atme bewusst ein und aus. Und doch habe ich keine Chance, verliere den Kampf gegen den Schwindel.

Ich wache wieder auf, diesmal ist es komplett dunkel im Zimmer. Unter meiner Wange spüre ich den Holzboden. Irgendetwas rennt kratzend darüber. Ich überlege, ob ich aufstehen soll, bin mir aber nicht sicher, ob mich meine Beine tragen. Also ziehe ich mich in die Richtung, in der ich das Bett vermute, kann es irgendwann sogar ertasten.

Mit einer Hand versuche ich mich an etwas festzuhalten, was vermutlich ein Nachttisch ist, mit der anderen klammere ich mich an den Rahmen des Bettes.

Irgendetwas scheppert, dann liege ich wieder auf dem Boden. Mein Körper ist so taub, dass ich mir den Schmerz nur vorstellen, aber nicht spüren kann.

Vor meinem Gesicht ist etwas gelandet, das verdächtig nach einem Sandwich riecht. Ich taste danach, stoße aber als Erstes mit den Fingerspitzen gegen eine Plastikflasche, die daraufhin aus meiner Reichweite rollt, denn so sehr ich auch weiter danach taste, ich finde sie nicht mehr. Dafür landen meine Finger aber auf dem Sandwich.

Ich nehme den ersten Bissen, stelle fest, dass der Toast nach Pappe schmeckt und die Mayo durch die Hitze hier drin schlecht geworden ist. Dann nehme ich den nächsten Bissen und esse langsam weiter, bis auch der letzte Rest in meinem Magen gelandet ist.

Er rebelliert jetzt schon, aber der ekelhaft bittere Geschmack auf meinem Gaumen ist endlich verschwunden. Ebenso spüre ich, wie meine Glieder langsam wieder zum Leben erwachen, sie kribbeln vor sich hin, und trotzdem glaube ich, endlich aufstehen zu können. Bevor ich das jedoch angehe, rutsche ich näher ans Bett, bis ich meinen Arm darunter ausstrecken kann. Staub wirbelt mir entgegen, ich muss niesen, aber kann die Finger endlich um die Flasche schließen.

Ich öffne sie erst, als ich auf dem Bett sitze und mein Kopf sich nicht mehr dreht. Nach einem langen Zug ist sie bis auf den letzten Tropfen leer und es fühlt sich trotzdem an, als würde ich verdursten.

Meine Extremitäten erkennen jetzt den Schmerz. Ich taste vorsichtig nach meinen Handgelenken. Sie sind zwar eingebunden, aber der Stoff ist vollkommen durchnässt. Ich bezweifle, dass es sich dabei um Wasser oder Schweiß handelt.

Eigentlich will ich mir Gedanken darüber machen, wie ich

hier wegkomme, vor Niko fliehe. Denn es wird nicht hierbei bleiben. Es ist nur der Anfang, mich in einem Zimmer anzuketten. Wie viele Tage sind vergangen, seit er mich entführt hat?

Das erste Mal, als ich aufgewacht bin, war Tag. Jetzt ist Nacht. Ich hoffe, dass es nur ein Tag ist, aber kann nicht abschätzen, wie lange ich wirklich bewusstlos gewesen bin. Meinem Hunger und dem Verlangen nach Wasser zufolge mehrere Tage, vielleicht ist es aber auch einfach nur eine Nebenwirkung des Betäubungsmittels.

Erschöpft bette ich meinen Kopf auf den weichen Untergrund, mein Magen ist flau und ich weiß, dass ich mich in weniger als zwanzig Minuten übergeben werde, weil das Sandwich schlecht war und zu viel für meinen gänzlich leeren Magen.

In jeder anderen Situation hätte ich mir eine Toilette oder einen Eimer gesucht, jetzt ist es mir schlichtweg egal. Obwohl die Erschöpfung wieder an mir zerrt, zwinge ich mich, wachzubleiben, bis mein Magen sich entweder beruhigt oder geleert hat. Auch wenn ich hier gefangen gehalten werde, gibt es keinen Grund, jetzt zu sterben.

Keine fünfzehn Minuten später muss ich mich über den Bettrand beugen und würgen.

Allmählich verliere ich das Zeitgefühl wirklich. Selbst eine Schätzung der Tageszeit ist zu viel, denn es gibt keine Orientierungspunkte mehr, außer die Sonne und den Mond, die mir auch nur sagen können, dass entweder Tag oder Nacht ist.

Niko habe ich in der ganzen Zeit nur ein einziges Mal gesehen, nämlich als er mir unterstellt hat, dass ich ihn vermisst habe. Beim Gedanken daran wird mir schlecht.

Neben meinem Bett steht wieder ein Tablett mit einem Sandwich und diesmal sind es sogar zwei Flaschen mit Wasser. Zu meiner Enttäuschung sind es nur 0,3 l-Flaschen, gerade genug, dass ich nicht dehydriere. Saurer Geruch steigt mir in die Nase. Als ich einen Blick auf den Boden werfe, sehe ich die Überreste meines Sandwichs sowie Fliegen, die darum kreisen. Irgendetwas bewegt sich.

Es macht mich beinahe wütend, dass er mir zwar Essen und Wasser bringt, aber an Hygiene keinerlei Interesse hat. Taktik. Dieses Spiel kenne ich schon und ich weiß, dass es keinerlei Möglichkeiten gibt, nicht mitzuspielen. Ich krabbele also aus dem Bett und ziehe den Bezug der Decke ab, den er mir auch nur gelassen hat, weil er weiß, dass ich mich niemals erhängen würde. Damit wische ich mein Erbrochenes auf, dann werfe ich es vor die Tür. Soll er doch reintreten, wenn er das nächste Mal hierher kommt.

Es ist hier ohnehin zu warm zum zudecken, so dass ich dem Überzug nicht nachtrauere.

Meine Möglichkeiten der Beschäftigung sind so beschränkt, dass ich mich umgehend dem Sandwich widme. Diesmal ist daran nichts schlecht.

Aus einem plötzlichen Impuls heraus schraube ich beide Wasserflaschen auf und kippe sie zu meiner Kotze. Auch zwei Stunden später bin ich nicht wieder müde, dafür habe ich unheimlich Durst.

Diesmal warte ich auf ihn, am Kopfteil des Bettes kauernd. Am liebsten würde ich ihm die Metallkette um den Hals legen und so lange daran ziehen, bis er blau anläuft und qualvoll stirbt. Wohl aber nicht in diesem Leben.

Ich warte noch eine halbe Ewigkeit, bis ich schließlich einen Schlüssel im Schloss höre. Sie geht auf und ich blicke in ein Gesicht, das ich am liebsten zerkratzen würde. Niko ist ehrlich überrascht, mich wach zu sehen.

Daraus schließe ich, dass er mich zumindest nicht mit einer Kamera überwacht. Genau, wie ich es geplant habe, tritt er auf das Laken und in mein Erbrochenes. Fluchend zieht er den Fuß zurück und ich erkenne, dass er barfuß ist.

Ich kann nicht anders, als dreckig aufzulachen.

»Hör auf, mir Betäubungsmittel ins Wasser zu mischen, und

ich werfe dir meine Kotze nicht mehr vor die Füße. Geholfen hätte es auch, wenn du sie weggemacht hättest.« Dieser Höhenflug wird mich teuer zu stehen kommen, aber ich kann nicht anders. Die Opferrolle lasse ich mir heute noch nicht aufdrücken.

»Vielleicht wäre es anders gekommen, wenn du nicht in den Klamotten dieses Vogels rumgelaufen wärst.« Es dauert eine Sekunde, bis ich kapiere, dass er auf Elijah anspielt.

Ein Blick nach unten bestätigt mir meinen Verdacht: Ich trage noch immer sein Shirt und untendrunter seine Boxershorts. »Das stört dich also«, stelle ich nüchtern fest und weiß gleichzeitig, dass es ihn nicht nur stört, sondern ihn innerlich fertig und fuchsteufelswild macht. Noch immer denkt er, ich gehöre ihm und keinem anderen, das zeigt seine Haltung bei meinen Worten.

Niko schließt die Augen, seine nächste Frage quält ihn offenbar. »Hat er dich … gevögelt?«

Mein erster Instinkt ist, zu sagen, dass er mich nicht gevögelt hat, schlichtweg, weil es einfach nicht so war. Mein zweiter Reflex ist es, einfach zu schweigen und mich nicht dazu zu äußern. Das ist sicherer für mich.

»Es stimmt also. Und ich dachte immer, du liebst mich. Du musst duschen.«

Ich werde das Gefühl nicht los, dass es nichts mit meiner Hygiene zu tun hat, sondern damit, dass ein anderer mich angefasst hat. Er löst die Kette aus ihrer Verankerung und zerrt daran, bis ich mich widerwillig erhebe und ihm folge.

»Ausziehen.«

Ebenso widerwillig entledige ich mich den beiden Kleidungsstücken, bedecke meinen Körper notdürftig mit meinen Händen.

Aus der Dusche kommt kaltes Wasser, als er mich darunter schiebt. Ich drehe mich weg, so dass er nur meinen Rücken sehen kann und beginne, mir Schmutz und Schweiß vom Körper zu schrubben, damit ich mich endlich wieder sauber fühle. Meine Haare kämme ich mit den Fingern notdürftig.

»Du vergisst was, Liv.«

Also fasse ich mir auch zwischen die Beine, dabei bemerke ich die kleinen dunkellila Verfärbungen auf meinem Bauch. Knutschflecken. Da ist mein Zeitgefühl wieder. Meine empfindliche Haut braucht mindestens vierzehn Tage, bis sie so einen Bluterguss geheilt hat. Und angesichts der Farbe können es maximal fünf Tage sein, die ich schon hier bin.

Da fällt mir plötzlich wieder der Zettel ein, und meine Hoffnung verschwindet zusammen mit dem Wasser im Abfluss. Elijah denkt, ich bin abgehauen, wieder auf der Flucht.

Ich kämpfe die Tränen zurück und versuche mich damit anzufreunden, dass die Aussicht auf Rettung verschwindend gering ist.

24

Irgendwie muss er es wieder geschafft haben, mir Betäubungsmittel unterzujubeln. Es kommt mir vor, als würden ganze Tage in einem flauschigen Nebel an mir vorbeiziehen. Mein Körper schmerzt, meine Muskeln protestieren, wenn sie mich tragen sollen. Mit jedem Aufwachen wird das Ziehen in meiner Magengegend schlimmer und meine Kehle fühlt sich mittlerweile an, als wäre sie staubtrocken.

Niko sehe ich nur bei jedem dritten Aufwachen. Als ich diesmal gegen die Sonne blinzelnd die Augen aufschlage, ist er glücklicherweise nicht in meiner Nähe. Dennoch kann ich hören, wie er draußen vor meinem Zimmer werkelt, mit Geschirr klappert und dabei fröhlich vor sich hin summt.

Unkontrolliert steigt die Wut in mir auf. Egal, was ich versuche, ich kann ihn nicht davon überzeugen, das Betäubungsmittel wegzulassen oder mich wenigstens kurz von den Fesseln zu befreien. Ich richte mich gegen die Kopflehne auf und starre die gegenüberliegende Wand an. Kein Wasser auf dem Nachttisch und auch kein Sandwich.

Obwohl mir das Angst machen soll, passiert das Gegenteil: Euphorie strömt durch meine Adern und will mir versichern, dass endlich meine Chance gekommen ist. Ich kann ihm beweisen, dass er mir wieder vertrauen kann. Dass ich nicht abhauen werde und ihm stattdessen die Zukunft schenke, die er so sehr herbeisehnt. Natürlich ist es nur ein Spiel. So lange, bis ich einen Weg hier rausfinde. Wenn mich nicht alles täuscht, bereitet er dort draußen gerade ein Essen zu; oder alles dafür vor, damit ich es ihm zubereiten kann.

Ich muss all meinen Mut zusammensuchen, um die folgenden Worte in Richtung der Tür zu rufen. Angeekelt kneife ich die Augen zusammen, bis sie endlich meinen Mund verlassen.

»Nikolai, Schatz, brauchst du Hilfe?« Ich hoffe, dass nur meine Ohren den Verrat heraushören.

Prompt fliegt die Tür auf, seine Silhouette hebt sich von der vielen Sonne dunkel ab. Erst als er ein paar Schritte in den Raum hinein gemacht hat, kann ich seinen entzückten Gesichtsausdruck erkennen. Es ist noch leichter geworden, ihn um den Finger zu wickeln, als ich vermutet habe. Niko lechzt nach meiner Liebe, meiner Anerkennung. Aber er ist krank, ein Psychopath, der Liebe nicht empfinden kann. Dementsprechend drückt er sich auf die einzige Art und Weise aus, die er kennt. Schmerz.

»Wir kriegen morgen wichtigen Besuch, und ich finde, wir sollten ein tolles Essen zubereiten. Meinst du nicht auch?«

Er klingt vollkommen gestört. Ich nicke nur mit einem zwanghaften Lächeln auf den Lippen und frage mich gleichzeitig, wer denn zu Besuch kommt. Als ob er will, dass mich jemand findet.

»Ich kann dich leider nicht so herumlaufen lassen, sonst haust du mir noch ab, aber du darfst mein Lieblingsessen kochen.«

Fabelhaft. Ich liege ganz still, bis er die Kette vom Haken im Boden gelöst hat und dann ruckartig daran zieht, damit ich ihm gehorche. Wie ein Hund folge ich ihm in die schmale Küche und führe eine schnelle Analyse meiner Umgebung durch.

Es kann maximal vier Zimmer geben. Das Zimmer, in dem er mich gefangen hält, das Bad, die Küche, die in ein Wohnzimmer übergeht und das Zimmer, in dem er sich zurückzieht.

Auf dem Tisch steht ein kleiner Laptop und ich sehe, wie sich darauf etwas bewegt. Bevor ich mir ganz sicher sein kann, klappt er ihn mit einem kräftigen Stoß zu und sieht mich tadelnd an.

»Du sollst doch kochen, nicht rumschnüffeln, Liv.«

Mit angezogenen Schultern wende ich mich der Arbeitsfläche zu und ziehe eine Schublade nach der anderen auf. Dann die Schränke und schließlich den Kühlschrank.

»Willst du mich verarschen?«, frage ich und drehe mich um. Haltsuchend umklammern meine Finger die Kante der Arbeitsplatte, meine Beine zittern, weil sie mich lieber nicht tragen wollen. »Wie soll ich ohne Messer kochen? Soll ich die Zutaten mit der Hand kleinhacken, oder wie stellst du dir das vor? Ich werde dir sicher kein Küchenmesser zwischen die Rippen rammen.«

Auch wenn ich das wirklich liebend gerne tun würde, wäre es außerordentlich dumm, aus mehr als einem Grund. Sein undurchschaubarer Blick lastet auf mir und ich ahne bereits, dass das zu viel des Guten war. Ich habe mir gleich bei meiner ersten Gelegenheit zu viel rausgenommen, und jetzt …

Bedrohlich kommt er auf mich zu. Ich schließe die Augen, bis ich seine starken Finger an meinem Hals spüre. Bislang umfasst er ihn nur, aber ich spüre, wie sie erwartungsvoll zucken und endlich zudrücken wollen.

Heißer Atem trifft mein Gesicht und langsam schwindet mein Mut. Es ist leicht zu vergessen, wie gefährlich er wirklich sein kann, wenn man ihn nur richtig provoziert. Zittrig atme ich aus. »Es tut mir leid.«

Den Blick gesenkt und ohne mich zu rühren biete ich ihm die Show, die ihm doch so gut gefällt. Darauf geht ihm einer ab, das war schon immer so.

Mit dem Daumen streift er meine Wange, dann raunt er mir etwas zu, was das Blut in meinen Adern gefrieren lässt. »Hör gut zu, Liv. Ich sage dir das nur einmal. Ich werde auf deine kleine Show nicht reinfallen, auch wenn es mich unheimlich geil macht, wie du dich mir gegenüber verhältst. Du wirst das kochen, was ich dir gerade gesagt habe, und es ist mir scheißegal, wie du das ohne Messer machst. Würde ich dir nämlich eines geben, müsste ich es vorher über deine wunderschöne Haut ziehen.«

Ich schlucke hart.

»Also sieh es als Schutz vor mir an, dass es heute keine Messer gibt.«

Regungslos verharre ich und warte, bis er sich abwendet, bevor ich mich ins Waschbecken übergebe. Ich will ihm diesen Erfolg nicht zuschreiben und schiebe es stattdessen auf Hunger und Durst.

Nachdem ich einen Schluck aus dem Wasserhahn getrunken habe, geht es mir besser, aber ich kann ihn noch immer nicht ansehen. Bei jedem Geräusch zucke ich zusammen, merke selbst, wie sprunghaft es mich macht, wenn er hinter mir ist und ich nicht weiß, was er dort treibt.

Erfolglos versuche ich, mich auf das Kochen zu konzentrieren, eine Ablenkung damit zu schaffen, dass ich alle Zutaten mit den Händen zerrupfen muss.

Es wird am Ende nicht gerade hübsch aussehen, aber das ist mir egal.

»Wer kommt denn zu Besuch?«, frage ich vorsichtig, stütze mich dabei mit meinem vollen Körpergewicht an der Arbeitsplatte vor mir ab. Meine Beine bestehen nur noch aus Schmerzen.

»Das geht dich nichts an. Aber es wird dich sicher freuen.«

Da wird mir klar, dass er etwas vorhat. Er lädt niemanden hierher ein, um mir damit eine Freude zu machen. Das spricht gegen seine Natur und dagegen, dass er mich hier festhält, um sonst was mit mir anzustellen. Es wird nicht bei den bisherigen Harmlosigkeiten bleiben. Mir ist klar, dass er versucht, mich zu brechen. Momentan befinden wir uns bei Stufe 1 und Niko hat noch sehr viel mehr auf Lager, daran erinnere ich mich noch sehr gut.

»Okay«, sage ich deshalb nur.

Vermutlich ist es ein Fehler, ihm meine Schwäche zu zeigen, aber ich kann mich nicht länger auf den Beinen halten. »Ist es okay, wenn ich mich kurz hinsetze? Ich bin es nicht mehr gewohnt, so lange zu stehen …«

Zu meiner Überraschung schiebt er einen Stuhl in meine unmittelbare Nähe und ich lasse mich darauf sinken, massiere meine Beine und überlege, wie lange ich die Zubereitung des Essens hinauszögern kann.

Ich will nicht wieder alleine in diesem Zimmer sein, alleine mit meinen anklagenden Gedanken und der extremen Hitze, mit dem Hunger und dem Durst und der schrecklichen Gewissheit, dass ich diesmal nicht einfach so davonlaufen kann, auch wenn ich es so gerne würde. In Nikos unmittelbarer Nähe zu sein liegt allerdings auch nicht gerade auf meiner Prioritätenliste, denn je länger ich mich ihm aussetze, desto mehr Gefahr laufe ich, eine seiner Launen abzubekommen.

Für meinen Geschmack geht das Zubereiten seines Lieblingsgerichts viel zu schnell und obwohl er mir erlaubt, einen Teller davon zu essen und ein großes Glas Wasser zu trinken, können es keine drei Stunden gewesen sein, die ich hier draußen unter seiner Aufsicht verbracht habe.

»Was für einen Tag haben wir heute?«

Er zögert eine Sekunde, dann sagt er mir, dass Donnerstag ist. Das hilft mir kein bisschen weiter, also seufze ich nur.

»Du musst jetzt zurück auf dein Zimmer. Ach, und Liv? Du musst das hier nehmen.« Er schiebt ein Schnapsglas quer über den Tisch, in welchem sich drei weiße, runde Tabletten befinden.

Zunächst sehe ich nur das Glas an, dann ihn. »Warum?«

»Damit du friedlich vor dich hin schlummern kannst, während ich unseren Besuch abhole.«

Kleine Stromwellen jagen durch meinen Körper. Er wird wegfahren. Ich werde alleine hier sein. Aber schlafen, wenn ich diese Tabletten nehme. »Ich könnte …«

»NEIN!« Seine flache Hand knallt auf die Tischplatte, die Tabletten hüpfen in ihrem Gefäß nach oben und ich kann seinen bösen Blick auf mir spüren.

Vorsichtig schiebe ich meine Hand über den Tisch, bis meine Finger das Glas umschließen können. Dann ziehe ich es zu mir heran, hebe es an meinen Mund und kippe die Tabletten in mich hinein. Schlucke.

»Trink das. Und dann zeig mir deinen Mund.«

Innerhalb weniger Sekunden ist das Wasserglas komplett leer, Tränen stechen in meinen Augen.

»Und jetzt komm.«

Wieder dackele ich ihm hinterher, diesmal schwanke ich aber bedrohlich von einer Seite auf die andere, bis er mich stützt und sanft auf das Bett sinken lässt.

Beinahe scheint es, als würde er vergessen, die Kette wieder am Boden zu befestigen. Doch bevor er den Raum verlässt, bückt er sich danach und sorgt dafür, dass ich mich nicht weiter als ein paar Meter bewegen kann.

Ich drehe ihm den Rücken zu, lege eine Hand unter meinen Kopf und öffne den Mund. Zwei der Tabletten kugeln auf meine Hand, sind bereits halb aufgelöst. Die andere habe ich verschluckt. Dennoch bin ich erleichtert, denn das bedeutet, dass ich nicht annähernd so lange und tief schlafen werde, wie er sich erhofft hat.

Angestrengt lausche ich in die Stille hinein, versuche herauszufinden, ob er noch immer hier ist oder bereits gefahren ist, aber ich kann nichts hören. Weder ihn, dort draußen vor meiner Tür, noch das Geräusch eines Motors. Ich bin mir nicht einmal sicher, ob ich es hören müsste, weil ich hier noch nie ein Fahrzeug vorbeifahren gehört habe. Allerdings habe ich die meiste Zeit auch geschlafen …

Die Müdigkeit kratzt an meinem eisernen Willen, wach zu bleiben. Aber nur, wenn ich wach bleibe, kann ich mich nach einem Fluchtweg umsehen.

Soweit ich mitbekommen habe, hat er diesmal meine Tür nicht abgeschlossen, weil ich mit dieser Kette an meinem Fuß nicht mal ohne mich dabei selbst zu verletzen bis dorthin komme. Also muss ich sie loswerden, bevor ich versuche, zu fliehen. Doch ehe ich mich vom Bett schieben kann, schlagen mir die Tabletten mit einer Faust in den Magen. Es gelingt mir nicht, mich länger zu wehren und ich falle in einen unruhigen Schlaf mit vielen Alpträumen, schaffe es aber nicht, aufzuwachen, egal wie sehr ich mich auch darum bemühe. Durch die ungenaue Dosis scheine ich gefangen zu sein in meinen eigenen Träumen.

25

Elijah

Bitte versuch nicht, mich zu finden – Das sind die sechs Worte, die sie mir vor drei Stunden geschrieben hat. Sechs Worte, die nichts aussagen. Keine Antwort auf meine Frage. Nachdem ich mitbekommen habe, dass Kelly ihr nicht geschrieben hat, habe ich es selbst getan. Liv hat ganze zwei Tage gebraucht, um mir überhaupt zu antworten.

Als wäre ich ihr egal, eine Bürde, die sie hinhalten muss. Ich kann nicht fassen, dass ich ihr nicht mehr als diese sechs Worte wert bin. Wütend trommele ich mit den Fingern auf meinem Schreibtisch herum und starre die kurze SMS weiterhin an.

Eigentlich habe ich mehr von ihr erwartet, sie ganz anders kennengelernt. Auch wenn sie jetzt auf der Flucht ist, kann ich nicht glauben, dass sie mir nicht wenigstens sagt, wie es ihr geht.

Ein ungutes Gefühl beschleicht mich, ich versage aber dabei, es zuzuordnen. Spiele stattdessen mit dem Gedanken, meinen Chef anzurufen und um einen Gefallen zu bitten.

Wieder höre ich Kellys anklagende Stimme, die mich für vollkommen verrückt erklärt, weil ich für eine wildfremde Frau alles aufs Spiel setze. Aber wer sonst sollte Liv denn helfen, wenn nicht ich?

Mit zusammengekniffenen Augen hämmere ich meine Antwort in das empfindliche Display. Es sind nur sechs Worte. Aber sie bedeuten alles.

Nervös raufe ich mir die Haare, ehe ich die Nachricht abschicke. Dann greife ich zum Telefon und wähle eine Nummer. Es klingelt nur einmal, bevor am anderen Ende jemand abhebt.

»Hast du schon was rausgefunden?«

»Nick hat sie an ihrer Wohnung abgesetzt, sie wollte sich nur kurz frischmachen. Aber als er nachgesehen hat, war ihr Auto verschwunden. Und sie auch.«

»Das ist nichts Neues«, knurre ich gereizt. Das sind Informationen, die mir schon vor einer Woche vorlagen. Ich will etwas Neues wissen, einen neuen Anhaltspunkt finden.

Der andere Mann räuspert sich unbehaglich. »Nun ja, Boss, sie hat ihr Auto bei einem Händler gegen ein anderes eingetauscht. Das haben sie keine zwei Stunden später in der nächsten Querstraße wiedergefunden. Von Liv gab's keine Spur.«

Alle meine Alarmsirenen gehen an, schrillen in meinen Ohren. Wer flüchtet, lässt sein gerade erstandenes Fluchtauto nicht einfach so zurück.

»Wo befindet sich der Händler? Ich will selbst mit ihm sprechen.«

»Boss, ich weiß nicht, ob das so eine gute Idee ist.«

»Sergej. Sofort.«

Er diktiert mir die Adresse, auch wenn er versucht, dabei absichtlich so undeutlich wie möglich zu sprechen. Beinahe bringt er mich damit zum Lachen, aber eben nur beinahe. Ich knurre ihn durchs Telefon an: »Danke.« Und schiebe noch eine Beleidigung auf Russisch hinterher, ehe ich auflege und meine Sachen zusammensuche.

Im Wind flattern bunte Fahnen, und kaum dass ich das Gelände neben der Tankstelle betreten habe, eilt ein untersetzter Mann auf mich zu, der einen schlechten Anzug und ein viel zu fettes Lächeln trägt.

Demonstrativ versenke ich die Hände in den Taschen meiner maßgeschneiderten Hose, ziehe dabei das Jackett so weit mit zurück, dass er einen guten ersten Blick auf meine Knarre erhaschen kann.

Ich bin nicht zum Spaßen aufgelegt und auch nicht dazu bereit, unnötig Gefahr einzugehen. Vielleicht arbeitet der hier mit Niko oder einem seiner Kumpel zusammen und wartet nur darauf, dass sich jemand nach Liv erkundigt.

»Meine Freundin hat vor ungefähr einer Woche ein Auto bei Ihnen gekauft«, beginne ich das Gespräch und schildere ihm, wie Liv aussieht.

Seine Augen verraten mir, dass er sich an sie erinnern kann.

Nervös räuspert er sich. »Ja, ich glaube mich an sie zu erinnern. Hat einen gelben Golf gekauft und gegen ihr altes Auto getauscht. Das rote hier vorne.«

Unwichtig. »Wissen Sie, wo sie hinwollte?«

»Sind sie sicher, dass Sie ihr Freund sind?«

Nein. »Ja. Und ich würde gerne wissen, wo sie hin ist. Sie wird seit diesem Tag vermisst, und ich möchte sie einfach nur finden.«

»Ich gehe davon aus, dass sie zur Tankstelle gegangen ist. Wissen Sie, ich hole das Benzin immer aus den Autos raus, die ich verkaufe. Nicht alles natürlich, aber so muss ich selbst kaum tanken ...«

Meine Meinung über ihn sinkt schlagartig. Auf seiner Stirn haben sich Schweißperlen gebildet und unter seinen Achseln breiten sich große Flecken aus.

»Okay. Und die nächste Tankstelle ist da drüben ... Haben Sie in ihrem Auto noch was gefunden?«

Er zuckt mit den Schultern. »Nichts von Belang. Das habe ich Ihrem Freund aber auch schon gesagt.«

Irgendetwas in mir setzt aus. Ich mache einen bedrohlichen Schritt auf ihn zu. »ICH entscheide, was von Belang ist! Was war also in ihrem Auto?«

Jetzt reibt er sich die Hände, versucht einen Schritt zurückzuweichen, aber ich folge ihm. »Wir haben's schon entsorgt. Es war ein übelriechendes Shirt.«

Ich verziehe das Gesicht, denn das ist nicht mal annähernd das, was ich mir erhofft habe. Warum sollte sie ein übelriechendes Shirt bei sich im Auto haben?

»Sicher, dass es nicht vorher schon drin war?«

»Wir verkaufen unsere Autos immer absolut sauber und in bestem Zustand.« Zumindest bei letzterem lügt er mir eiskalt ins Gesicht, das würde ich auch ohne funktionierende Menschenkenntnis erkennen.

»Und Sie haben das Shirt nicht zufällig noch hier irgendwo rumliegen? In einem Müllsack oder sonst wo? Es ist wirklich wichtig.«

Wortlos und unangenehm berührt verschwindet er in dem kleinen Gebäude, in dem seine besonderen Autos ausgestellt sind. Wieder bin ich zum Warten verdammt.

»Hey Boss«, höre ich eine tiefe Stimme hinter mir.

»Sergej.« Knapp nicke ich ihm zu, dann stellt er sich wortlos neben mich.

»Gibt leider nix neues. Die in der Tankstelle suchen die Überwachungsbänder raus, aber das kann dauern. Liv hat dort auf jeden Fall getankt.«

Diesmal spricht er deutlich und versucht nicht mit voller Absicht, mich davon abzuhalten, etwas zu tun. Sein russischer Akzent ist in den letzten Jahren kontinuierlich weniger geworden, was vor allem aber auch an Rosaria, seiner Frau, liegt. Einmal habe ich die beiden zusammen getroffen und es war beinahe gruselig. Rosaria ist eine Italienerin mit ordentlich Feuer unter dem Hintern und Sergej der typische eiskalte Russe. Noch immer frage ich mich, wo sie ihn aufgegabelt hat und wie die beiden es überhaupt miteinander aushalten können.

Endlich kommt der Händler wieder auf uns zu, trägt mit spitzen Fingern ein graues Shirt vor sich her. Kaum dass er vor uns steht, reiße ich es ihm auch schon aus den Händen und hebe es an die Nase. Kommentarlos gebe ich es dann an Sergej weiter, der meinen ersten Gedanken bestätigt.

»Riecht nach Betäubungsmittel, Boss.«

Liv ist nicht auf der Flucht. Die Erkenntnis trifft mich wie ein Schlag. Ich balle die Hände zu Fäusten. Das darf nicht wahr sein.

»Sergej. Ich will die Überwachungsbänder. Sofort.« Ich brauche kurz, um wieder einen klaren Gedanken fassen zu können. »Das hier nehme ich mit.«

Vielleicht brauche ich es später noch, um wenigstens handfeste Beweise vorlegen zu können, dass meine Befürchtungen wahr sind. Als ich es ausschüttele, fällt mir etwas anderes ins Auge: *Vox Clamantis in Deserto.*

Dartmouth. Wer auch immer Liv betäubt hat, ist dort vielleicht auf die Uni gegangen. Jeder dieser Hinweise zählt und hilft mir später vielleicht sogar dabei, sie zu finden.

An meinem Auto warte ich auf Sergej. Tatsächlich taucht er ungefähr zwanzig Minuten später mit den Überwachungsbändern auf und drückt sie mir in die Hand.

»Hat mich 'ne Stange Geld gekostet. Ich hoffe, du findest was.«

Stumm danke ich ihm. »Du könntest sie dir mit mir anschauen. Und deiner Frau bringst du nachher was vom Italiener mit. Geht auf mich.«

Wenn ich in den letzten Jahren so was wie eine Freundschaft geschlossen habe, dann wohl mit Sergej, der von Anfang an im Club als Türsteher arbeitete. Gäbe es Kelly nicht, hätte ich ihn längst zu meiner rechten Hand ernannt. Er weiß von all der Scheiße, in der wir stecken, zwar nichts, aber das tut seiner Loyalität keinen Abbruch. Er hat keine Probleme damit, dass es hinter den Kulissen mehr gibt, als er weiß.

Keine Sekunde lang zögert er, nickt einfach nur und steigt ins Auto. »Wie hältst du das bloß aus, Boss? Wenn meine Frau einfach verschwinden würde …« Sergej schließt die Augen, als würde ihm innerlich gerade alles weh tun.

Genau so geht es mir seit einer verdammten Woche. Nur dass der Schmerz nicht eingebildet ist, sondern real existiert. Und immer wieder streut jemand Salz in die Wunden, damit ich mich auch ja immer wieder daran erinnere. Allerdings will ich auch gar nicht vergessen, ich will einfach nur, dass sie hierher kommt und sich um die Wunden kümmert, bis es mir wieder gutgeht. Ich will meine Arme um sie schließen und sie nie wieder loslassen.

»Sie ist nicht meine Frau.«

»Wenn das so wäre, würdest du dich anders verhalten.«

Ich stoße ein Seufzen aus. Einerseits bin ich froh, dass er einer der wenigen ist, der keine Tomaten auf den Augen hat, andererseits konfrontiert es mich zu sehr mit der Realität.

»Wenn Rosaria einfach von heute auf morgen verschwinden würde und ich dann herausfände, dass sie eventuell betäubt wurde … und sie mir so eine komische SMS schicken würde. Mann, Boss, ich könnte nicht mehr stillsitzen. Ich würde jeden Stein umdrehen und notfalls irgendwen umbringen, um herauszufinden, wo sie abgeblieben ist. Die Frau ist mein Leben. Ich würde sogar meinen Job für sie aufgeben.«

Natürlich gelingt es mir nicht, Sergej jetzt anzusehen. Seine Worte treffen mich unvorbereitet, ich weiß ganz genau, wovon er redet. Ich muss Liv finden und die üblen Gedanken zum Schweigen bringen. Vielleicht hat sich auch nur irgendein Junkie in ihrem Auto vergnügt, nachdem sie es verlassen hat.

»Ich hoffe echt, du findest sie.«

»Das hoffe ich auch«, murmle ich.

Zwischen uns bricht Schweigen aus und ich drifte mit den Gedanken wieder ab, male mir die übelsten Szenarien aus, bis wir endlich bei mir ankommen und beide geschlossen ins Haus und zum Wohnzimmer eilen. Er legt das erste Video umgehend ein.

»Weiß sie, dass sie dir gehört?«

Ich hebe die Schultern. Vermutlich nicht. Aber ich wünsche mir, dass sie zumindest so eine Ahnung hat, vor allem nach meiner letzten Nachricht.

Abwesend checke ich mein Handy, finde dort aber keine Antwort auf meine Nachricht. Also widme ich mich zusammen mit Sergej den Videoaufnahmen und versuche, Liv darauf zu entdecken und endlich einen Anhaltspunkt zu finden, der meine ganzen Sorgen rechtfertigt.

Und tatsächlich werden wir relativ schnell fündig, denn die genaue Zeit lässt sich auf zwei Stunden eingrenzen.

»Oh, das ist übel, Boss. Da ist jemand in ihrem Auto. Und der hat 'ne verdammte Knarre!«

Bis diese Info bei mir ankommt, ist das Auto schon aus dem Aufnahmebereich der Kamera gerollt. »Spul zurück. Und schau, ob man irgendwo sein Gesicht sieht. Ich muss telefonieren.«

Als ich das Wohnzimmer wieder betrete, blickt mir ein sehr bekanntes Gesicht entgegen und reißt mir den Boden unter den Füßen weg. Unweigerlich muss ich mich setzen, weil mein Magen sich plötzlich umdreht und rebellierend auf die Informationen reagiert, die mein Kopf gerade verarbeitet. Unkontrolliert fluche ich, bin froh darüber, den Anruf schon gemacht zu haben.

Fragend ruht Sergejs Blick auf mir und ich hole mehrere Male Luft, bevor ich ihm eine Erklärung geben kann.

»Das ist das Arschloch aus dem Club. Das Arschloch, das sie seit zwei Jahren verfolgt und jahrelang fertig gemacht hat. Sie ist nicht auf der Flucht vor ihm. Er hat sie längst gefunden. Gefunden und entführt.«

Jetzt sieht er mich verwirrt an, aber ich habe keine Zeit, ihm alles zu erklären. »Schick mir den relevanten Teil aufs Handy. Danke, Sergej.«

In diesem Moment vibriert das Handy in meiner Hand und eine Nachricht von Liv blinkt auf.

Ich komme nicht wieder. Leb wohl.

Unwillkürlich schließe ich meine Hand fester um das Handy und höre es noch knacken. Auf einmal ist es kaputt. Genervt lasse ich es fallen, nachdem ich meine SIM-Karte und die SD-Karte daraus gerettet habe.

»Ich geh mir ein neues besorgen«, brumme ich und verschwinde.

Diese Nachricht ist nicht von Liv. Auch wenn ich dafür keinen Beweis habe, bin ich mir so sicher, wie bei sonst nichts anderem.

Nachdem ich endlich im Besitz eines neuen Handys bin, tippe ich ihre Nummer ein und versuche, sie zu erreichen.

26

Liv

Das Zuschlagen einer Tür reißt mich aus dem unruhigen Schlaf, kurz darauf höre ich, wie ein Motor gestartet wird, und dann ist es auch schon wieder vorbei, dieses befreiende Geräusch. Es muss früher Abend sein. Ich kann somit gar nicht so lange geschlafen haben. Vermutlich ist Niko gerade eben fortgefahren und ich habe genug Zeit, diesen Vorteil auszunutzen, auch wenn ich vorhin nicht mehr damit gerechnet habe.

Langsam rolle ich vom Bett und halte mich gar nicht erst mit dem Fenster auf. Das gibt keinen guten Fluchtweg ab, im Gegenteil. Darauf meine Zeit zu verschwenden ist einfach nicht der richtige Weg, hier herauszukommen. Stattdessen konzentriere ich mich auf meine Kette, die an einem Ring festgemacht ist, der im Boden verankert ist. Ich ziehe daran, aber er gibt natürlich kein Stück nach. Auch als ich mich mit meinem ganzen Gewicht gegen die Kette lege, tut sich nichts. Das Holz knarrt nicht einmal.

Haareraufend laufe ich auf und ab, versuche, die Tür zu erreichen, schaffe es aber nur, wenn ich mich weit nach vorne beuge und die Finger ausstrecke. Fluchend schlage ich mit der Faust in die Luft. Ein Geräusch erregt meine Aufmerksamkeit. Es ist das Klingeln eines Handys. Meines Handys.

Schmerzhaft drückt die Fessel an meinem Fuß in mein Fleisch, rutscht durch plötzliche Nässe hin und her. Ich schaue mir den soeben angerichteten Schaden nicht an, stemme mich weiter in Richtung der Tür und versuche, sie wenigstens zu öffnen. Es bleibt mir nichts anderes übrig, als mir so lange weh zu tun, bis ich es schaffe. Als die Tür endlich gegen die Wand schlägt, hat sich die Fessel tief in mein Fleisch gefressen, welches schmerzhaft pulsiert. Der Boden unter mir ist rutschig und blutverschmiert, der Geruch von Eisen liegt in der Luft.

Noch immer klingelt mein Handy vor sich hin, aber es ist zu weit weg. Auf dem Display sehe ich nur immer wieder Elijahs Namen aufleuchten. Fluchend sinke ich zu Boden und diesmal weine ich wirklich. Und zwar nicht still, sondern mit Schreien und Rotzbläschen, verquollenen Augen, Kopfschmerzen und heiserer Stimme. Ich will doch einfach nur, dass er hierher kommt, mich befreit und dafür sorgt, dass Niko nie wieder zum Problem wird.

Mir fehlt die Vernunft, um aufzuhören, also tobe ich bis tief in die Nacht weiter, bis mein Handy den Geist aufgibt und mich keine Anrufe mehr unterbrechen, bis mir die Kraft ausgeht und ich erschöpft mit der Stirn gegen das kühle, klebrige Holz sinke.

Mit Sicherheit ist es kein Zufall, dass das Handy sich in meiner Nähe befindet. Niko will mich wissen lassen, dass er es hat. Dass er es vermutlich sogar durchgesehen hat. Elijah und ich haben uns zwar nie geschrieben, aber er hatte meine Nummer. Und ich bin mir ziemlich sicher, dass Elijah sich irgendwann in den letzten Tagen gemeldet haben muss. Garantiert hat Niko eine dieser Nachrichten gelesen, andernfalls gibt es nämlich keine Begründung für sein anhaltendes, eifersüchtiges Verhalten. Auch nach dem Vorfall mit Miles hat es nicht lange gedauert, bis die Eifersucht ihm gegenüber abgeebbt ist. Mittlerweile müssen einige Tage vergangen sein, in denen ich alleine hier mit ihm war. Nicht einmal habe ich Elijah erwähnt und dennoch scheint er Niko irgendwie weiterhin nahzugehen. Vermutlich hängt der wahre Grund, warum sich das Handy knapp außerhalb meiner Reichweite befindet, jedoch mit seinem Hang zur Perversion zusammen. Ich kann es sehen. Ich kann es hören. Aber ich kann es nicht erreichen. Er zeigt mir, dass die Realität direkt vor meiner Nase ist. Ich könnte auch wieder Teil davon sein. Wenn ich mich ihm beuge.

Nun, vielleicht reicht es schon aus, dass er ein Psychopath ist, aber allein auf diesen Grund will ich mich nicht beschränken.

Mein Herz hämmert kräftig vor sich hin, mein gesamter Körper schmerzt, und ich würde gerade alles für eine Flasche Wasser geben. Aber davon bin ich weit entfernt, also tue ich das einzig andere, was mich irgendwie beruhigen kann. Ich summe vor mich hin, *Dissolve Me* von *Alt-J*, bis ich eindöse und endlich die Ruhe finde, die ich brauche, um mich daran zu gewöhnen, dass so vieles gerade nicht in meiner Hand liegt. Trotzdem wünsche ich mir, dass Elijah mich sucht und vor allem auch findet. Hoffen darf man doch schließlich noch, oder etwa nicht?

Jemand atmet mir ins Gesicht. Ich halte meine Augen fest geschlossen und stelle mich weiterhin schlafend. Ich kann mir gut ausmalen, dass Niko vor mir auf dem Boden kniet, den Kopf neben meinen gelegt hat und mich ganz aus der Nähe betrachtet.

Bestimmt hat er bemerkt, dass ich versucht habe, mich irgendwie zu befreien und ist jetzt so sauer, dass er nur darauf wartet, dass ich endlich aufwache.

»Liv?«

Es ist nur eine geflüsterte Frage, aber ich erkenne sofort, dass es sich dabei nicht um Nikos Stimme handelt. Ein Schluchzen löst sich aus meiner Kehle und ich spüre, wie jemand näher an mich heranrückt und die Arme um mich legt. Meine Augen sind ganz verklebt und sicher reiße ich mir einige Wimpern ab, als ich mich dazu zwinge, sie zu öffnen.

Er sieht keinen Tag älter aus. Noch immer hat er ein jungenhaftes Gesicht, keinen Bartwuchs, unglaublich graue Augen und trägt – wie sollte es anders sein – ein Shirt und darüber eines dieser karierten Hemden.

Ich will lachen, muss stattdessen aber furchtbar husten und vergrabe deshalb meinen Kopf an seiner Halsbeuge.

Als er spricht, kann ich es auf meiner Haut fühlen. »Bitte sag mir, dass du nicht mehr mit diesem Kerl zusammen bist, Engel.«

Ich schüttele den Kopf und spüre prompt den Schwindel nach mir greifen. »Schon seit zwei Jahren nicht mehr. Aber seitdem bin ich auf der Flucht, er will mich einfach nicht in Ruhe lassen.« Ich lege eine Pause ein, weil alles andere auch aus mir herausbrechen will.

Schließlich lasse ich es einfach zu, auch wenn es weh tut. »Er hat mich entführt, Miles. Ich weiß nicht, wie lange ich schon hier bin. Gestern meinte er, heute kriegen wir Besuch. Ich wusste ja nicht, dass er dich auch entführen würde. Meine Güte, hat er dir was angetan?«

Ich hebe den Kopf leicht an, um in sein Gesicht zu blicken und erspähe ein blaues Auge und eine blutige Nase.

»Hab mich ein bisschen gewehrt.« Trotz der momentanen Lage grinst er charmant vor sich hin und ich kann nicht anders, als einfach mitzugrinsen.

»Verdammt, Engel, weißt du eigentlich, wie sehr ich dich vermisst habe und wie viele Sorgen ich mir in den letzten Jahren um dich gemacht habe? Ganz egal, dass er mir jetzt vermutlich ans Leben will, um dich wieder komplett für sich einzunehmen, ich bin froh, dass ich dich wiedergefunden habe.«

Da ist es wieder, das alte Gefühl der Vertrautheit, das Gefühl, beim richtigen Menschen zu sein, obwohl man gerade in ganz und gar der falschen Situation ist.

»Und ich werde uns hier irgendwie schon rausholen. Er hat ja schon mal den Fehler gemacht, mich nicht auch zu fesseln. Hab nur so getan, als hätte ich die Schlaftabletten auch brav geschluckt. So weit kommt es noch. Kannst du aufstehen?«

Miles hilft mir auf die Füße und zum Bett. Streicht mir über den Rücken und durch die Haare.

»Irgendetwas, das ich wissen sollte, bevor wir versuchen hier rauszukommen?«

So vieles. »Er kriegt alles mit. Mein Fuß ist ziemlich übel zugerichtet. Alles, was er mir an Essen oder Trinken gibt, enthält Betäubungsmittel. Vor dem Fenster ist ein Gitter angebracht, und ich kann mich keine drei Meter weit bewegen. Vielleicht gibt es jemanden, der nach mir sucht. Aber sicher bin ich mir nicht …«

Mit funkelnden Augen sieht er mich an. »Wer könnte nach dir suchen, Liv?«

»Ein Freund. Elijah. Er hat auch versucht, mich zu erreichen. Niko hatte mein Handy draußen auf den Tisch gelegt, und ich habe es gehört.« Unwillkürlich gehe ich dazu über, zu flüstern.

»Aber warum sollte er nach dir suchen?«

Freudlos lache ich auf und schließe die Augen. Ja, warum eigentlich? Ich habe ihm doch selbst gesagt, dass ich wieder vor Niko flüchte, weil es besser für alle so ist. Sicherer.

»Ich weiß es nicht. Ganz ehrlich, vielleicht wünsche ich es mir einfach nur. Ich habe ihm einen Zettel hinterlassen und ihm gesagt, dass ich vor Niko davonrenne, weil ich ihn und alle anderen nicht in Gefahr bringen kann. Niko ist eines Nachts einfach im Club aufgetaucht und hat um sich geschossen. Ich konnte nicht dort bleiben.«

Natürlich kann ich Miles Gedankengang auf seinem Gesicht ablesen, aber ich schweige dazu. Er darf mich ruhig dafür verurteilen, immerhin war er mal mein bester Freund und hat zeitweise ziemlich darunter gelitten.

»Na, dann würde ich sagen, hoffen wir einfach das Beste. Und, dass dein ominöser Freund schon auf dem Weg hierher ist.«

Auch diesmal bleibt mir nichts anderes übrig, als einfach zu nicken. Vielleicht ist es gar nicht so verkehrt, sich an einen kleinen Strohhalm zu klammern, wenn man sich mitten auf dem Meer befindet und andernfalls einfach ertrinken würde.

Miles läuft inzwischen in dem kleinen Raum auf und ab und

inspiziert jede Ecke. Die Kette um meinen Fuß, die Verankerung im Boden, die Tür und die Landschaft vor dem Fenster. Irgendwann steht er einfach nur noch Haare raufend da.

Unerwartet versetzt er dem Bett einen Tritt. »Ich kann's nicht fassen! Normalerweise hilft es ungemein, klüger als die Hälfte der Menschheit zu sein. Nur hier finde ich einfach keinen Ansatz, um eine Flucht zu planen. Oder gar durchzuführen.«

Mir liegt ein unangebrachter Kommentar auf der Zunge, aber ich will die Stimmung nicht unnötig kippen, also halte ich die Klappe und spiele stattdessen mit den Fingern in meinen Haaren. Seit der letzten Dusche sind Tage vergangen und langsam werden sie spröde und fettig.

Ich richte den Blick gen Decke, hole tief Luft und – halte sie an. »Miles!«, rufe ich aufgeregt und schlage mir sofort die Hand vor den Mund. Hoffentlich ist Niko gerade mit anderen Dingen beschäftigt und achtet nicht darauf, was hier drinnen vor sich geht.

Mit Nachdruck, aber diesmal deutlich leiser, wiederhole ich seinen Namen.

Es dauert einige Sekunden, bis er sich aus seiner Starre reißen kann. »Was ist?«

Stumm deute ich mit dem Finger nach oben zur Decke. Niko soll unter keinen Umständen erfahren, was ich entdeckt habe.

Seine Augen werden größer und er kommt zu mir, steigt aufs Bett und angelt mit den Fingerspitzen nach dem kleinen Stück Stoff, welches zwischen den Brettern hervorlugt. Wenn man daran zieht, kommt die quadratische Holzluke uns bestimmt entgegen – und hoffentlich gibt das den Blick auf einen Speicher frei. Einen gut gefüllten Speicher, mit irgendwelchen nützlichen Dingen.

Aber so sehr er es auch versucht, Miles erreicht den Stofffetzen nicht. Kurzerhand tue ich es ihm gleich, aber da ich kaum einen Zentimeter größer bin als er, ist die Mühe vergebens. Die Aktion sorgt nur dafür, dass ich mich umgehend wieder total ausgelaugt fühle.

Auch eine Räuberleiter steht außer Frage, denn ich bin viel zu schwach, um die nötige Kraft aufzubringen, ihn auch nur ein kleines bisschen hochzuheben. Umgekehrt ist es ebenso sinnlos, weil die Reichweite meiner Kette beschränkt ist.

»Tja. Ich glaube, das wird nichts.«

Enttäuschung macht sich zwischen uns breit, und ich sinke zurück auf das Bett, nehme das Kissen und lege es über meinen Kopf. Das darf einfach nicht wahr sein.

»Und jetzt?« Meine Stimme klingt gedämpft und durch das Kissen seltsam.

Neben mir senkt sich die Matratze und ich spüre Miles Körper an meinem. Wie früher, als wir noch im Sandkasten gespielt und Kissenburgen gebaut haben. In diesem Moment kann ich es kaum fassen, dass Niko all das einfach systematisch zerstört hat. Weil er Spaß daran hat oder ihm langweilig war. Ich weiß es nicht, aber ehrlich gesagt ist es auch egal, denn Fakt ist: Ich habe zugelassen, dass es so weit kommt.

Seit Stunden erwarte ich, dass Niko jeden Moment hereinschneit und dann anfängt, mir oder Miles auf die eine oder andere Weise weh zu tun. Bei so was ist er kreativ. Sobald man ihn in die eigenen Gedanken lässt, hat man praktisch schon verloren. Er weiß genau, wo er den Hebel ansetzen muss, um das bestmögliche Ergebnis zu erzielen. Ich hingegen bin mir nicht mal sicher, ob ihn Elijah wütend macht und die Tatsache, dass ich mit ihm geschlafen habe.

Oder ob es an den zwei Jahren Flucht liegt, an meinem Versuch, seine Taktik bei ihm anzuwenden. Ich weiß es nicht und kann mich nicht im Geringsten darauf vorbereiten, ihm etwas entgegen zu bringen. Das ist es, was mir Angst macht. Das, und Miles Anwesenheit.

Vielleicht wird er versuchen, Miles zu verletzen, weil das bei mir schon einmal funktioniert hat und er sich das gleiche Ergebnis abermals erhofft.

Ich drücke seine Hand, würde ihm gerne sagen, dass alles gut wird, auch wenn ich genau das gerade selbst gerne von jemandem hören würde.

»Dieses untätige Herumliegen macht mich fertig. Will er uns damit zermürben?«

Gerade, als ich zu einer Antwort ansetze, öffnet sich die Tür. Vorsichtig und langsam. Als ginge eine unsichtbare Gefahr von Miles und mir aus, obwohl wir einfach nur auf dem Bett liegen und nicht mal versucht haben, ihm die metallene Kette um den tätowierten Hals zu wickeln und ihn damit zu töten.

»Wie wär's, wenn ihr eure Ärsche mal hebt? Es ist verdammt unfreundlich gegenüber dem Gastgeber, sich so zu verhalten.« Ich stehe als Erste auf, einfach weil es sinnlos ist, sich in dieser Hinsicht stur zu stellen. Kurz darauf erhebt sich auch Miles und stellt sich dicht zu mir.

»War ein Fehler, vor mir so lange davonzulaufen, nicht wahr?« Nikos dunkle Augen ruhen stechend auf mir, das selbstgefällige Grinsen auf seinen Lippen jagt einen eisigen Schauer meinen Rücken hinab. Verächtlich schnaube ich.

»Das war sicher kein Fehler, Niko. Ein Fehler aber war, dich zu lieben.« Ich klinge sachlich und ruhig, distanziert, auch wenn ich mich innerlich überhaupt nicht so fühle. Wie gerne ich jetzt mit den Fäusten auf ihn eintrommeln würde, bis er am Boden liegt und sich nicht mehr regt …

Die Muskel in seiner Wange zucken bedrohlich, als er die Zähne fest aufeinanderbeißt. Sein Gesicht ist so leicht zu lesen wie ein Buch. Wüsste ich es nicht besser, könnte ich fast meinen, dass er sich durch meine Worte verletzt fühlt. »Vielleicht statte ich deinen Eltern bald einen Besuch ab. Sobald ich mit deinem kleinen Freund hier fertig bin. Und mit diesem Arschloch, dass mit dir gevögelt hat, obwohl du mir gehörst. Für dich werde ich aufzeichnen, wie sie sterben. Und wenn ich dann zurückkomme, spiele ich dir die Videos so lange vor, bis du erkennst, dass du auf dieser Welt ganz alleine bist und nur noch mich hast.«

Miles schweigt. Auch ich bringe keine Widerworte auf die Reihe, nur stille, vor sich hin glimmende Wut.

»Ich frage mich ja, wessen Tod dir am meisten weh tun wird. Der deiner geliebten Mummy? Oder der von Daddy? Vielleicht wird es aber auch Miles' Tod sein, immerhin hast du den gerade erst wiedergefunden.« Wie ein tollwütiger, getroffener Hund bellt er vor sich hin.

Obwohl ich weiß, dass er alles davon umsetzen wird, ohne mit der Wimper zu zucken, empfinde ich keine Angst. Diese Drohungen sind seine Methode, und er weiß besser als alle anderen, dass er schneller im Knast landen würde, als er bis drei zählen kann, sollte er wirklich so viele Menschen umbringen.

»Vielleicht ist es aber auch dieser Elijah. Weißt du, er macht sich furchtbare Sorgen um dich, wollte, dass du zu ihm zurückkommst. Er hat mindestens dreißig Mal versucht dich anzurufen, aber nie bist du rangegangen. Stattdessen hast du ihm geschrieben, dass du nie wiederkommen wirst. Und das, obwohl er dir geschrieben hat, dass er dich liebt. Wie herzlos von dir, liebste Liv …«

Alles um mich herum dreht sich, aber Niko kann mir nicht ausweichen, dazu ist er zu langsam. Ich springe ihm mit meinem ganzen Gewicht entgegen, mobilisiere alle Kräfte, die ich noch habe und zerkratze ihm schreiend das Gesicht.

Mein ganzer Körper fühlt sich wie eine einzige offene Wunde an. Ich kann nicht abschätzen, wie viel Schaden ich Niko zufüge, bevor er mich packt und quer durch den Raum schleudert. Trotz der Kette pralle ich gegen die nächste Wand, die Luft bleibt mir weg und ich sinke keuchend zu Boden. Seine nächsten Worte verstehe ich nicht, weil in meinem Kopf alles dröhnt. Zu laut.

Aber meine eigenen Worte verstehe ich sehr gut. »Du bist ein Psychopath, Niko. Ich hoffe, du verreckst.«

»Ich bevorzuge die Bezeichnung ›kreativ‹.«

Sie hallen nach, seine Worte, obwohl er den Raum längst wieder verlassen hat. Wie ein Echo wiederholt mein Kopf sie immer und immer wieder, bis sie sich in meinen Gehörgang eingebrannt haben und mich nicht mehr loslassen. Miles kniet vor mir und befühlt mit seinen Fingern vorsichtig meinen Körper.

»Schlimm?«, frage ich Miles.

»Du oder der Mistkerl?«, erwidert er.

»Beide.«

»Na ja, du hast ihm beinahe die Augen ausgekratzt, Engel. Sein ganzes Gesicht war blutverschmiert.« Ich höre das Grinsen in seiner Stimme. »Und was dich angeht …«

Jaulend zucke ich zusammen, als er mit den Fingern in die Nähe meiner Rippen kommt. »Ich glaube, die sind zumindest angeknackst. Dein Fuß sieht auch nicht gut aus, die Fesseln haben wirklich ordentlich Schaden angerichtet. Ich hoffe, du hast keine Gehirnerschütterung.«

Irgendwie gelingt es ihm, mich hochzuheben und vorsichtig auf dem Bett wieder abzulegen. Miles setzt sich auf die Kante neben mich und mit jedem Atemzug schmerzt mein Brustkorb höllisch, so dass ich den Mund eigentlich gar nicht erst aufmachen will.

»Du hast ihn echt ordentlich wütend gemacht, und ich hoffe für dein Seelenheil, dass er jetzt nicht wirklich loszieht und alle tötet, die er da gerade genannt hat.« Mit den Fingern streicht er über mein Gesicht, meinen Kiefer entlang und wieder zurück zu meinem Haaransatz. »Ich würde ja gerne sagen, wir kommen hier raus, aber ich fürchte nach wie vor, dass das nicht so einfach wird.« Sein Blick liegt irgendwo über uns und ich weiß, dass er sich selbst dafür verflucht, so klein gewachsen zu sein. *Dafür, dass du Miles heißt, bist du aber ganz schön klein.* Das haben wir in unserer Schulzeit so oft gehört, dass es sich irgendwann nur noch nach einer zerbrochenen, sich wiederholenden Schallplatte anhörte. Sie haben nie etwas Neues gefunden, um ihn zu ärgern. Dabei hat er diesen Namen von seiner Mutter bekommen, weil sie in ihrer Jugend einen *Dungeons & Dragons*-Krieger mit dem Namen Miles gespielt hat.

»Wir könnten es mit einer Räuberleiter versuchen …«

»Quatsch. Engel, du versuchst hier gar nichts mehr. Erzähl mir lieber von diesem Elijah, damit ich mich auf eine Lösung dieses beschissenen Problems konzentrieren kann.«

Meine Gedanken fahren Karussell und ich kann mich kaum darauf konzentrieren, ihm alles über Elijah zu erzählen, so wie wir uns früher auch schon alles erzählt haben. Aber irgendwie ahne ich, dass er es nicht deswegen hören will, sondern weil er doch fürchtet, dass mein Kopf einiges abbekommen hat.

27

Elijah

Das letzte Mal, dass ich meine Marke bei mir getragen habe, ist eine gefühlte Ewigkeit her. Aber jetzt hängt sie ordentlich an meiner gebügelten Anzughose, verdeckt von meinem dunklen Jackett. Die registrierte Dienstwaffe steckt in ihrem Holster unter meiner Achsel.

Ich bin es nicht mehr gewöhnt, mich wie ein offizieller FBI-Agent zu kleiden und zu benehmen. Meine eigentlichen Accessoires, die zu meiner zweiten Identität gehören, liegen in der vom Staat bezahlten Villa herum.

Auf dem Weg hierher bin ich mindestens fünf Mal in ein anderes Fahrzeug gestiegen und mindestens ebenso oft hat man die Route gewechselt, weil es nicht zur Debatte stand, meine Undercover-Mission einfach auffliegen zu lassen. Dafür haben wir in den letzten Jahren zu große Fortschritte gemacht. Das Einzige, was nicht so recht in mein gepflegtes Erscheinungsbild passen will, ist die Stofftasche mit den ganzen Beweisen dafür, dass man sich unbedingt auf die Suche nach Liv machen muss. Neben dem Dartmouth-Shirt und der Videoaufnahme habe ich auch noch die Nachrichten, die auf keinen Fall von ihr kommen können und selbstverständlich alles, was ich über meinen Tatverdächtigen in dieser kurzen Zeit zusammenstellen konnte. Es ist nicht viel, aber ein Anfang.

»Mr. Fernsby, Ihr Vorgesetzter wartet in seinem Büro auf Sie.«

Obwohl ich seit Jahren nicht mehr hier gewesen bin, kenne ich den Weg noch allzu gut. Als junge Agents haben Kelly und ich uns viel Scheiße erlaubt und waren ständig in seinem Büro.

Kurz klopfe ich an, warte aber nichts weiter ab, sondern trete einfach ein.

»Ich weiß, Sie wollen das nicht hören und ich weiß, wie gefährlich das alles ist, das hat mir Kelly schon mindestens ein Dutzend Mal gesagt, aber ich kann einfach nicht zulassen, dass man diese Frau weiter malträtiert. Dieser Mann ist ein Psychopath und stellt eine hohe Gefahr für viele Menschen dar, nicht nur für diese Frau.«

Vollkommen überrumpelt hebt der mittlerweile betagte Mann seine Hand und bringt mich damit zum Schweigen, auch wenn ich am liebsten weiter herunterrattern würde, was ich mir die ganze Zeit über zurechtgelegt habe.

»Fernsby. Sie gefährden jahrelange Arbeit. Mit welcher Rechtfertigung?«

»Diese Frau – Liv – wurde jahrelang misshandelt. Die letzten zwei Jahre ist sie vor ihrem Exfreund davongelaufen, und zwar durch die halbe Welt. Nichts hält ihn auf. Er ist in meinem Club aufgetaucht, hat Menschen getötet und wiederum andere bedroht. Auch sie. Ich kann nicht zulassen …«

»Also sind es Gefühle, die unsere Mission in Gefahr bringen. Habe ich das richtig verstanden, Sebastian?«

Ich scharre mit den Füßen, er sieht mich wissend an. Dennoch erwartet er eine Antwort.

»Möglicherweise, Sir.«

Er hat meinen richtigen Namen benutzt, das bedeutet, er meint es ernst. Elijah Davis ist nur eine erfundene Person, in deren Rolle ich vor einigen Jahren geschlüpft bin. Innerlich winde ich mich. Ich kann nicht zulassen, dass die ganze Geschichte auf meine Gefühle reduziert wird. Ich knalle ihm die Stofftasche auf den großen Schreibtisch.

»Ein mit Betäubungsmittel getränktes Shirt der *University*

of Dartmouth. Ein Videomitschnitt, wie er hinten in ihrem Auto sitzt und sie mit einer Waffe bedroht. Und alles, was ich bis dato über ihn weiß. Wenn er sie wirklich entführt hat, und daran glaube ich ganz fest, dann verschickt er mit ihrem Handy auch Nachrichten, damit niemand auf die Idee kommt, sie zu suchen.« Damit *ich* nicht auf die Idee komme, sie zu suchen. Sie zu retten. »Sir, Sie haben die Mittel und Befugnisse dazu, Livs Handy zu orten. Wenn es sein muss gehe ich dort auch alleine hin, um nachzusehen, ob sie wirklich da ist. Falls sie in Gefahr ist, hole ich sie da raus. Falls nicht, verspreche ich Ihnen, sie einfach in Ruhe zu lassen. Aber ich muss sichergehen, dass sie sich nicht in den Fingern dieses Schweins befindet.«

»Ich hoffe wirklich für Sie, dass Sie bei diesem Unterfangen nicht auffliegen.« Vorsichtig schiebt der Direktor mir einen Zettel und einen Stift zu.

Mit zittrigen Fingern notiere ich Livs Handynummer und atme erleichtert aus.

»Die Indizien hier gehen ins Labor und an die Forensik. Ich stelle Ihnen gegebenenfalls zwei Agents zur Verfügung. Ich lasse Sie doch nicht alleine nach einer Frau suchen, wenn die sich vielleicht in der Obhut eines gefährlichen Psychopathen befindet.«

Dankbar nicke ich ihm zu und wende mich ab.

»Ach, und Fernsby? Ich tue Ihnen diesen Gefallen bloß, weil Sie die letzten Jahre hervorragende Arbeit geleistet haben und der Präsident Ihnen für jeden aus dem Weg geräumten Verbrecher außerordentlich dankbar ist. Nicht, weil diese Frau Sie offenbar um den kleinen Finger gewickelt hat.«

Ich meine ihn noch so etwas wie *dafür haben Frauen ja bekannterweise ein Talent* murmeln zu hören, dann bin ich auch schon aus seinem Büro raus und stehe im kühlen Gang. Die Wand erscheint mir eine gute Stütze zu sein, und ich nehme mir die fünf Minuten. Ich werde Liv tatsächlich finden. Und nach Hause holen. Es kann sich nur noch um Stunden handeln, nicht mehr elendig lange und quälende Tagen. Mit jedem Atemzug komme ich ihr einen Schritt näher.

Plötzlich dämmert mir, dass Niko sie genauso gut schon auf dem Gewissen haben kann. Ich schiebe die Euphorie von mir und bete stattdessen zu all den Göttern, an die ich nie geglaubt habe, dass sie noch lebt. Und dass es ihr gutgeht.

»Das sind die Agents Fisher und Wolf. Frischlinge. Die werden sie begleiten und ihre ersten Erfahrungen im Feld sammeln. Passen Sie gut auf sie auf.«

Ich schüttele den beiden kurz die Hand und widme mich dann wieder dem Bildschirm, auf dem eine Karte zu sehen ist. Ein roter Pin lokalisiert den letzten ungefähren Standort von Livs Handy. Irgendwo mitten im Nichts. Die Satellitenbilder zeigen eine kleine Jagdhütte, die einem Brian Johnson gehört. Er wurde telefonisch bereits informiert, dass wir in Kürze sein Grundstück stürmen werden.

Nachdem wir das genaue Vorgehen bis ins Detail besprochen haben, mache ich mich mit den blutjungen Agents auf den Weg. Es ist mir egal, wie gut sie sind, oder wie schlecht. Ich werde ihnen nicht die Chance geben, zu handeln.

Dieses Arschloch wird durch meine Hand zu Fall gebracht werden, nicht durch die eines Frischlings. Ich habe nicht vor, dass er diese Hütte lebend verlässt. Dazu hat er Liv zu viel genommen und mir auch, indem er sie einfach entführt hat. Vielleicht hätte ich mich irgendwann damit abgefunden, wenn sie einfach nur weiterhin auf der Flucht gewesen wäre. Aber so weit kam es gar nicht erst, weil er sie gefunden und betäubt hat. Nach allem, was sie mir erzählt hat, kann ich sie nicht dort lassen, ganz alleine und auf sich gestellt.

»Sir.«

»Nenn mich Elijah. Wir stürmen gleich den Rückzugsort eines Psychopathen, da brauchen wir nicht so förmlich miteinander umzugehen.«

»Gut … Elijah, glauben Sie, der ist bewaffnet?«

Fisher ist höchstens Anfang zwanzig, also blutjung, und außerdem sieht sie viel zu klug aus, um sich von allerlei gefährlichen Menschen bedrohen zu lassen.

»Davon ist auszugehen, ja. Vermutlich nicht außerordentlich gut, aber es wird ausreichen, um Schaden anzurichten.«

Ich klopfe gegen die kugelsichere Weste, die nicht nur mir schon oft das Leben gerettet hat. »Also, nur um sicher zu sein, dass ihr alles verstanden habt. Ich werde mich zunächst an die Hütte schleichen und die Lage überprüfen, und dann warten wir den günstigsten Zeitpunkt für den Angriff ab. Alles klar?«

Fisher und ihr Kollege nicken. Ich nicke ebenfalls anerkennend. Vielleicht kann ich die Rückendeckung tatsächlich gebrauchen, aber verlassen will ich mich darauf eigentlich nicht.

Wir werden in die unmittelbare Nähe der Jagdhütte gebracht, in das naheliegende Waldstück. Die Hütte selbst befindet sich auf einer großen, freien Fläche. Selbst von hier aus kann man sehen, dass davor ein Transporter geparkt ist. Die Umgebung scheint ruhig, auch drinnen ist zunächst einmal nichts zu erkennen.

»Wir sind über Funk miteinander verbunden. Falls was ist, möchte ich, dass ihr innerhalb weniger Minuten bei mir seid. Mit der Waffe im Anschlag und bereit zu schießen. Verstanden?«

Ich sehe den beiden in die Augen, ehe ich mich geduckt auf den Weg mache. Niemand soll mitbekommen, dass wir hier sind.

Wie erwartet ist die Hütte nicht besonders groß. Ein Bad, ein Wohnzimmer, ein weiteres Zimmer, in dem sich nichts befindet. Und dann gibt es noch das Fenster über mir, welches durch ein Gitter gesichert ist. Niko habe ich bei meiner Auskundschaftung bisher nirgends entdeckt, beinahe erwarte ich also, dass er sich in diesem Raum aufhält. Und wenn mich nicht alle meine Instinkte täuschen, müsste auch Liv dort drin sein.

Bisher habe ich es nicht gewagt, einen Blick zu riskieren, aber schließlich schiebe ich mich doch Zentimeter für Zentimeter nach oben, bis ich in das Zimmer spähen kann. Die Sonne tut mir einen Gefallen, versteckt sich gerade hinter einer Wolke, so dass mein Schatten nicht in den Raum fällt. Tatsächlich kann ich darin zwei Gestalten auf einem Bett erspähen, aber keine von beiden ist Niko.

Liv liegt auf dem Bett und selbst von hier aus kann ich sehen, dass irgendetwas nicht stimmt.

Ich bin versucht, die Hand zu heben und gegen das Gitter zu klopfen, lasse es aber. Der Mann an ihrer Seite muss ungefähr in ihrem Alter sein, aber ich habe keinen blassen Schimmer, um wen es sich dabei handeln könnte.

»Wir haben zwei Personen, die gegen ihren Willen festgehalten werden. Eine davon ist angekettet. Vom Täter bisher keine Spur. Ich vermute, er hält sich in einem Raum auf, den man von den Fenstern aus nicht einsehen kann«, gebe ich die Lage durch und höre kurz darauf eine Bestätigung in meinem Ohr.

Es macht mich beinahe verrückt, auf den Sonnenuntergang zu warten, aber es gibt keine andere Möglichkeit. Nur in der Sicherheit der Dunkelheit können drei Personen sich unbemerkt bis zur Jagdhütte schleichen und sie stürmen.

»Bevor wir reingehen, checken wir, dass der Täter sich nicht in dem Zimmer mit den beiden Personen befindet, die festgehalten werden. Sie, Fisher, sorgen dafür, dass das Gitter vor dem Fenster abkommt und steigen in das Zimmer ein. Klar? Und Sie fordern einen Krankenwagen an, sobald wir losgehen. Keine dummen Ideen, nur rein, Täter ausschalten, die beiden befreien und wieder raus. Keine Heldentaten. Klar?«

Vor zwanzig Minuten ist die Sonne untergegangen und mittlerweile hat sich die Dunkelheit über die Ebene und unseren Wald gelegt. Ich kann nicht länger warten, auch wenn es vermutlich nicht verkehrt wäre, zu warten, bis es stockdunkel ist.

»Alles klar, es geht los. Wolf, Sie kommen mit mir.«

Es dauert nur Sekunden, bis wir die Jagdhütte erreichen. Fisher wirft einen kurzen Blick durch das vergitterte Fenster und zeigt mir dann den Daumen nach oben. Ich nicke und arbeite mich um die Hütte herum. Wolf wird an die Tür klopfen, ich warte seitlich und dann muss Niko nur noch die ihm angedachte Rolle spielen.

Adrenalin strömt durch meine Adern, als wir die Veranda betreten, ich meine Stellung beziehe und auch Wolf sich bereit macht.

Ich brauche ihm nur kurz zuzunicken, dann klopft er an die Tür. Ich schließe die Finger fester um meine Pistole und kann sehen, wie auch die Finger des anderen Agents zu seiner Waffe zucken.

Drinnen nähern sich Schritte, aber die Tür öffnet sich nicht.

Stattdessen hören wir eine gereizte, männliche Stimme. »Wer ist da?«

Wolf gerät ins Schwitzen. Es läuft nicht wie geplant, und schon ist er handlungsunfähig. Kurz bevor ich einschreiten muss, fängt er sich wieder. Erleichtert atme ich aus.

»Hier ist der Besitzer der Hütte. Brian Johnson. Was machen Sie auf meinem Grundstück? Können Sie bitte die Tür öffnen, ich muss mit Ihnen sprechen.«

Doch die Tür geht nicht auf. Stattdessen kracht ein Schuss, zerfetzt die Tür und reißt Wolf zu Boden. In einer Mischung aus Überraschung und Schock sehe ich ihn an. Niko hat einen verdammten Glückstreffer gelandet und den jungen Agent tatsächlich getroffen. Mit den schlimmsten Befürchtungen knie ich mich neben ihn und reiße das Hemd zur Seite, in welchem ein riesiges Loch klafft.

Die Kugel steckt auf Brusthöhe in der kugelsicheren Weste. Erleichtert atme ich aus, ziehe den bewusstlosen Agent in eine sitzende Position und lehne ihn gegen die Hauswand.

Das darf so nicht weitergehen. Ich fälle eine Entscheidung und ziehe meine eigene Waffe. Es ist ein Leichtes, die Tür einzutreten. Drinnen erwartet Niko mich mit erhobener Waffe und hasserfülltem Blick.

»So 'n Scheiß. Ich habe dir doch gesagt, du sollst sie nicht suchen. Sie gehört mir. Du bleibst, wo du bist, sonst passiert dir das gleiche wie deinem Kollegen. Ich werde jetzt Liv holen gehen und dann verschwinden wir, hörst du?«

Aus dem Raum, in dem sich Liv, Fisher und der unbekannte Mann befinden, dringt kein Geräusch.

»Schieb mir deine Waffe rüber.«

Niko ist zu sehr mit sich selbst beschäftigt, um das Ablenkungsmanöver zu erkennen. Solange sein Fokus gänzlich auf mir liegt, können die anderen drei flüchten.

Es ist ein kalkuliertes Risiko, ein Glücksspiel. Die Chancen stehen fünfzig zu fünfzig, dass Niko in den nächsten Minuten einen fatalen Fehler macht, der mir den Vorteil verschafft, den ich brauche, um ihn ruhig zu stellen.

Ich mache, was er von mir verlangt, und hebe die Hände seitlich neben meinen Kopf. Niko hebt meine Waffe auf, steckt sie in seinen Hosenbund und wendet sich dann ab. Auf genau diese Art von Fehler habe ich gewartet. Er sieht mich ohne die Waffe nicht länger als Bedrohung an. Das reicht mir, und ich springe ihm von hinten in den Rücken.

Seine Gegenwehr trifft mich unvorbereitet und wir liefern uns eine Prügelei, unter der nicht nur meine Nase zu leiden hat. Sein bereits übel zugerichtetes Gesicht registriere ich nur am Rande, es gibt mir aber Hoffnung, dass es Liv nicht allzu schlecht geht. Sirenen dringen in mein Bewusstsein und – zu spät – auch die Waffe, die mir in die Seite gedrückt wird.

Dreckig grinst er mich an, dann verliere ich mich auch schon in schrecklichen Schmerzen.

28

Liv

Zunächst hatte ich angenommen, dass es einfach nur Einbildung war, als ich Elijah vor unserem Fenster habe auftauchen sehen. Aber jetzt, da ich aufgrund eines Schusses, einer wildfremden Frau in dem kleinen Raum und den Geräuschen einer Prügelei sicher bin, dass etwas nicht stimmt, halte ich es tatsächlich für möglich, dass ich heute Mittag Elijah gesehen habe. Dass es sich nicht nur um eine Einbildung gehandelt hat.

Flüsternd stellt die Frau sich vor und macht sich umgehend daran, mich zu befreien und Miles anzuweisen, auf keinen Fall nach draußen zu gehen. Sirenen zerreißen die angespannte Stille. Aber es ist nicht ein erleichtertes »Alles ist sicher. Ihr könnt rauskommen«, das uns die Luft anhalten lässt, sondern ein zweiter Schuss und schmerzerfülltes Stöhnen.

Elijah kommt nicht in den Raum gestürmt und schließt mich vorsichtig in seine kräftigen Arme. Alles wirkt unwirklich auf mich, vor allem, als Agent Fisher mit gezogener Waffe die Tür aufreißt und ohne zu zögern einen Schuss abgibt. Ein zweiter Schuss echot.

Bevor Fisher nach draußen gegangen ist, sind in kurzem Abstand zwei Schüsse gefallen …

»Miles …«, stoße ich zittrig aus und fasse nach seiner Hand. Er hilft mir auf und führt mich, entgegen der Anweisung der Agentin, zur Tür. Von Niko fehlt jede Spur. Fisher kniet über einem am Boden liegenden Mann und von der Statur her …

»Elijah.«

Woher ich die Kraft nehme, ist mir ein Rätsel, aber ich fliege beinahe in seine Richtung, sinke neben ihm zu Boden und sehe, wie Fisher verzweifelt die Hände auf ein riesiges Loch in seiner Schulter presst. Elijah selbst ist so weiß wie ein Blatt Papier.

Unbewusst beiße ich auf meine Unterlippe, malträtiere sie, bis mir irgendwelche dämlichen Worte einfallen. »Du hast mich gefunden.«

Da. Ein Lächeln schleicht sich auf seine Lippen. Er nickt. Bedeutet das, dass er nicht innerhalb der nächsten fünf Minuten stirbt?

Ich hoffe es. Gleichzeitig ist es mir nicht möglich, mehr zu sagen oder ihn gar weiterhin anzusehen. Tränen verschleiern meine Sicht, dennoch kann ich den zweiten leblosen Körper draußen auf der Veranda erkennen.

»Ist das …?«

Doch Fisher schüttelt einfach nur den Kopf, auch in ihren Augen kann ich Tränen glitzern sehen. Also frage ich nicht weiter und wende mich stattdessen Elijah zu, dessen Atmung mehr nach einem Rasseln klingt.

»Du darfst jetzt nicht sterben, hörst du?«, sage ich sanft. Für Verzweiflung fehlt mir die Kraft. Er greift nach meiner Hand und drückt sie schwach.

»Geht's dir gut? Bitte sag mir, dass er dir nicht weh getan hat.«

»Mir geht's prima«, lüge ich mit einem erleichterten Lächeln. Meine komplette linke Seite schillert in den schlimmsten Blautönen und bei jedem Atemzug frage ich mich, ob es nicht vielleicht mein letzter ist. Aber ich will nicht, dass er sich um mich sorgt, wenn er blutend hier liegt und dabei ist, uns einfach wegzusterben.

»Der Krankenwagen ist sicher gleich hier«, bestätigt Fisher meine Hoffnung und sieht dann Miles an. »Würdest du zwei weitere anfordern? Ich habe den Täter schwer verwundet und er muss noch irgendwo in der Nähe sein. Wir werden Straßensperren errichten und ihn hoffentlich bald finden.«

Die ganze Zeit über sieht sie mich an, und mir ist klar, dass der Krankenwagen nicht für Niko ist, sondern für mich. Der andere muss für ihren toten Kollegen sein.

»Das Arschloch hat keinen Krankenwagen verdient. Soll er doch verrecken …« Hustend bäumt Elijah sich einige Zentimeter auf und verzieht prompt das Gesicht vor Schmerzen.

»Hey. Nicht bewegen.«

Angestrengt schließt er die Augen.

»Hey, Elijah. Weißt du was? Wenn ich darf, bleibe ich bei dir. Du darfst mir so viele Rottweiler an die Seite stellen, wie du möchtest. Und … ich glaube, ich mag dich auch.«

Wieder hustet er, diesmal jedoch vor Lachen. Aus zusammengekniffenen Augen sieht er mich an. »Du weißt es also?«

»Ich habe davon gehört«, antworte ich ihm ausweichend.

»Interessant. Aber du weißt, dass Mögen und, nun ja, Lieben schon ein Unterschied ist?«

Mein Gesicht wird ganz heiß, und ich muss nach unten auf unsere verschlungenen Hände sehen, damit er das breite Grinsen auf meinen Lippen nicht sieht. »Ich weiß. Aber mögen ist ein Anfang. Außerdem, wenn ich dir jetzt sage, dass ich dich auch liebe, gibt es nichts, was dich weiterhin dazu motiviert zu leben.«

»Das klingt nach einem hervorragenden Plan, Liv«, mischt sich plötzlich Fisher ein. »Miles? Du nimmst meine Pistole und wartest draußen auf den Krankenwagen. Und du schießt nur, wenn der Täter dir ins Gesicht springt, klar? Ich muss meinem Boss schon genug erklären! »

Er verschwindet nach draußen. Ich wende mich Elijah wieder zu, der immer wieder kurz davor ist, abzudriften. Verzweifelt sehe ich die andere Frau an, aber sie scheint genauso wenig eine Ahnung zu haben, was zu tun ist, wie ich.

»Ich bin mir sicher, der Krankenwagen taucht bald auf. Die kümmern sich dann um dich, und bestimmt ist es nur ein kleiner Kratzer. Ich meine, das sieht auch gar nicht so schlimm aus.«

Eine Lüge nach der anderen verlässt meinen Mund, damit er bei mir bleibt und die Augen nicht schließt. Himmel, diese Augen. Ich will nicht in diesem Moment einen letzten Blick in sie geworfen haben, ich will sie für den Rest meines Lebens ansehen können.

Unglaublich, wie stark die Gefühle für diesen Mann gerade in mir aufbranden. »Du hast mich gerettet, hörst du. Nicht nur in einer Hinsicht, sondern in so vielen verschiedenen. Und ich will dir ordentlich dafür danken, du kannst deshalb jetzt nicht die Augen zumachen. In den letzten Tagen habe ich die ganze Zeit dafür gebetet, dass du misstrauisch wirst und nach mir suchst. Und hier bist du.« Trocken lache ich auf. »Obwohl ich an nichts glaube, habe ich dafür gebetet, dich wiederzusehen.« Mittlerweile ist meine Stimme nur noch ein Flüstern und ich habe mich über sein Gesicht gebeugt. Obwohl es der unpassendste Moment überhaupt ist, senke ich meine Lippen auf seine. Sie sind kühl und trocken, verziehen sich jetzt aber zu einem Lächeln. Schwach erwidert er meinen Kuss und irgendwann vermischt er sich mit Tränen. Vielleicht sind es meine, eventuell auch seine. Oder wir beide können einfach nicht länger an uns halten.

Gerade als ich mich von ihm löse, stürmt der erste Sanitäter auf uns zu und übernimmt das Kommando.

29

Im Leben hat man immer eine ganze Reihe an Entscheidungen und Möglichkeiten, die man treffen kann. Beispielsweise wäre es eine bessere Entscheidung gewesen, nach den ersten miserablen Dates mit Niko zu sagen, dass ich ihn nie wiedersehen möchte. Aber er hat irgendetwas in mir berührt, meine Gefühle rissen mich in eine Achterbahn, die kurz vor der Abfahrt war. Den Countdown habe ich verpeilt und dann ist es zu spät gewesen, auszusteigen.

Das ist der erste große Fehler in meinem Leben gewesen und wenn ich eine andere Abzweigung entlanggeschlendert wäre, dann würde ich jetzt ganz woanders stehen. Aber so ist es nicht gelaufen, also stehe ich jetzt hier. Hier neben Elijah, der gerade seine Entlassungspapiere unterschreibt, Wochen, nachdem er mich und Miles aus Nikos Klauen befreit hat.

Es sind Wochen gewesen, in denen er sich von der Verletzung erholt hat, die ihm Niko trotz vorhandener kugelsicherer Weste zugefügt hat. Ich habe mich darum gekümmert, dass meine Rippen wieder in Ordnung kommen und all meine offensichtlichen und teilweise auch gut versteckten Verletzungen abheilen. Wenigstens ein kleines bisschen, was die innerlichen betrifft.

In dieser Zeit habe ich die Entscheidung getroffen, Elijah nicht mit all den Fragen zu löchern, die mir seit diesem Abend auf der Zunge brennen und sich durch mein Gehirn fressen, alle möglichen Theorien aufstellen und mir nur wenig Ruhe gönnen. Ich will keine voreiligen Schlüsse über Wahrheit und Lüge ziehen, ich muss einfach nur von ihm hören, dass alles gut ist und ich mir keine Sorgen machen brauche. Und vielleicht auch, was dieses große dunkle Ungetüm, das über uns schwebt, zu bedeuten hat. Elijah ahnt, dass ich Fragen habe, das kann ich in seinen Augen sehen und spüren, wenn er sich anspannt, wenn ein Satz meinerseits wie eine Frage beginnt. Die steile Falte auf seiner Stirn spricht ebenfalls dafür. Je näher seine Entlassung gekommen ist, desto weniger hat er geschlafen.

Alles, was ich weiß, ist, dass er nicht wollte, dass ich irgendwohin gehe, wo er kein Auge auf mich haben kann, nachdem ich ihm erzählt habe, warum ich gegangen bin und wie Niko mir dabei in die Quere gekommen ist.

Die Reisetasche in meiner Hand fühlt sich viel zu schwer an, als wäre sie nicht mit Klamotten, sondern mit dem Ballast der letzten Wochen vollgepackt. Oder mit Steinen, die man uns in den Weg geworfen und die wir alle aufgelesen haben.

»Kommst du?«, reißt er mich aus meinen Gedanken und legt den Arm um meine Taille, als wäre es das Selbstverständlichste der Welt und als wolle er damit auch nie wieder aufhören.

Mit einem sanften Lächeln schaue ich zu ihm auf und nicke, lasse mich von ihm durch die vielen Gänge und Abzweigungen des Krankenhauses führen. Es ist ein Labyrinth, und nur er scheint den Weg nach draußen zu kennen.

Dort angekommen strahlt uns die Sonne freudig ins Gesicht. Die Luft ist staubtrocken und viel lieber würde ich drinnen im klimatisierten Gebäude bleiben, als eine Sekunde länger hier zu sein.

Nach nur wenigen Sekunden beginnt meine Haut damit, an all meinen Gelenken zu spannen. Sie wollen nach draußen springen, aber die äußere Schicht meines Körpers hält sie davon ab, etwas Dummes zu tun.

Es fühlt sich an, als würde sich ein unsichtbarer Film von Dreck und Staub um mich legen, mich einsperren. Genau so fühlt es sich auch in mir an, seitdem Niko aus dem kleinen

Landhaus abgehauen und zwei Verletzte, Fisher, Miles und mich zurückgelassen hat. Seitdem ist es auch niemandem gelungen, Niko aufzuspüren. Inzwischen hat Miles sich der Sache angenommen, aber das ändert nichts daran, dass ich am liebsten meine Fingernägel in meine Haut bohren und sie zerreißen will, um daraus hervorzusteigen. Ich würde gern alles vergessen und gänzlich neu anfangen.

Die Vergangenheit beißt; und es ist kein sanftes Knabbern, das einem wohlige Schauer über den Rücken jagt. Es ist ein Schnappen, ein Zähne-Vergraben, ein Reißen. Sie will Aufmerksamkeit und je mehr Mühe ich mir gebe, desto vehementer bohrt sie ihre spitzen, fiesen Zähne in mich.

Noch im Krankenhaus habe ich eine Therapie angefangen. Zunächst heimlich, weil ich mich dafür geschämt habe, Hilfe von einem Kopfdoktor in Anspruch zu nehmen. Entgegen meiner Erwartungen hat Elijah sich aber gar nicht seltsam benommen, nachdem ich ihm davon erzählt habe. Im Gegenteil, einem verständnisvolleren Menschen bin ich noch nie zuvor begegnet. Es war bloß nicht genug, um alles aufzuarbeiten, was mir bislang widerfahren ist. In einer Hinsicht jedoch hat es mir Erleichterung verschafft. Wenn ich mich darauf einlasse, und das habe ich felsenfest vor, besteht die Möglichkeit, dass Elijah Teil meiner Zukunft wird. Nicht nur irgendeiner Zukunft, sondern einer verdammt guten.

Die Rückfahrt vergeht wie im Flug, das Radio murmelt vor sich hin und der atemberaubende Mann neben mir malt dabei unsichtbare Muster auf meinen Oberschenkel. Irgendwann schiebe ich meine Hand zwischen seine und meinen Oberschenkel und wie von alleine krabbeln meine Finger zwischen seine, verschränken sich miteinander. Langsam hebe ich unsere beiden Hände zu meinen Lippen und küsse ihn.

Verräterischerweise beginnen meine Augen in diesem Moment zu brennen und ich muss heftig blinzeln, um die Tränen zurück zu drängen. Verwirrt von meiner eigenen emotionalen

Reaktion lockere ich den Gurt und lehne mich über den Abstand zwischen unseren Sitzen zu ihm, um meinen Kopf gegen seine Schulter zu lehnen.

Die ganze Zeit über starrt er auf die Straße und diesmal bin ich es, die auf seinem Oberschenkel unsichtbare Linien und Formen zieht. Ich will nicht fragen, aber irgendwann muss ich. Das Nagen wird schlimmer, nun, da wir das Krankenhaus, den einzig sicheren Ort, verlassen haben.

»In den letzten Wochen ist der Sicherheitsstatus des Hauses auf aktuelle Standards gebracht worden. Dementsprechend sollte es unmöglich sein, dass hier jemand ohne unser Wissen eindringt. Und als zusätzliche Maßnahme habe ich einen meiner Leute mit etwas Besonderem beauftragt …« Er geht mir voraus die Stufen der Veranda nach oben und als er sich umdreht, leuchten seine Augen wie die eines Kleinkinds.

Unwillkürlich lasse ich mich davon anstecken und beginne, breit zu grinsen. »Etwas Besonderem?«, frage ich.

Er nickt und dann öffnet er die Tür und ich höre, wie Pfoten über den Boden und auf uns zu tapsen. Die Krallen kratzen dabei über das Holz und nähern sich unserer Position.

Hechelnd und sabbernd kommt der Hund aus der Tür gelaufen, begrüßt zunächst Elijah und dann mich.

»Ein Rottweiler. Sein Name ist Patches. Und er ist auf dich und mich fixiert. Alle anderen werden erstmal als feindlich betrachtet.« Er grinst schief. Ich spähe an ihm vorbei in die Eingangshalle. Am Fuße der Treppe liegt ein Stapel unserer Wäsche und daneben steht sein Hundebett.

Instinktiv lasse ich mich auf die Knie sinken und beginne, ihn hinter den Ohren und am Hals zu kraulen. »Patches«, wiederhole ich seinen Namen. Unwillkürlich frage ich mich, wer ihm diesen Namen verpasst hat. Patches ist fast gänzlich schwarz, nur seine Schnauze und der untere Teil seiner Füße leuchten in hellem Braun.

»Der reißt Niko einfach die Kehle raus, wenn er sich hierherwagt.« Seine Worte sind nur ein dumpfes Grollen irgendwo neben mir.

Ich hoffe es wirklich.

Nachdem ich die Tasche nach drinnen gebracht und alles verstaut habe, dringt die Fremde langsam in mein Bewusstsein ein. So nah Elijah und ich uns vor meiner Flucht waren, so fern sind wir einander jetzt. Die Villa ist viel zu groß und zu weit, das Gefühl von nach Hause kommen und Zu-Hause-Sein lässt auf sich warten. Stattdessen ist da nur eine dumpfe Leere. Es war kein direkter Fehler, meine Wohnung zu kündigen. Dort wird er mich als Erstes suchen, wenn ihm wieder einfällt, dass ich noch existiere.

Die beste Lösung für uns alle ist es also, wenn ich bei Elijah bleibe, bis … bis? Ja, vielleicht bis sich endlich etwas ändert. Miles hat mir ebenso Unterkunft angeboten, aber ich habe mich dagegen entschieden, ins Silicon Valley zu ziehen.

Egal, wie körperlich nahe ich Elijah auch komme, es fühlt sich immer an, als wäre ich ein einsamer Stern in der Umlaufbahn eines riesigen Planeten, der selbst am nächsten Punkt noch unglaublich weit weg von ihm ist.

All die unausgesprochenen Dinge, die vielen Fragen, sie sind es, die uns voneinander fern halten und dafür sorgen, dass ich mich wie ein Fremdkörper in dieser Welt voller Risse fühle.

Der Spiegel, der mir noch immer vorgehalten wird, ist dabei zu zerbrechen. Große Risse schieben sich quer über seine Oberfläche und an der ein oder anderen Stelle kann ich einen Blick auf das erhaschen, was dahinter liegt.

Es macht mir Angst. Denn die ganze Zeit über war es Elijah, der versucht hat, die handgroßen Risse mit Tape und Pflastern abzudichten, aber es ist ihm nie gänzlich gelungen. Ich wünsche mir, dass er sich einfach neben mich stellt und den Spiegel niederreißt.

30

»Kommst du?« Er streckt mir die Hand entgegen und ich ergreife sie, folge ihm in die Küche.

Erst beim Anblick des Kühlschranks bemerke ich, dass mein Magen laut grummelt und nach Nahrung verlangt.

»Das ist doch das letzte Mal schon beinahe schiefgegangen.«

»Du meinst, das Omelett hat das letzte Mal nicht als Anwärter für das weltbeste Omelett getaugt?« Er beginnt zu grinsen.

»Nun ja … wenn du noch ein bisschen übst …«

Abwartend lehne ich mich an die Küchenzeile und sehe ihn direkt an. Vorsichtig. Ebenso sieht er mich an und für einen kurzen Moment steht alles still. »Ach, Scheiß drauf. Komm her, Liv.« Obwohl er diese zwei Sätze nur vor sich hin murmelt, ist es ein Befehl.

Ich gehorche ihm blind, will seine Nähe zurück und die Ruhe, die er vor meiner Flucht auf mich übertragen hat. Nur einen Schritt muss ich ihm entgegenkommen, als er auch schon meine Hüfte umfängt. Hart knalle ich gegen seinen muskulösen Körper und keuche überrascht auf. Eine seiner Hände verfängt sich in meinen Haaren, die andere verweilt an meiner Hüfte.

Ich sehe zu ihm auf.

»… Elijah.«

Eigentlich will ich ihn nicht küssen, nicht bevor nicht all die wie ein Bienenstock summenden Fragen in meinem Kopf verschwunden sind. Aber er macht es mir leicht, das alles einfach zu vergessen.

Unverschämterweise grinst er und beugt sich quälend langsam zu mir nach unten. Automatisch stelle ich mich auf die Zehenspitzen, komme ihm entgegen und er verschließt meine Lippen mit seinen. Innerlich lasse ich mich fallen, schließe die Augen und genieße diesen kurzen Ausriss aus der Realität in vollen Zügen.

Seine Zunge schlüpft in meinem Mund und hinterlässt den zitronigen Geschmack der Bonbons, die er in letzter Zeit ständig lutscht. Seufzend vergrabe ich meine Hände in seinen kurzen Haaren, ziehe daran. In meinem Bauch entsteht eine Kugel aus Feuer und prompt beginnt mein Magen wieder zu glucksen.

Lachend legt er eine Hand auf meinen Bauch und schiebt mich ein paar Zentimeter von sich. »Erst Essen, dann mehr?«

Nickend wiederhole ich den Satz und löse mich von ihm. Sein Kühlschrank ist voll, irgendwer muss für ihn eingekauft haben. Ich fische die Eier heraus, Milch und Paprika und zupfe frische Kräuter von den Pflanzen, die auf der Kücheninsel stehen.

Elijah reicht mir ein Messer, das aussieht, als wäre es scharf genug, um einen Finger abzuschneiden. Summend beginne ich, die rote Paprika zu schneiden.

Ich kann ihn hinter mir spüren, wie er sich an der gegenüberliegenden Arbeitsplatte zu schaffen macht und unerwartet hinter mir steht. Meine Nackenhaare stellen sich auf und ich kriege Gänsehaut. Angst tröpfelt wie kaltes Wasser auf einen Stein und gerade rechtzeitig kann ich das Messer fallen lassen. Denn ich zucke unwillkürlich zusammen, als er seine kräftigen Arme um mich schließt.

Obwohl ich genau wusste, dass er es ist, der hinter mir steht. Den Kopf gesenkt und mit geschlossenen Augen warte ich darauf, dass er etwas dazu sagt. Alleine die plötzliche Veränderung seiner Haltung reicht aus, um mir zu verraten, dass ihn meine Reaktion verletzt. Aber ich kann mich dafür nicht entschuldigen.

»Ich … ähm …« Ich drehe mich langsam in seinen Armen um

und sehe ihn an. Seine Augen sind tiefgründig und verraten im Gegensatz zu seiner Haltung absolut gar nichts.

»Es ist wieder schlimmer geworden, seitdem ich unfreiwillig so viel Zeit mit ihm verbringen musste«, erkläre ich. Aber das ist nicht alles. Die mir fehlenden Antworten lassen mich auf Zehenspitzen umherschleichen und machen es leicht, mich einfach umzustoßen. »Und ich stelle mir Fragen. Ganz viele. Seit dem Tag, an dem du mich dort befreit hast. Und ich wollte dich nicht danach fragen, weil es dir so schlecht ging und …«

»Und jetzt hast du Angst vor mir?«

Er entfernt sich zwei Schritte von mir und ich reiße die Augen auf, geschockt, dass er so etwas auch nur denken kann. »Nein!«, stoße ich aus. »Nein. Verdammt, Elijah. Wie kommst du darauf? Alles, was ich will, sind Antworten.«

»Wirst du die Therapie fortführen?«

»Natürlich. Aber du lenkst ab.«

Das gefällt mir nicht und ich verziehe das Gesicht zu einer Grimasse. Ich kann es absolut nicht leiden, wenn mir jemand so sehr ausweicht. »Hast du Geheimnisse?«, frage ich, ehe er überhaupt dazu kommt, mir zu antworten.

»Jeder Mensch hat Geheimnisse, Liv.«

»Aber ich mache mir nicht über jeden Menschen so viele Gedanken. Nur über dich. Mein Kopf explodiert fast vor ungeklärten Fragen. Vor diesem einen Tag war alles okay. Aber dann … Fisher, die sich so seltsam verhalten hat, immer wenn ich deinen Namen erwähnte. Die Tatsache, dass du offenbar Kelly irgendwoher kennst. Es wirkt beinahe, als wäre sie deine beste Freundin. Es hat sich angefühlt als würdet ihr alle ein rohes Ei balancieren, das auf keinen Fall runterfallen darf, weil es sonst kaputtgeht. Das rohe Ei bin ich.«

Diesmal wendet er sich vollständig ab und sucht nach einer Beschäftigung für seine Hände. Er findet sie in den Eiern, die er an der Kante der Arbeitsplatte zerschlägt. Sie brechen auf und gehen kaputt, ihr Inneres verteilt sich in der Pfanne.

Irgendwie fühlt es sich an, als würde bald das Gleiche mit mir passieren.

Wortlos greift er um mich herum und sammelt die feinsäuberlich gewürfelte Paprika auf. Sie landet ebenfalls in der Pfanne.

Meine Geduld neigt sich langsam dem Ende zu und ich stoße die Luft aus meinen Lungen aus. »Du kannst mich jetzt nicht ignorieren, Elijah.«

»Sag das nicht zu mir!«

Verwirrt sehe ich ihn an, sehe, dass er mich am liebsten anbrüllen würde. Doch er hält sich zurück, meinetwegen. Ich könnte es nicht ab, wenn er mich von oben herab anschreien würde.

»Ich würde dir gerne so viel erzählen, so viel, aber ich weiß nicht, ob ich das kann.« Seine Hände fliegen wild in der Luft, unterstreichen die Verzweiflung auf seinen Gesichtszügen. Er greift nach meinen Händen und diesmal bin ich es, die ihm die benötigte Ruhe verschafft. »Ich will dich nicht verlieren, Liv. Ich kann nicht. Und ich fürchte, ich würde es, wenn ich dir alles erzählen würde. Menschen wie ich haben kein Glück bei so was. Und bei dem Kerl, den du bisher ertragen hast …«

31

Elijah

»Was ist mit ihm?« Ihre Augen blitzen auf wie die einer Rachegöttin, und ihre Hände wehren sich gegen meinen Griff, auch wenn ich es ihr nicht gestatte, sich zu befreien. »Du bist nicht wie er. Du bist gut für mich, auch wenn ich gerade nur Bahnhof verstehe.«

Schließlich gelingt es ihr doch, ihre Hände zu befreien. Alles was sie tut, ist sie an mein Gesicht zu legen, felsenfest davon überzeugt, dass ich einfach nur wirres Zeug von mir gebe.

Der Schmerz in meiner Brust wird mit jeder Sekunde unerträglicher. Ich bin mir sicher, dass sie mich sofort mit anderen Augen sehen wird, wenn ich ihr erzähle, wer ich wirklich bin und was mein anderes Ich für schlimme Taten begangen hat. Es spielt doch überhaupt keine Rolle, weswegen. Fakt ist, dass mich diese Dinge nicht besser als Niko machen und ich kann ihr nicht zumuten, mit diesem Wissen zu leben. Ich will es einfach nicht, auch wenn es einer Leugnung gleicht, denn alles, was ich als Elijah Davis getan habe, ist damit nicht einfach vergessen. Es existiert nur in einer Parallelwelt, zumindest stelle ich mir das so vor.

»Wir sind gar nicht so unterschiedlich, wie du denkst.« Es ist nur ein kleines Fragment der Wahrheit, das ich preisgebe, aber dennoch hat es eine große Wirkung.

Liv stutzt. »Du und Niko?«, haucht sie. »Warum sagst du so was? Das stimmt doch gar nicht.«

Hinter uns brennt das Omelette in der Pfanne an, aber mich jetzt abzuwenden gleicht einem fatalen Fehler.

»Du hast keine Frauen misshandelt, oder? Du warst kein absolutes Arschloch zu ihnen und hast dich nicht an ihrem sichtbaren und unsichtbaren Schmerz erfreut, richtig? Du kannst gar nicht wie er sein.«

Zuversicht und Hoffnung glimmen in ihren Augen und noch etwas anderes, das ich gerade nicht zuordnen kann. Sie ist stur in ihrem Glauben, das bewundere ich an ihr. Leider nutzt das nichts, denn sie hat zwar mit ihren Feststellungen recht, aber übersieht dabei ganz andere Dinge.

Vorsichtig nicke ich und erleichtert atmet sie auf. Zu früh für meinen Geschmack, denn noch immer kennt sie die Wahrheit nicht. »Ich kenne Kelly, weil wir zusammenarbeiten. Und ja, sie ist so was wie meine beste Freundin. Fisher ist eine Agentin, die mir geholfen hat, weil mein Chef, der Direktor des FBI, mir noch einen Gefallen schuldete.«

Ihr hübscher Kopf ruckt ein paar Zentimeter nach hinten, ich sehe die Fragen hindurchrasen wie schnelle Autos über den Highway. »Wieso schuldet er dir einen Gefallen? Und Kelly hat nie erwähnt, dass sie dich kennt. Obwohl ich ihr von dir erzählt habe.«

»Ich habe sie darum gebeten, es nicht zu tun. Meine Befürchtung war, dass es dich verschreckt. Sie hat ein Auge auf dich geworfen, weil ich von Anfang an geahnt habe, dass etwas nicht stimmt. Dass ein unsichtbares Schwert der Gefahr über deinem Kopf schwebt.« Ehe sie etwas dazu sagen kann, fahre ich fort. Auf ihrem Gesicht spiegeln sich ungefähr eintausend verschiedene Stimmungen und die Hälfte davon will ich nicht abbekommen, wenn es irgendwie vermeidbar ist. »Das hier wird der schwere Teil. Für mich. Und für dich. Ich bin FBI-Agent und führe seit geraumer Zeit undercover den Club. Wir überführen die bösen Jungs. Die Jungs, die für die Regierung eine Gefahr darstellen. Und unsere Arbeitsweise sieht es vor, dass sie es eben nicht bis ins Gefängnis schaffen. Von dort könnten sie fliehen oder weiteragieren und die Gefahr wäre nicht gebannt, nur an einen anderen Ort verlegt. Deswegen haben wir vom Präsidenten die Genehmigung, alles zu tun, was notwendig ist, um jene Personen loszuwerden. Und das war bisher nie eine schöne Angelegenheit. Ich musste mir einen Ruf erarbeiten, und das funktioniert leider in den meisten Fällen nur, wenn man besonders brutal ist.«

Ich balle eine Hand zur Faust und bin froh, dass ich den Ring heute nicht trage. Es wäre bizarr gewesen. »Man nennt mich auch *The Skull.* Aber nicht wegen des Rings, den ich manchmal trage, sondern weil manche unserer … Zielpersonen schon mit eingedrücktem Schädel gefunden worden sind. Mit der Zeit nimmt der Abstand zu alledem einfach ab.«

Das war zu viel. Scheiße.

Livs Hände sinken an ihren Seiten hinab und sie macht einen Schritt von mir weg. Immer wieder öffnet sich ihr Mund, aber heraus kommen einfach keine Worte. Nichts. Irgendwann schlägt sie sich die Hand vor den Mund und schüttelt den Kopf. Sie weint nicht, sie schreit nicht, sie steht einfach da und sieht mich mit diesem geschockten Gesichtsausdruck an. Es ist keine wirklich greifbare Reaktion, was mich unruhig macht. Viel lieber wäre es mir, wenn sie mit geballten Fäusten ihre Ungläubigkeit an mir auslässt, damit ich etwas habe, wogegen ich etwas ausrichten kann. Gegen stumme Verurteilung lässt sich so schwer etwas machen.

»Dein Name ist also auch gar nicht Elijah?«

Ich schüttele den Kopf.

»Sondern?«

Diesmal fahre ich mit den Fingern durch meine Haare. Kann ich ihr wirklich das letzte bisschen verraten? Wird es ihr dann nicht reichen und sie für immer verschwinden?

»Mein richtiger Name ist Sebastian.«

Sie nickt. Kühl und distanziert, als ob ich ihr gerade gesagt hätte, dass draußen die Sonne scheint. Nur kurz zeigen ihre Züge, wie sie wirklich fühlt, und ich muss wegsehen, damit ich mir nicht in den Arsch beiße, dafür, dass ich gerade mit dem Pflug durch meine Lieblingsblumenwiese fahre.

»Die ganze Zeit über hast du mich angelogen? Kelly hat mich beschattet, du hast mir vorgespielt, du wärst Elijah. Nicht einmal hast du erwähnt, dass es mehr gibt. Dein Beruf ist es, Menschen zu töten. Wie kommt man überhaupt zu so was! Gerade wünsche ich mir, ich hätte dich niemals getroffen.«

Ich kann das nachvollziehen, das kann ich wirklich. Dennoch hoffe ich, dass sie auch die positive Seite sieht. »Ganz egal, wie viele Menschen ich getötet habe, Liv, ich würde dir nie etwas antun. Ich habe während meiner Anfangszeit beim FBI einen Fehler gemacht und mich für eine Sache verdingt, von der ich nicht wusste, was sie mit sich bringt. Es gab einfach nicht viele Möglichkeiten.«

Womit ich nie gerechnet habe ist, dass eine Frau wie Liv auftaucht. Eine, die barfuß durch den eigenen Garten läuft und sanfte Fußabdrücke hinterlässt, denen man unbedingt folgen muss. Ehe man sich versieht ist man einer Traumgestalt auf den Fersen, versucht sie zu greifen und festzuhalten, auch wenn sie nicht aus etwas Greifbarem besteht.

Erst, wenn die Zeit langsam verstreicht und die Fußspuren immer mehr und immer undeutlicher werden, materialisieren sich einzelne Dinge. Ein Arm, ein Fuß. Nach und nach wird es immer mehr und irgendwann ist es einem dann sogar möglich, sie zu fassen zu bekommen und die Arme um sie herumzulegen. Genau so ist es mit Liv gewesen an dem Tag, an dem sie die Flucht wieder angetreten hat und von Niko dabei aufgehalten wurde. Jetzt ist sie wieder nur noch ein Geist, einer, der nicht mal mehr direkt vor mir schwebt. Dabei könnten meine Gefühle für sie nicht überwältigender sein.

Schnaubend atmet sie aus. »Ich weiß nicht, was ich dazu sagen soll. Du tust mir weh. Damit, dass du nicht ehrlich zu mir warst und so viel vor mir verborgen hast. Ich weiß nicht, ob ich das kann.«

»Was ist mit deinen Gefühlen? Du empfindest etwas für mich. Ist das nichts mehr wert?«

Da ist es wieder, das Blitzen in ihren Augen, welches direkt von einer Rachegöttin stammen könnte. »Ich habe auch etwas für Niko empfunden. Und man sieht ja, wohin das geführt hat.«

Sie spielt mit unfairen Mitteln, vergleicht mich mit ihm. Obwohl ich das kürzlich sogar selbst noch getan habe, sehe ich jetzt, dass der Vergleich extrem hinkt.

»Das ist nicht fair, Liv. Und das weißt du.«

In ihr brodeln die Worte nur so vor sich hin und ich erwarte fast, dass sie sie mir gleich ins Gesicht speit, wie ein Wasserdrache an einem Brunnen es tun würde. Nichts dergleichen geschieht, ihre Schultern sacken nur nach unten und auf einmal wirkt sie unendlich müde.

Mit verschränkten Armen sieht sie mich an, auch dann noch, als Patches sich zwischen uns schiebt und schwanzwedelnd nach Streicheleinheiten verlangt. Schon jetzt geht es mir auf die Nerven, aber leider geben Katzen keine guten Beschützertiere ab.

»Würdest du damit aufhören? Ich meine, für mich. Wenn ich dich darum bitten würde. Irgendwann?«

Ich habe gehofft, dass sie mir diese eine Frage nicht stellt. Dass es tausend andere Fragen sind, die sie hat. Aber selbstverständlich muss mich mein Glück mal wieder verarschen. Geschlagen hebe ich die Schultern an und lasse sie wieder sacken. Ich weiß es nicht.

Unsicherheit brandet über mich hinweg. Einerseits verabscheue ich Teile dieses Jobs, andererseits kann ich mich davon nicht trennen. Warum auch zivil in Gefahr leben, wenn ich trotz Gefahr undercover so viel mehr ausrichten kann. »Ich weiß es nicht. Darüber habe ich mir noch keine Gedanken gemacht. Was soll ich sonst tun? Als normaler Agent hätte ich eine Zielscheibe auf dem Rücken.«

»Vielleicht ist es dann besser, wenn ich gehe.«

Mein Kopf fühlt sich plötzlich an, als hätte mir jemand mit einer Schneeschippe dagegen geschlagen. Alles dreht sich und Sterne tanzen vor meinen Augen.

»Wohin willst du?«

»Ich bin in den letzten zwei Jahren ganz gut klargekommen und habe immer ein neues Zuhause gefunden. Du brauchst dir also keine Sorgen machen, dass ich auf der Straße lande.«

So abweisend war sie nur die ersten paar Male, als ich sie getroffen habe. Ihr altbewährter Schutzmechanismus. Ich stehe vor meterhohen Mauern und weiß nicht, wie ich drüber klettern kann.

»Ich wollte dir anbieten, im Club zu arbeiten. Abermals. Hinter den Kulissen. Vielleicht kann ich dafür sorgen, dass du nicht bei mir, sondern bei der Regierung angestellt wirst. Du würdest eine gute Bezahlung bekommen und könntest deine Fähigkeiten nutzen.« Und sie wäre in meiner Nähe. Somit bestünde zumindest die geringste Chance, dass ich das soeben eingebüßte Vertrauen wieder zurückerlangen könnte.

»Elijah …« Sie schüttelt den Kopf, das Gesicht verzogen. »Sebastian. Ich bin mir nicht sicher, ob das eine gute Idee ist.«

Auch wenn es wie ein Faustschlag in den eigenen Magen ist, kann ich die Klappe nicht halten. »Du wärst in meiner Nähe. Ich könnte weiterhin ein Auge auf dich werfen. Und wenn ich irgendwann weiß, was ich will, bist du da. Du kannst immer noch gehen, wenn es dir so wichtig ist, aber bitte bleib vorerst.«

Wie ein verliebter Trottel höre ich mich an, aber genau das bin ich ja auch. Traurig lachend schüttelt sie den Kopf. Aber die Worte aus ihrem Mund sagen das Gegenteil. »Na gut. Ich bleibe vorerst. Aber sobald es mir zu viel hier wird, gehe ich.«

Vielleicht ist sie genauso selbstzerstörerisch angelegt wie ich. Und ich ahne, dass ich mich mit meinen nächsten Worten noch mehr aus dem Fenster lehnen werde. Im sechzehnten Stock eines Hochhauses.

»Einen wie mich zu lieben gleicht immer einem Todesurteil, nicht wahr?«

Mit verschränkten Armen nickt Liv, ein leichtes Schmunzeln zupft dabei an ihren Mundwinkeln. Dann senkt sie den Kopf und wendet sich ab, ruft nach Patches, der sich inzwischen wieder verzogen hat und betritt über die Terrassentür den weitläufigen Garten. Wüsste ich es nicht besser, würde bei diesem Anblick mein Herz aussetzen. Absolut alles wirkt, als wäre sie meine Frau, als gehöre sie zu mir. Aber davon könnte sie gerade jetzt nicht weiter entfernt sein.

Das verräterische Ding in meiner Brust ist also stattdessen davon überzeugt, Höllenqualen zu leiden und vielleicht reicht es aus, wenn ich sie einfach noch eine Weile festhalte und daran glaube, dass sie irgendwann zu mir zurückkehrt, wenn alles andere stimmt.

32

Liv

Wie so oft in letzter Zeit steht meine Welt Kopf. Nur langsam sickern die vor Stunden gehörten Worte in meinen Verstand ein und flüstern mir mit der Macht von tausend Stimmen zu, was das alles zu bedeuten hat.

Ich sollte mich schlecht fühlen, das Vertrauen zu Elijah – eigentlich Sebastian – verlieren und trotz allem das Weite suchen. Doch so vieles in mir ist diesbezüglich ganz anderer Meinung als diese Stimmen.

Abhauen? Kommt nicht in Frage, nicht nachdem er mir das Leben gerettet hat, nicht nachdem, wie er mich die ganze Zeit über behandelt hat. Es ist egal, was vor ihm in meinem Leben los war. Jeder andere hätte Mitleid für mich empfunden, mit der armen Liv. Nicht so Sebastian, der nur will, dass ich den Teil von mir loslasse, der dadurch zu schaden gekommen ist. Dass ich wieder ich bin und nicht irgendeine billige, verschanzte Kopie meiner selbst.

Obwohl das alles positiv ist und auch bleiben wird, kann ich nicht umhin, an die Lüge zu denken, die er mir wochenlang vorgelebt hat. Selbst als ich um sein Leben gefürchtet habe, hat er sich davon nichts anmerken lassen. Im Nachhinein ist mir natürlich klar, was all die mitleidigen Blicke von Fisher und Kelly zu bedeuten hatten.

Elijah. Ein Undercoveragent.

In eben diesem Moment kommt er ein weiteres Mal ins Wohnzimmer gelaufen, sein Blick gleitet suchend durch den Raum, aber eigentlich habe ich das Gefühl, dass er nicht irgendetwas sucht, sondern mich und meine Nähe.

Im Krankenhaus bin ich kaum von seiner Seite gewichen und jetzt klafft ein tiefer Abgrund zwischen uns.

Plötzlich aus meinen Gedanken gerissen blicke ich zu ihm auf, schlinge die Decke, die er mir vor wenigen Minuten erst gebracht hat, fester um mich. »Kennst du wen, der ihn finden könnte?«

Finden steht dabei nicht für Vorbeischneien und Grüße-Ausrichten, sondern für eine dieser Nacht- und Nebelaktionen, von denen er mir vorhin noch erzählt hat.

Jetzt reicht er mir eine große Tasse mit dampfender, dunkelbrauner Flüssigkeit. Es duftet verführerisch nach Schokolade.

»Du musst nicht …«, beginne ich daraufhin, aber er winkt ab.

»Ich muss sehr wohl. Ich möchte nämlich nicht, dass du wieder gehst. Und abgesehen von dieser einen Sache …«

Unschlüssig fährt er sich durch die Haare. »Ich will, dass du weißt, wie ich bin. Wie ich zu dir bin, obwohl du jetzt mein großes Geheimnis kennst. Und dass Niko und ich unter keinen Umständen miteinander vergleichbar sind.«

»Was ich gesagt habe, tut mir leid. Du bist nicht Niko. Bei dir fühle ich mich schon von Anfang an sicher. Bei ihm war das immer anders.«

Ich verkneife mir alles Weitere und rücke zur Seite, als er sich neben mich auf die Couch setzt. Aber nur wenige Zentimeter, so dass ich die Wärme seines Körpers gerade noch erahnen kann.

Die Härchen auf meinen Armen stellen sich auf und ich gebe doch nach und lehne mich an ihn. Alles an ihm entspannt sich umgehend und ebenso schnell liegt sein Arm um mich und reißt den kurzen Moment der Zuneigung mit voller Kraft an sich.

Ich lasse es zu und erlaube mir, ebenfalls Reserven aufzufüllen.

Das Schweigen bricht, als ich die Tasse an meinen Mund führe. »Ich kenne Leute, die ihn aus drei Kilometern Entfernung ins rechte Auge treffen würden. Aber das ist nicht der richtige Weg. Das stellt uns auf das Gleiche Niveau wie ihn.«

Natürlich weiß ich das. »Das ändert nur nichts daran, dass er mich vermutlich tot sehen will. Und dich auch.«

»Lass die Vergangenheit doch einfach mal Vergangenheit sein. Das hier ist viel schöner.«

Ich senke den Kopf, schäme mich auf einmal dafür, dass es immer nur darum geht, obwohl er schon den ganzen Tag versucht, sich mir gegenüber zu beweisen.

Den Impuls, mich abermals zu entschuldigen, unterdrücke ich, stattdessen begehe ich einen anderen Fehler. »Aber sie ist stark, weißt du. Sie macht so viel von mir aus und manchmal bin ich regelrecht darin gefangen wie in einem Traum und kann mich einfach nicht befreien, egal wie sehr ich es auch möchte.«

Seufzend zieht Sebastian mich noch näher an sich heran. »Du musst die Vergangenheit endlich ruhen lassen. Im Hier und Jetzt leben, Liv«, sagt er und sieht mich fast schon flehend aus diesen dunklen Augen an.

Habe ich nicht gerade erst versucht, ihm das zu erklären? Ich schlucke. »Aber was, wenn die Vergangenheit zur Gegenwart wird?«

Jetzt schmunzelt er, denn er weiß, dass er genug Verbindungen hat, um das zu verhindern und dabei Nikos Niveau zu vermeiden. Und ich weiß das irgendwie auch.

»Entweder treten wir dieser Vergangenheit dann so lange in den Arsch, bis sie weiß, dass ihr Platz nicht hier, also jetzt ist, oder wir sorgen dafür, dass sie die Zukunft hinter Gittern verbringt.«

Mit einem Mal verfliegt die Angst. Ich fühle mich sicher bei ihm, sicherer als jemals in meinem Leben zuvor. Und geborgen.

Langsam richte ich mich von seiner Schulter auf und lehne mich so zu ihm, dass ich ihn sanft küssen kann. Lasse ihn wissen, was ich gerade jetzt in diesem Moment für ihn empfinde.

Seine Hände umschließen mein Gesicht und halten mich fest, auch als sich unsere Lippen längst wieder voneinander getrennt haben.

Mit den Augen nimmt er jedes Detail dieses Moments in sich auf. Die eigentliche Situation gerät in Vergessenheit und ermöglicht eine kurze Ruhepause.

»Das bedeutet wohl nicht, dass alles okay ist und ich mir keine Sorgen mehr um meinen Job machen brauche, hm?«

Bedauernd schüttele ich den Kopf, lächle dabei aber verschwörerisch.

»Was?«, fragt er misstrauisch und sieht mich mit zusammengekniffenen Augen an.

»Nun ja. Wir sind nicht zusammen. Und wenn wir so tun, als würden wir darauf auch nicht hinarbeiten, dann könnte mich dieses winzige Detail für einige Zeit auch nicht interessieren.«

Diesmal sieht er mich verblüfft an und dann brechen alle Dämme und er zieht mich richtig an sich, erobert mich und meinen Mund leidenschaftlich.

»Du bist so unglaublich«, murmelt er zwischen zwei atemlosen Küssen und raubt mir damit noch mehr der kostbaren Luft.

Mehr braucht es nicht, um mich vergessen zu lassen, was mir sonst durch den Kopf geht. Ich lasse meine Lippen die Sprache des nicht ausgesprochenen Wortes sprechen und er antwortet so begierig darauf, dass der ganze Raum in Flammen aufzugehen scheint. Es sind nur ein paar Minuten der Vergessenheit und doch fühlt es sich an, als würden Stunden ins Land ziehen.

Irgendwann steht er auf und hebt mich hoch als wäre ich so leicht wie eine Feder, setzt mich auf seiner Hüfte ab. Ich schlinge meine Beine um ihn und lasse mich von ihm nach oben tragen und in eine andere Welt entführen.

33

Im Gegensatz zu mir scheint Sebastian einen tiefen Schlaf zu haben. Selbst als Patches an der Tür kratzt und wenig später neben mir auf das Bett springt, ruht sein Kopf weiterhin auf meiner Brust und sein Arm bleibt quer über mir liegen. Bei einem Mann wie ihm hätte ich anderes erwartet, ein ähnlich leichtes Schlafmuster wie bei mir selbst. Hechelnd schlüpft Patches unter Elijahs Hand und an meine Seite. Dunkle Knopfaugen mustern mich wissend.

Es will mir einfach nicht aus dem Kopf gehen, dass neben mir ein Mann schläft, der unzählige Straftäter auf dem Gewissen hat. Ja, es sind Straftäter und trotzdem bleiben es Menschen. Es gehört wohl einiges dazu, jemanden einfach zu töten. Töten ist dabei die Untertreibung des Jahres, denn er hat ihnen nicht einfach nur das Licht ausgeknipst, er hat ihnen die Schädel zertrümmert. Die Frage, die ich mir noch am ehesten stelle, ist, wie er da überhaupt reingeraten konnte, warum er sich nicht dagegen gewehrt hat, Nein gesagt hat.

Ich bin mir nicht sicher, ob man den Wunsch der Staatsregierung einfach abschlagen kann. Und selbst wenn, es wären unzählige andere Kandidaten nachgerückt, die diese Gelegenheit vermutlich auch für ganz andere Zwecke genutzt hätten. Damit habe ich mir die Antwort auf die Frage vermutlich schon selbst gegeben.

Weitere Fragen folgen, aber ich denke mir die Antworten darauf mit gesundem Menschenverstand und streiche währenddessen durch Sebastians Haare. Ihn auch damit noch zu belasten war falsch.

Trotzdem konnte ich mir selbst die wichtigste Frage nicht beantworten. Kann ich damit leben, dass er freizügig Menschenleben nimmt, während ich mit dem Abendessen auf ihn warte? Kann ich nachts in Ruhe schlafen, obwohl ich weiß, dass neben mir ein Mann liegt, der unzählige Menschen getötet und eine fette Zielscheibe auf dem Rücken hat?

Gerade kann ich das nicht, ruhig neben ihm schlafen. Doch Sebastian schläft, als würde es ihn nicht im Geringsten belasten. Als gäbe es nichts, was er bereuen müsste.

Zusätzlich zu Niko sind da jetzt auch noch die bereits unkenntlichen Gesichter unzähliger Tote und alle stöhnen, wie schrecklich ihr Tod war und wie unschuldig sie gewesen sind. Über allem schwebt ein knochenweißer Totenschädel, aus dessen Augen mir Sebastians entgegen starren.

Ich halte es nicht länger neben ihm aus, die Bilder fressen sich unaufhaltsam in meinen Kopf, greifen mich an und versuchen mit aller Macht, mich von etwas zu überzeugen, von dem ich eigentlich weiß, dass es nicht wahr ist.

Vorsichtig schiebe ich seinen Arm zur Seite und nehme das Kissen, um es unter seinen Kopf zu schieben. Besser er bekommt nicht mit, wie sehr mich das belastet und was es mit meinem Kopf anstellt.

Kurz bleibe ich noch vor dem Bett stehen und sehe ihn an, um zu überprüfen, dass er wirklich schläft. Andere Erinnerungen sickern in meinen Verstand ein und legen sich wie eine beruhigende Tinktur über die aufgerissenen Stellen. Die Wirkung hält nur kurz an und anstatt mich wieder zu ihm zu legen, schleiche ich mich aus seinem Schlafzimmer und nach unten in die Küche.

Die heiße Schokolade ist inzwischen längst abgekühlt, aber ihre Wirkung behält sie dennoch bei.

Nach zwei weiteren Tassen und einer halben Tafel Schokolade, die tief im hinteren Teil des Kühlschranks versteckt war, fühle ich mich etwas besser.

Es wäre so einfach, jetzt wieder zu verschwinden, aber ich befürchte, dass Sebastian es trotz allem in den letzten Stunden und während seines Krankenhausaufenthalts geschafft hat, mich irgendwie an sich zu binden. Wenn ich wirklich wollte, könnte ich gehen, natürlich. Aber einfach so aufgeben? Das habe ich in den letzten Jahren oft genug getan, vielleicht ist es an der Zeit endlich aufzustehen und zu kämpfen. Gegen meine Vergangenheit, Sebastians Gegenwart und für eine gemeinsame Zukunft.

»Liv?« Eine besorgte Stimme dringt an mein Ohr und kurz darauf schießt Patches um die Ecke und springt freudig mit dem Schwanz wedelnd an mir hoch. Sebastian folgt und umgehend sacken seine Schultern nach unten und die Angst verschwindet aus seinem Gesicht.

»Hey.«

»Ich dachte …«, sagen wir gleichzeitig und halten ebenfalls zum gleichen Zeitpunkt wieder inne, um dem jeweils anderen den Vortritt zu lassen.

»Alles gut. Mir geht's gut, ich konnte nur nicht schlafen.«

Im Vorbeigehen tätschele ich den Kopf des Hundes, dann kommt Sebastian mir entgegen und gemeinsam überwinden wir die letzte Distanz. Ich schmiege mich an ihn.

»Ich glaube, ich kann es schaffen, die Vergangenheit in Ruhe zu lassen. Die Therapie hat geholfen und vielleicht finde ich hier jemanden, der weiter mit mir arbeiten möchte. Und du bist bei mir und gibst mir einen Grund und die Kraft, all das auch zu wollen. Zu kämpfen.«

»Was ist mit meiner Arbeit? Ich will nicht der nächste Mann sein, der dich wissend auf eine Enttäuschung zurennen lässt.«

Ich schüttele den Kopf und versuche, die richtigen Worte zu finden, ohne die gleiche Frage wieder auszusprechen. Seufzend wende ich mich ab und fahre durch meine Haare, stütze mich an der Arbeitsplatte ab. Der Abgrund wird größer, obwohl ich gerade eine Brücke nach drüben bauen wollte. Jetzt reicht das Material dafür nicht mehr aus.

»Wenn einer von uns immer dagegen arbeitet, wird das nie was. Vorhin habe ich dir doch gesagt, dass ich das vielleicht eine Weile ignorieren kann.«

»Eine Weile. Und was dann?«

Seine Haltung ist herausfordernd und ich weiß nicht, ob er mich von sich stoßen oder an sich ziehen will.

»Ist es nicht genug, diese Weile zu genießen und dann weiterzusehen? Du musst dich nicht zwischen mir und deinem Job entscheiden, wenn du das nicht möchtest. Ich will die Zeit, die wir miteinander haben können, genießen. Vielleicht ist es irgendwann vorbei, aber deinem Ansatz nach sollte man sich darum erstmal nicht kümmern.«

»Also haben wir ein Ablaufdatum. Und das möchte ich nicht. Das würde bedeuten, dass ich dich ein paar Tage oder Wochen lang für mich habe und dann muss ich dich wieder gehen lassen, obwohl ich deine Hand am liebsten für immer festhalten würde.«

Ich will ihm nicht ins Gesicht lachen, aber es ist zu spät, um es zurückzuhalten. »Ich werde keine Beziehung mehr führen, die so ist, wie die mit Niko. Entweder du nimmst, was ich dir anbieten kann, oder du lässt es. Ich werde nicht auf dich warten, während du seelenruhig Menschen tötest. Egal, was sie gemacht haben.«

Ich hebe meine Hand, als er mir ins Wort fallen will. »Du gehst zu professionell damit um, dass du unzählige Menschen getötet hast. Ich kämpfe für das Hier und Jetzt, und wenn sich daraus eine Zukunft entwickelt, freue ich mich darüber. Aber ich werde nicht für eine Zukunft kämpfen, in der ich die Freundin eines Mannes bin, der für den Staat brutal Männer zur Strecke bringt.«

Ein kleines, freches Gefühl des Triumphs schießt durch meine Adern und belohnt mich für den Mut, den ich soeben aufgebracht habe. Ein Schritt in die richtige Richtung. Mein Herz pocht lauter, je länger er schweigt. Schließlich nickt er nur.

»Ich hoffe, wir finden einen Weg. Eine Alternative zu dem, was du gerade vorgeschlagen hast.«

»Eigentlich ist es doch ganz einfach, oder?«, frage ich. Sofort wird mir bewusst, dass der provozierende Unterton von der Frustration kommt. Frustration darüber, dass mir die Hände gebunden sind, obwohl ich dieses eine Mal tatsächlich so etwas wie Glück haben könnte. Was ich gesagt habe, entspricht jedoch der vollen Wahrheit. Das ist es, was ich ihm anbieten kann, wenn er seine Arbeit weiterhin ausüben möchte.

»Ich weiß nicht, ob ich das kann, Liv. Jeder hat mich alleine gelassen. Meinst du, ich wäre ansonsten jetzt an diesem Punkt in meinem Leben angekommen? Wer verdingt sich denn schon für so eine Sache, wenn er nicht sowieso schon alles verloren hat? Ich bin alleine. Ganz alleine. Und wenn du heute beschließt, dass dir das alles hier, ich dir, zu viel bin, dann bin ich wieder alleine. Glaubst du es fällt mir leicht, so ein Risiko einzugehen, es in Betracht zu ziehen?«

Getroffen von seiner plötzlichen Ehrlichkeit weiß ich nicht, was ich sagen soll. Mein erster Instinkt sagt mir, ihm zu schwören, dass ich ihn niemals alleine lassen werde. Aber leider stimmt das nicht. Es ist sogar sehr wahrscheinlich, dass ich ihn irgendwann zurücklasse. Auch wenn es mir das Herz heraus und in tausend Stücke zerreißen wird, wenn ich eines gelernt habe, dann, dass ich aufstehen und mich wehren muss, wenn mir etwas nicht gefällt.

»Jeder?«, frage ich schwach.

»Jeder.«

Er bestätigt es, ohne weiter darauf einzugehen. »Es ist für heute irrelevant. Es gab eine Zeit, in der ich viel durchgemacht habe und die im Endeffekt der ausschlaggebende Punkt dafür war, dass ich diesen Job angenommen habe. Weil ich nicht angenommen habe, jemals wieder so etwas wie Glück zu empfinden.« Seine Worte gehen in ein kehliges Lachen über, und er streicht sich beinahe verzweifelt durch sein Haar, so dass es in alle Richtungen absteht.

Sebastian gerät in Erklärungsnot und ich finde einfach nicht die passenden Worte.

»Schon als kleiner Junge wollte ich später mal einen Beruf ausüben, bei dem man Menschen retten kann. Aber Sanitäter oder Arzt war mir einfach zu langweilig. Irgendwann bin ich dann auf einen Pfad geraten, der mich am Ende zum FBI gebracht hat. Und die erste Zeit war ich glücklich dort. Alles schien perfekt, ich habe dem Land gedient, hatte eine saubere Weste. Nach und nach ist alles in sich zusammengebrochen.«

Inzwischen wandert er rastlos durch die Küche und verstummt gar nicht mehr. »Weißt du, wie schwer es ist, in einer Welt wie dieser sauber zu bleiben? Fast jeder hat die Hände bis zum Ellenbogen in Scheiße stecken und alle werfen damit wahllos umher. Irgendwann trifft es einen, das ist immer so. Aber es bleibt nicht bei diesem einen Fleck, es werden immer mehr. Man versucht, dir alles zu nehmen. Träume, Hoffnungen, Glück, Erfolg und Ehre, sogar deinen eigenen Stolz. Und irgendwann hat man dann selbst Scheiße an den Händen. Aber man muss sie nicht dem nächsten ins Gesicht schleudern, oder? Meine Scheiße sind all diese toten Schwerverbrecher. Ich hätte sie der polizeilichen Obhut übergeben können, aber irgendwie wären sie entkommen. In zwei Tagen, in fünf Monaten, in zwanzig Jahren. Man weiß es nicht. Indirekt hätte ich die Scheiße damit unzähligen Menschen ins Gesicht geworfen, weil sie vielleicht irgendwen verloren hätten. Also wühle ich weiterhin in der Scheiße, damit andere wenigstens eine annähernd saubere Weste behalten können.«

Ich bin sprachlos und ihm fehlt weitere Luft zum Reden. Schweigend sehen wir einander an, bis ich seufzend den angehaltenen Atem ausstoße.

»Aber das macht dich doch nicht glücklich, oder? Ich habe

in den letzten Jahren einige Dinge gelernt. Nur weil man überlebt, heißt das noch lange nicht, dass man auch lebt. Nur weil man lacht, ist man nicht automatisch glücklich. Und auch wenn hunderte Menschen um einen herum sind, kann man sich immer noch einsam fühlen. Das könnte ich endlos so weiterführen, aber was für einen Sinn hätte das? Letztendlich ist es diesmal deine Entscheidung, ich kann dir nur sagen, was die Konsequenz einer Entscheidung sein könnte.«

Wissend nickt er.

Erleichtert versuche ich, mich wieder auf etwas anderes zu konzentrieren, mein Blick fängt seinen auf und wandert dann an ihm hinab. Je weiter sich mein Blick senkt, desto mehr heben sich meine Augenbrauen, bis mein Blick überrascht nach oben schnellt.

»Es ist ziemlich scharf, wenn du so bist«, sagt er schulterzuckend.

Am liebsten würde ich ihm einen Klaps auf den Hinterkopf verpassen, denn wie viel kann er von meinen Worten schon mitbekommen haben, wenn er durch etwas ganz anderes abgelenkt ist?

»Das spricht nicht dafür, dass du mir eben zugehört hast …«

»Doch. Aber jetzt will ich dir nicht mehr zuhören, sondern viel lieber etwas anderes tun.«

Bedrohlich grinsend kommt er auf mich zu und schaut auf mich herab, ehe er mich mit einem Arm hochhebt und auf die Arbeitsplatte absetzt. Er drängt sich zwischen meine Beine und ich kann seine Erektion gefährlich nahe an meiner Mitte spüren. Ich neige den Kopf, sehe kurz nach unten und dann ihm direkt in die Augen, nur um dann meine Finger in den Bund seiner Boxershorts zu haken und diese gemächlich nach unten zu ziehen.

»Ich denke, die brauchst du nicht für das, was du jetzt tun willst.«

Langsam schüttelt er den Kopf, dann schiebt er meine Unterhose beiseite und streicht mit den Fingerspitzen ganz leicht über die freigelegte Stelle, so dass ich es fast nicht, aber gerade noch genug spüren kann.

»Du beschwerst dich über mich, obwohl du selbst ganz …«

Gekonnt schneide ich ihm das Wort ab, indem ich meine Lippen auf seine drücke und meine Zunge langsam über eben diese und dann in seinen Mund wandern lasse.

Eigentlich beginnt es fast harmlos, aber Sebastian wird schnell fordernder. Sein Mund nimmt mich in Besitz und raubt mir den Atem, seine Zunge tanzt mit meiner und streitet sich um die Oberhand. Ich dränge mich gegen seinen Körper und er mich zurück, neben uns fällt irgendetwas vom Kühlschrank zu Boden.

Er grinst und knabbert sanft an meiner Unterlippe. »Du willst dir also hinterlistig die Kontrolle erschleichen …«, knurrt er.

Tief in meinem Magen vibriert etwas und jetzt muss auch ich grinsen. Immer unverschämter, während ich nach seinem Schwanz greife und diesen fest umschließe. Sebastian zieht überrascht die Luft zwischen den Zähnen ein und umfasst automatisch meinen Kopf mit seiner großen Hand. Will mich zu sich ziehen, was ihm nicht gelingt.

Ein einziges Mal lasse ich meine Hand daran ab und aufgleiten, dann halte ich inne und sehe durch meine Wimpern zu ihm hoch.

»Ich will …? Ich habe längst!«

Verschmitzt platziere ich einen Kuss nach dem anderen auf seiner Brust, bis ich mich nicht weiter nach unten beugen kann und Sebastian mich an den Schultern wieder nach oben degeneriert. Hungrig stürzt er sich auf meinen Mund und ich bearbeite ihn mit meiner Hand, bis er sich stöhnend auf der Arbeitsplatte abstützt und den Kopf für einige Sekunden abwendet.

Die Muskeln an seinem Arm treten hervor und ich halte schwer atmend inne, küsse seine Wange. Als er mich wieder ansieht, sind seine Augen fast schwarz und funkeln leidenschaftlich.

»Du raubst mir noch die Beherrschung, Frau.«

Innerhalb von wenigen Sekunden hat er sich wieder zwischen meine Beine gedrängt und stößt dabei auf keinen Widerstand. Ich kann es kaum erwarten, ihn in mir zu spüren.

Meinem wortlosen Wunsch kommt er sogleich nach und setzt die Spitze seines Schwanzes an und als er dann endlich vollends in mir ist, kann ich nicht anders, als die Augen zu schließen und laut aufzuseufzen. Ich lege meinen Kopf gegen seine Schulter und atme zittrig aus, während er beginnt, sich zu bewegen. Zunächst nur quälend langsam, aber je mehr sich meine Finger in seinen Schulteransatz graben, desto weniger kann er an sich halten. Ruckartig hebe ich den Kopf und sehe ihm in die Augen. Genau jetzt in diesem Moment fühle ich mich ihm sehr verbunden. Seit ich gegangen bin, war es nie mehr so wie jetzt.

»Bitte lass das alles nicht umsonst sein«, flüstere ich und verschließe seinen Mund sofort mit meinem. Ich will und kann jetzt keine Antwort dazu ertragen.

Immer schneller und fester vereinen sich unsere Körper, bis ich seinen intensiven Blick und die wachsende Lust nicht länger kontrollieren kann und einfach komme.

Nur wenige Sekunden später kommt auch er und schwer atmend und nass geschwitzt verharren wir minutenlang in einer Umarmung. Seine Stirn liegt an meiner, und wir sehen uns einfach nur schweigend in die Augen, während unser Atem und vielleicht auch unsere Herzen im Einklang sind.

Allmählich löst er sich träge von mir. Meinen Blick muss ich gen Decke richten, um die verräterische Nässe in meinen Augen zu verbergen.

»Soll ich uns morgen …?«

»Nicht nötig. Ich kann nicht schwanger werden. Und krank bin ich nicht, falls du darauf hinaus wolltest.«

Auf seiner Stirn bilden sich Falten, die ich von hier oben erst erkennen kann, als er sich zwischen meinen Beinen wieder aufrichtet und das Geschirrtuch neben mir auf die Arbeitsplatte wirft. Seine Hand ist zur Faust geballt.

Besänftigend lege ich meine eigene darüber. »Ich störe mich an dieser Tatsache nicht. Du musst dir deswegen also auch keine Sorgen machen.«

»Ich mache mir keine Sorgen! Ich wünsche mir gerade, dass ich diesem Kerl die Eier abreißen könnte. Jetzt. Genau hier. Ich meine, wessen Schuld soll es sonst sein? Ich will gar nicht wissen, wie und warum er das zustande gebracht hat. Dieses Arschloch gehört bei lebendigem Leibe gehäutet.«

Grollend steht er vor mir, sein Beschützerinstinkt haut mich mit voller Wucht um. Zwar habe ich mich längst damit abgefunden, dass Niko mir auch diesen Teil eines glücklichen Lebens genommen hat, aber das macht eben nicht alles aus, dieser kleine Teil. Glück lässt sich an so vielen Orten wiederfinden und es im Gegensatz zu anderen unwichtigen Dingen an so etwas zu hängen, wäre töricht. Vielleicht ist das auch nur meine eigene verquere Sicht, aber es darf nicht sein, dass Sebastian sich deswegen so in Rage redet.

»Du kennst Karma? Manchmal ist Karma eine echte Bitch. Und ich denke, dass auch Niko irgendwann so ordentlich auf die Fresse fällt, dass es all die Jahre mit ihm irgendwie wettmacht. Ich weiß zwar noch nicht wie Karma das anstellen will, aber ich glaube fest daran.«

»Und ich glaube an die Tödlichkeit von Schusswaffen und anderen netten Gegenständen.«

»Du hast gesagt …«

»Richtig. Und ich werde auch nichts unternehmen. Aber falls er es jemals wagen sollte, hier aufzukreuzen, werde ich seine Gehirnmasse persönlich über Wände und Böden dieses Hauses pulverisieren. Und ich will, dass du das gleiche tust. Du weißt, wo sie liegt, und du weißt, wie man sie bedient. Wenn dieser feige Mistkerl noch einmal Hand an dich legt, und sei es nur, um dir ›Guten Tag‹ zu sagen, dann vergesse ich mich, das schwöre ich.«

Den letzten Teil knurrt er nur noch zwischen zusammengebissenen Zähnen. Es ist ungewohnt, dass sich die Wut eines Mannes nicht gegen mich, sondern gegen jemand anderen richtet.

»Ich weiß, wo du sie aufbewahrst«, bestätige ich ihm ruhig.

»Und Maze und Kelly werden dir beibringen, wie man jemandem den Kiefer bricht und die Schulter ausrenkt.«

Sein Kiefer mahlt immer noch angespannt, mehr Möglichkeiten, sein Seelenheil zu sichern fallen ihm aber dann doch nicht ein. Also reagiere ich auf die einzig richtige Art, die mir einfällt und umfasse sein Gesicht mit beiden Händen.

Sebastian will mir ausweichen, aber ich lasse es nicht zu und zwinge ihn, mich anzusehen. »Wenn du so Dinge sagst, dann höre ich nicht den Mann, der Schwerverbrecher tötet. Ich höre einen ausgebildeten Agenten. Einen Mann, der jemanden beschützen will, den er … liebt und um sich haben will. Damit kann ich leben. Auch wenn es mir eine Scheißangst macht, dass ich irgendwann vielleicht den Rückstoß einer Waffe, die ich gerade abgefeuert habe, in meinem Körper fühlen könnte. Mit dem Vorhaben, einem anderen Menschen das Leben zu nehmen.«

Verächtlich schnaubt er. »Bezeichne ihn nicht als Mensch. Er ist ein verdammtes Monster.«

Ein Monster, das viel zu lang unter meinem Bett gewohnt hat. Aber jetzt schlafe ich nicht mehr in einem Bett, unter das er sich so einfach verkriechen kann.

34

Nervosität macht sich in mir breit, die letzten Meter bis zu seinem Club werden zur Qual. Ich wünsche mir, dass ich es noch eine Weile länger vor ihm geheim halten kann, aber das Tageslicht tut mir in dieser Hinsicht keinen Gefallen, denn als der Wagen endlich zum Stehen kommt, macht Sebastian keinerlei Anstalten, auch auszusteigen.

Stattdessen ruht sein Blick auf mir. Ich spüre es, obwohl ich stur geradeaus sehe und einfach unbeschwert lächle.

»Liv.«

Ich schließe die Augen.

»Liv. Bitte.«

Nun öffne ich die Augen wieder, schaue gequält und wende meinen Blick nach links zu ihm.

»Stell dir vor, dass es wie jeder andere Job auch ist. Nur dass ich hier für das FBI oder den Staat oder den Präsidenten arbeite und dabei helfe, Schwerverbrecher in eine tödliche Falle zu locken.«

Ungeduldig greift er nach meinem Gesicht und zwingt mich, ihm in die Augen zu sehen. »Du arbeitest für mich«, grollt er dunkel, »für niemanden sonst. Und du wirst in keinem Fall zu der Arbeit beitragen, die ich diesem Land geschworen habe auszurichten.«

Wenn er es in so intelligente Worte verpackt, klingt es kaum noch nach einem Verbrechen.

»Versprochen?«

»Ganz fest.«

Grinsend fährt er sich durch seine braunen Haare. »Die ersten Tage wird deine Arbeit ohnehin darin bestehen, dich von Kelly und Maze verprügeln zu lassen. Und zu lernen, das zu verhindern. Das vor allem.«

Mein Blick fällt auf die Sporttasche auf der Rückbank, die mir bereits negativ aufgefallen ist. An der Highschool gab es ständig einen Benefizmarathon, an dem alle teilnehmen mussten, um Geld für einen guten Zweck zu sammeln. Mehr als einmal wäre es effektiver gewesen, eine Schnecke an meiner statt ins Rennen zu schicken. Ich freue mich auf die verstörten Gesichter der beiden Frauen, wenn sie merken, wie schlecht ich bin.

Als wir den Club durch einen Seiteneingang betreten, stelle ich erstaunt fest, dass er bei Tag ganz anders aussieht. Keine der unzähligen Ecken ist in schummriges Licht getaucht, es riecht nicht nach einer unangenehmen Mischung aus Alkohol, Schweiß und unzähligen zusammengepferchten Menschenkörpern.

Kelly und Maze warten bereits auf der Mitte der Tanzfläche auf mich, irgendein Remix schallt laut aus den Boxen. Dessen Bass pulsiert durch den ganzen Raum und vibriert in meinem Körper. Kaum dass Maze mich erblickt, beginnt sie damit, ihren Körper grinsend rhythmisch zu DJ *Turn It Up* zu bewegen.

Kelly hingegen wirft mir zwei Paar Bandagen zu, die ich ratlos vor meinem Gesicht in die Luft halte. Hinter mir lässt Sebastian die Sporttasche zu Boden sinken. Die Musik verebbt langsam und ich drehe mich zu ihm um.

Sein Blick liegt einige Sekunden zu lang auf dem Boxsack, bevor er sich mir mit eindeutiger Erkenntnis zuwendet. »Das mit dem Boxen wird nichts, oder?«

Wortlos strecke ich ihm eine Hand hin, knicke drei der fünf Finger problemlos zu meiner Handfläche um. Die anderen beiden bewegen sich kein bisschen, außer dass ob der Anstrengung ein kurzes Zittern durch sie hindurchgeht.

Mit deutlicher Beschämung greift er nach meiner ausgestreckten Hand und nimmt sie, streicht mit dem Daumen über meinen Handrücken. »Es tut mir leid.«

Ich schüttele den Kopf, lächelnd. »Muss es nicht. Ich tue alles dafür, dass es niemandem auffällt.«

»Aber ich wusste es seit einem unserer ersten Treffen.«

»Man vergisst Dinge, Sebastian.«

Die beiden Frauen hinter uns schnappen hörbar nach Luft, doch weder er noch ich schenken ihnen Aufmerksamkeit.

»Das gehört zu den Dingen, die man nicht vergessen sollte.« Er klingt, als könnte er sich selbst diesen Fauxpas niemals verzeihen, also stelle ich mich auf die Zehenspitzen und verpasse ihm einen sanften Kuss mitten auf die Lippen.

»Schon gut. Ich kann diese Hand auch flach ausgestreckt zum Zuschlagen benutzen und dann mit der Faust der anderen etwas nachsetzen.«

Er nickt bloß und ich bin erleichtert, dass er sich nicht weiter an dieser Sache aufhängt. Stattdessen wende ich mich jetzt also Kelly und Maze zu, die beide abwartend neben einem Boxsack stehen. Zu ihren Füßen liegen die verschiedensten Trainingsmaterialien, wie man sie normalerweise vor allem bei Kampfsportlern sieht.

»Du weißt es also?«

»Ja. Ich weiß es, Kelly. Und ich habe beschlossen, dir nicht böse zu sein. Und ihm auch nicht. Aber es wäre hilfreich, wenn das Thema nicht ständig aufkommen würde.«

»Klar. Sollen wir anfangen?«

Spielerisch hebe ich die Fäuste, lasse sie aber ebenso schnell wieder fallen. »Ist dein richtiger Name überhaupt Kelly?«

»Es ist nur mein zweiter Name. Aber meine Oma hat mich immer so genannt, weil sie meinen ersten Namen unchristlich fand.«

Lachend stelle ich fest, dass es wirklich nicht so schlimm ist, darüber hinwegzusehen, dass sie mich die ersten Wochen in vielen Fällen gekonnt belogen haben.

»Jetzt bin ich aber gespannt.«

»Du kannst mich ab sofort Ari nennen.«

»Und das ist die Kurzform von welchem Namen?«

So einfach kommt sie mir nicht davon. Jetzt, da sie dieses Thema aufgebracht hat, muss sie auch reden.

»Arielle. Wie die Meerjungfrau. Meine Mutter stand total auf den Film.«

Jetzt pruste ich doch, was Kelly augenscheinlich gar nicht so gut aufnimmt und gespielt empört auf mich zu sprintet.

Ich beeile mich, meine Hände wieder zu heben und schon prasseln ihre Fäuste in den verschiedensten Geschwindigkeiten und aus allen Richtungen auf mich ein. So gut es geht wehre ich mich, aber schon bald ist klar, dass ich mit meinen langsamen Reflexen nicht gegen ihre gezielten Abfolgen ankomme.

Schon kurze Zeit später läuft mir der Schweiß über die Stirn.

»Was ist? Gibst du schon auf?«, knurrt sie mir entgegen, als meine Hände ein paar Zentimeter nach unten sacken.

Angespornt beiße ich die Zähne zusammen und wehre noch ein paar Schläge ab. Dann ducke ich mich unter ihrem Arm hinweg und versuche, den Spieß umzudrehen. Mit einer Hand blocke ich, die andere nutze ich, um Treffer zu landen.

Die wenigsten gehen durch, aber es ist ein gutes Gefühl, ihr wenigstens etwas entgegen setzen zu können.

»Du bist wirklich grottig«, sagt sie lachend, durchbricht meine Verteidigung und versetzt mir einen kräftigen Stoß gegen die Schultern. Ich taumele nach hinten und werde von Maze lachend wieder auf die Beine gestellt.

Sofort stemme ich eine Hand in meine Hüfte und lege die andere auf meine Seite. Ein scharfes Pochen macht mich darauf aufmerksam, dass ich so viel sportliche Betätigung schon sehr lange nicht mehr hatte.

Keuchend schüttele ich den Kopf. Ein hoffnungsloser Fall eben.

»Danke fürs Aufpassen.«

Kelly nickt. Selbst unausgesprochen weiß sie, dass es dabei nicht um die letzten fünf Minuten geht, sondern um so viel mehr.

Bald schon dröhnt wieder Musik aus den Boxen und ich stelle mich abwechselnd Maze und Kelly entgegen, wobei sie mir zwei vollkommen unterschiedliche Techniken beibringen. Keine davon fällt mir leicht und gegen Ende des Nachmittags habe ich mehr blaue Flecken, als ich Erfolge vermelden kann.

Insgeheim frage ich mich, wie sich das innerhalb von ein paar Tagen zu einer runden Sache entwickeln soll. Momentan kann ich nicht einmal gezielt zuschlagen und die Nase treffen. Meine Muskeln stöhnen vor Schmerzen bei jedem Schritt und alles, was ich will, ist, jemanden dafür zu bezahlen, diese Sachen für mich zu lernen.

Was mir jede Menge Frustration und Schmerz ersparen und auch Maze und Kelly davon befreien würde, jemandem Ungeschickten wie mir etwas beizubringen, das sie in hundert Jahren nicht lernen wird.

Trotzdem bedanke ich mich bei den beiden für ihre Mühe und mache mich dann auf die Suche nach Sebastian. Immer wieder muss ich mir den Schweiß von der Stirn wischen. Ziemlich sinnlos, wenn man bedenkt, dass sich mein ganzer Körper wie ein einziges Schlachtfeld anfühlt und vielleicht auch genauso riecht.

Es dauert nicht lange, bis ich die Büroräume und schließlich auch Sebastian finde, der gerade in einem Telefongespräch ist.

Kaum dass ich geklopft habe und er mich in der Tür gesehen hat, würgt er seinen Gesprächspartner mit ein paar kurzen Worten ab. »Ich rufe Sie später noch mal an. Vielen Dank. Bis dann.« Dann ist er ganz bei mir, lässt seinen Blick über mich gleiten, bevor er irgendetwas sagt. Ich fühle mich schrecklich und würde mich am liebsten hinter der nächsten Tür verkriechen.

»Haben sie dich zu hart rangenommen? Wenn ihr es langsamer angehen wollt, musst du mir das unbedingt sagen, dann kann ich …«

»Schon gut. Falls es zu viel ist, kann ich ihnen das auch selber sagen.«

Das nimmt er an, ohne weiter darauf einzugehen. »Hast du noch kurz Zeit, mir bei etwas zu helfen?«

»Klar.«

Ich löse mich aus meiner Starre und umrunde seinen Schreibtisch, während er mir erzählt, um was es geht.

»Wie hast du das vorher gemacht?«

Nervös grinsend hebt er die Schultern. »Google Translator war ganz hilfreich. Setzt du dich?«

Er rollt mit dem Stuhl ein bisschen zurück und ich kann es kaum fassen, dass er mich gerade wirklich dazu aufgefordert hat, mich auf seinen Schoß zu setzen.

Nicht zu viel nachdenken, erinnere ich mich und komme seinem Wunsch nach. Er reicht mir das Schriftstück und ich werfe einen Blick darauf.

Es dauert nicht lange, ihm die wenigen und kurzen spanischen Sätze zu übersetzen. Es stellt sich als relativ langweiliges Informationsdokument heraus.

Seine Lippen ruhen weiterhin an meinem Hals, nachdem er mir ein »Danke« gegen die empfindliche Haut dort gehaucht hat. Auch wenn er es nicht kommentiert, scheint ihm der Inhalt des Briefes nicht ganz zu gefallen.

»Wir könnten uns auf dem Weg zurück irgendetwas beim Asiaten holen. Oder beim Italiener, Inder, Mexikaner … wie du willst«, schlage ich vor.

Er brummt seine Antwort gegen meine Haut, was sie zum Vibrieren bringt und mich halb verrückt macht. Ich werde das Gefühl nicht los, dass ihn das Schriftstück viel zu sehr nachdenken lässt.

35

Kurz bevor wir eines der Schnellrestaurants der Stadt erreichen, schaut Sebastian mich plötzlich von der Seite an und bremst ab. »Wir könnten auch in dem Restaurant essen, indem wir uns das erste Mal getroffen haben. Hab gehört, die haben jetzt nur noch so eine Mittelklasse Pianistin, aber darauf kommt es ja auch nicht an …«

Scherzhaft grinsend parkt er am Straßenrand und wendet sich mir ganz zu.

»Ich habe mich gerade halb tot prügeln lassen und du willst dich mit mir in ein schickes Restaurant setzen?«

Verblüffung klingt in meiner Stimme mit, die ich auch nur schwer verbergen kann. Ich bin von einem gemütlichen Abendessen auf der Couch ausgegangen, nicht von einer öffentlichen Zurschaustellung meiner fehlenden Kondition. Unsicher sehe ich ihn also an. Skeptisch.

Sebastian allerdings rollt nur mit den Augen.

»Du siehst umwerfend aus. Mir ist scheißegal, was alle anderen denken.«

Mir selbst ist es jedoch gar nicht so egal, ich will ihm aber auch nicht direkt auf die Füße treten. »Also so wirklich wohl fühle ich mich dabei nicht. Ich will nicht von allen angestarrt werden, während sie denken, dass ich es nicht mal geschafft habe, mich ordentlich anzuziehen, wenn ich schon mit so einem Mann wie dir essen gehen darf.«

Mehr braucht es gar nicht, damit er einlenkt. »Okay. Ein

anderes Mal. Dann holen wir uns jetzt aber was beim Italiener da vorne und gehen dann an einem anderen, besonderen Ort essen«, entscheidet er und fügt dann milde lächelnd hinzu, »wo uns auch keiner sieht, versprochen.«

Beruhigt nicke ich und lasse mich auf dieses Abenteuer der etwas anderen Art ein.

Letztendlich ist die Entscheidung auf eine riesige Familienpizza mit unterschiedlichen Belägen gefallen. Mir ist nicht ganz klar, wer das alles essen soll, aber ich genieße den himmlischen Duft einfach und sehe gespannt nach draußen. Das Bild verändert sich von Großstadt immer weiter zur ländlichen Gegend und irgendwann befinden wir uns auch nicht mehr auf befestigten Straßen, sondern in der freien Natur.

»Ich werde langsam echt hungrig.«

»Nur noch fünf Minuten. Dann können wir essen und die Aussicht genießen.«

»Na gut«, lenke ich mit zusammengekniffenen Augen ein und gedulde mich den Rest der Zeit auch noch. Manchmal ist es überraschend, wie spontan Sebastian sein kann – wenn man bedenkt, dass er eine riesige Zielscheibe auf dem Rücken hat und normalerweise immer von seinen Kollegen umgeben ist.

Zumindest so viel habe ich mir in den letzten Tagen schon aus den vielen Einzelteilen zusammengereimt. Tatsächlich dauert es keine fünf Minuten mehr, bevor das Auto langsam ausrollt und zum Stehen kommt. Die Scheinwerfer beleuchten einen kleinen Steg, der zu einem See führt.

Ohne Umschweife steigt Sebastian aus, schnappt sich die Pizzaschachtel von der Rückbank. Und dann hört es sich kurz an, als würde ein riesiger Ast auf das Auto krachen, bis ich seine Stimme vernehme.

»Los, komm schon!«

Zögernd steige ich aus und sehe, dass er es sich auf dem Autodach bequem gemacht hat, bereits ein Stück Pizza in der Hand.

Unbeholfen folge ich ihm und als ich dann endlich sitze und den Blick hebe, bemerke ich, was er gemeint hat.

So weit von der Stadt entfernt ist der Himmel nachts klar, es bietet sich einem der Anblick eines leuchtenden Sternenhimmels. Sternenbilder sind spielend leicht zu erkennen und selbst die Milchstraße kann ich ganz einfach ausmachen. Um uns herum zirpen die Grillen, das Wasser plätschert leise vor sich hin, ansonsten ist es vollkommen still.

»Das ist wunderschön.«

Lächelnd beuge ich mich zu ihm hinüber und täusche vor, ihn küssen zu wollen. Kurz vorher beiße ich aber in sein Stück Pizza und wende mich wieder ab.

»Hey!«, protestiert er gespielt beleidigt. Es ist dunkel und alles, was ich sehen kann, ist das Glitzern seiner Augen durch das Licht der Sterne. Langsam gerät das Essen in Vergessenheit und die Zeit läuft langsamer, der Moment wird intimer.

In meiner Brust beginnt es, zu flattern, meine Augen suchen nach seinen Lippen und meine Hand nach seiner. Irgendwann finden wir uns. Es fühlt sich anders an als sonst, vorsichtiger und reiner.

Für einen kurzen Moment sehe ich vor meinem inneren Auge, wie wir uns als Teenager kennenlernen und ebenfalls genau hier landen. Wie wir einander verfallen und aus jugendlicher Romanze langsam erwachsene Liebe wird. Auf einer alternativen Zeitleiste ist es vielleicht genau so geschehen. Wenn ich Glück habe, gibt es auf dieser Zeitleiste hier ein Vielleicht für diese Art von Liebe. Vielleicht.

Daran halte ich mich fest und an Sebastian, der mich immer weiter an sich zieht und die kühle Sommerluft zum Flirren bringt. »Erst Essen. Dann alles andere.«

Er löst sich von mir und streicht mit dem Daumen noch einmal kurz über meine Unterlippe, bevor er mir ein Stück Pizza vor die Nase hebt, welches ich grinsend annehme.

Genüsslich kauend starre ich in die von Sternen erleuchtete

Nacht über uns und schließlich nach vorne auf den See, der von den Scheinwerfern des Autos angestrahlt wird. Im Lichtkegel tanzen unzählige Fliegen und Falter.

»Ehrlich gesagt finde ich das viel schöner, als ein Restaurantbesuch jemals hätte werden können.«

Das nächste Stück Pizza verschwindet in seinem Mund, während er mich aufmerksam ansieht. »Jede andere Frau, die ich bisher gedated habe, hätte sich niemals mit dem hier zufrieden gegeben. Umso genialer finde ich es jetzt, mit dir auszugehen. Für dich muss es nicht das volle Programm oder gar ein verdammt teures Date sein.«

»Normale Dinge sind mir einfach angenehmer.«

Wenn ich mir überlege, wie es wäre, in einem unbezahlbaren Kleid in ein ebenso unbezahlbares Restaurant mit Sebastian zu gehen, dann stellen sich mir die Nackenhaare unangenehm auf. Nicht nur, dass eine derartige Dekadenz etwas Ekelerregendes hat, es fühlt sich auch einfach nicht richtig an. In dem Moment, da das passieren würde, wäre das nicht ich, sondern irgendeine abgedrehte Version von mir, die zu hart auf den Kopf gefallen ist.

Wir verfallen wieder in gegenseitiges Schweigen und als die Pizza schließlich aufgegessen ist, stütze ich mich mit den Händen auf dem Dach hinter mir ab, schließe kurz die Augen. Eigentlich bin ich bis zum Rand vollgefressen, aber eine hartnäckige Idee hat sich in meinem Kopf festgesetzt und will unbedingt ausgeführt werden.

Ich streife mir das verschwitzte Shirt über den Kopf und rutsche langsam vom Autodach, bis ich festen Boden unter den Füßen habe. Wortlos grinsend gehe ich rückwärts auf den See zu – bis ich mitten im Scheinwerferlicht stehe. Ohne mich dabei zu beeilen lasse ich ein Kleidungsstück nach dem anderen auf den Boden fallen, bis ich die angenehm laue Nachtluft auf meiner nackten Haut fühlen kann.

Sebastians Augen lodern in der Dunkelheit wie ein Leuchtfeuer, keine meiner Bewegungen bleibt unbeobachtet. Zu guter

Letzt schlüpfe ich noch aus meinen Schuhen, dann drehe ich ihm den Rücken zu und betrete vorsichtig den Steg. Nach einigen Metern wird das Licht immer schwächer und ich halte inne.

Eine feine Gänsehaut zieht sich über meinen Körper und wie angewurzelt starre ich einfach auf einen Punkt vor mir. Zu dunkel. Zu ungewiss. Zu gefährlich. Die Schatten spielen mit meinen Ängsten und zeigen mir Niko, der vom anderen Ende des Stegs auf mich zurennt, wild lachend. Dann steht er plötzlich mitten auf dem Wasser in fünf Metern Entfernung.

Angst kriecht in meine Fußsohlen und von dort aus in den Rest meines Körpers. Gerade als ich mich umdrehen und die Flucht antreten will, spüre ich einen kräftigen Körper in meinem Rücken, Arme, die sich warm um mich schließen und das Frösteln bekämpfen. Er kommt immer näher heran, bis ich seine Brustmuskeln auf meinem Rücken spüre. Erleichtert lehne ich mich gegen ihn und schließe die Augen. Vielleicht muss ich den Spaß, Sebastian zu ärgern, doch noch nicht ganz aufgeben.

Im Gegensatz zu mir ist er noch angezogen, beugt sich jetzt aber zu mir herab und flüstert mir leise etwas ins Ohr.

»Ich wollte dich dazu bringen, mit mir im Mondschein schwimmen zu gehen«, antworte ich und drehe mich in seiner Umarmung um, damit ich meinen Kopf in die Kuhle zwischen Schulter und Hals legen und den Geruch seiner Haut in mich aufnehmen kann. Sebastian gibt ein undefinierbares Geräusch von sich und streicht mir durch die Haare.

»Glaub mir, da hätte es schon ausgereicht, wenn du mich einfach gefragt hättest. Mir wäre es allerdings sehr viel lieber, wenn du an einem Ort nackt vor mir stehen würdest, an dem du dich auch die ganze Zeit wohlfühlst.«

Natürlich hat er gesehen, wie die Angst von mir Besitz ergriffen hat. Sich dann noch dazu zu reimen, um was oder viel mehr wen es dabei ging, ist keine schwere Sache. Nicht, wenn man mich mittlerweile so gut kennt, wie er es tut.

36

Elijah

»Das ist viel besser«, entgegne ich ihr grinsend, als sie sich nackt unter meine offene Regenwalddusche stellt. Das Wasser färbt ihre Haare dunkel, während ich mich nicht von diesem göttlichen Anblick losreißen kann, um ihr zu folgen. Noch immer schweben die Bilder von der Fahrt hierher zurück vor meinem inneren Auge umher.

Nachdem ich ihr mein Shirt gereicht hatte, hat sie frecherweise beschlossen, dass sie nur das anzieht, mehr nicht. Es war mir also kaum möglich, still neben ihr zu sitzen, während meine Finger in Gedanken schon unter dem viel zu langen Shirt auf Erkundungstour gegangen sind. Irgendwann musste ich zumindest die Hand auf ihren Oberschenkel legen und sie in einer Mischung aus Verzweiflung und Sehnsucht anblicken, um ihr noch deutlicher zu zeigen, dass mir die Beherrschung langsam abhandenkam.

Für Liv nicht ganz untypisch hat sie mich dafür allerdings nur ausgelacht und mir einen Kuss auf die Wange verpasst, während sie beinahe beruhigend auf meinen Oberschenkel klopfte.

Die Erinnerung daran führt dazu, dass ich undefiniert vor mich hin grummele, als ich schließlich meinen Gürtel öffne und die Hose zu Boden fallen lasse. Als ich auf sie zugehe, komme ich mir wie ein Raubtier vor, dessen Beute allerdings gar keine große Angst davor hat, gleich gefressen zu werden.

Ich ziehe sie für einen leidenschaftlichen Kuss an mich heran. Kaum dass unsere Körper aufeinandertreffen, wird das vehemente Pochen in meinem Schwanz stärker, schmerzt beinahe bei der Erinnerung daran, was sie jedes Mal aufs Neue mit mir anstellt, wenn wir auf einer Ebene aufeinandertreffen, die nur aus unseren Körpern, Lust, Leidenschaft und Liebe besteht. Dorthin können uns die Sorgen nicht folgen, und das ist gut so.

Nur kurz lasse ich von ihrem Mund ab, um an ihrem Ohr zu knabbern, ihren Hals mit Küssen zu bedecken und in ihr Schlüsselbein zu zwicken. Jedes Mal reagiert sie anders einzigartig und am gefährlichsten für meine Beherrschung ist es, wenn sie ihre Finger in meinen Haaren vergräbt und sie in alle Richtungen zerrt.

»Liv«, grolle ich gegen ihre Brustwarze und nehme sie zwischen meine Zähne, um sie kurz zum Innehalten zu bewegen. Es hält nicht lange an, also lege ich eine Hand als nächstes auf ihren Arsch und knete diesen, vergesse mich darüber beinahe selbst, weil ich gar nicht mehr weiß, wo mir der Kopf steht.

Nachdem ich mich noch ihren wunderbaren Bauch entlang hinab geküsst habe, kehre ich langsam zu ihrem Gesicht zurück. Der Ausdruck darauf ist entrückt und erst als ich sie zart küsse, kehrt sie zu mir zurück. Was mir entgegen prallt ist ein Sturm an Gefühlen und Leidenschaft. Plötzlich sind ihre Hände überall, ihr heißer Körper gleitet widerstandslos an meinem entlang.

Irgendwann dränge ich sie gegen die kühlen Fliesen und mich zwischen ihre Beine, hebe sie hoch, so dass sie ihre Beine um meine Hüfte schlingen kann. Um nicht sofort zu kommen, muss ich die Stirn gegen ihre legen, die Augen schließen und mich stark auf etwas anderes konzentrieren, während ich mich tief in ihr vergrabe.

Ich versinke in den tausend unterschiedlichen Dingen, die nicht nur mein Körper, sondern auch mein Herz gerade fühlt, stoße die unbewusst angehaltene Luft erst aus, als sie sanft meinen Namen sagt und dabei beginnt, sich mit den Hüften auf und ab zu bewegen. Wie sie meinen Namen sagt, klingt er nach Erlösung, aber noch kann ich mich darauf nicht einlassen, habe ich doch noch nicht einmal annähernd genug von ihr gehabt. Mit einer Hand stütze ich mich an der Wand ab, die andere vergrabe ich in ihren Haaren.

Dann übernehme ich die Führung und zeige stattdessen ihr, was Erlösung wirklich bedeuten kann.

»Hey, nicht so schnell«, rufe ich Liv und Patches hinterher, die beide die Straße entlangsprinten. Livs Haare peitschen und flattern im Wind. Obwohl sie alles gibt, ist der Hund trotzdem schneller als sie und hängt sie spielend leicht freudig kläffend ab. Ich lege die Finger zwischen die Lippen und pfeife, so dass er umgehend stehen bleibt und zu mir zurück geflitzt kommt.

Mit Liv scheint das nicht so leicht zu funktionieren, auch wenn sie inzwischen langsamer geworden ist, ist sie mir noch immer einige hundert Meter voraus, bis sie irgendwann einfach stehen bleibt.

Langsam hole ich auf, Patches hechelt mir hinterher und ich frage mich unwillkürlich und doch bereits ahnend, ob jetzt der Moment gekommen wird, in dem die schöne Zeit mit ihr aus meinen Fingern gerissen und in kleine Teile zerschreddert wird.

Ich weiß, dass nur ich derjenige bin, der in der Lage ist, diesen Vorgang aufzuhalten. Allerdings bin ich auch derjenige, der Gefahr läuft, alles zu verlieren. Die Stelle beim FBI, meine Berufung … sie. Vor allem sie, obwohl ich sie eigentlich so oder so verlieren werde, wenn alles bleibt, wie es ist.

Der große, böse Schatten hat sich wieder über uns gelegt und betrübt vor allem diese wunderbare Frau vor mir, bereitet ihr Sorgen und schlaflose Nächte. In der Annahme, dass ich davon nichts mitbekomme, liegt sie völlig falsch. Es entgeht mir keine einzelne Sekunde davon und indirekt überträgt sich dieses Elend damit auch auf mich.

»Deine Gedanken sind doch lauter, oder?«

Es gibt nicht viele Sachen, die so mühelos dazu in der Lage sind, ganze Leben zu zerstören. Gedanken sind so eine Sache. Es braucht nicht viele davon und auch nicht besonders mächtige, meist reichen die kleinsten Zweifel aus, um alles zu zerstören und Leben zum Einsturz zu bringen.

Hier geht es nicht um so etwas Wichtiges wie ein Leben, nur um eine gemeinsame Zukunft und ihr Seelenheil. Für mein eigenes besteht schon lange keine Hoffnung mehr, das ist mir bewusst und mit Sicherheit auch ihr. Vielleicht bin ich dazu in der Lage, sie vor einem Übel auf dieser Welt zu beschützen. Automatisch setze ich sie damit aber auch mir aus; einem andersartigen Übel auf dieser Welt.

Ist sie es wert? Wert, einen bisher so wichtigen Teil meines Lebens einfach aufzugeben? Diese Frage echot seit jener Nacht in meinem Inneren und lässt mich nicht los, hat sich hartnäckig in meinem Kopf verbissen und verlangt nach einer Antwort.

Es dauert lange, bis sie antwortet und als sie es endlich tut, ist es nicht mehr als ein Nicken und ein knappes Ja. Es bedarf keiner Erklärung, Liv hat mir ihre Gedankenwelt mehr als einmal offengelegt und ich kann mir ungefähr vorstellen, was in ihr vorgeht.

Seufzend ramme ich die geballten Fäuste in meine Hosentaschen, vollkommen überfordert damit, was ich sagen soll.

»Ich kann einfach nicht so tun, als wäre alles perfekt. Als wären wir glücklich zusammen.«

»Aber das sind wir doch, oder nicht?«

Gequält dreht sie sich um. Ihr Gesichtsausdruck sagt alles – sie ist so glücklich wie nie zuvor. Aber es gibt eine Sache, eine Sache die mit mir zusammenhängt und dafür sorgt, dass sie das alles nicht einfach so genießen kann, wie sie gerne würde.

»Das reicht einfach nicht, Sebastian. Auch wenn es nur wenige Tage waren und ich gemeint habe, ich könnte das für eine Weile ignorieren. Ich kann es nicht. Diese Nachricht, die ich für dich übersetzt habe – sie klang für mich völlig belanglos. Dich hat sie lange beschäftigt. Sag mir nicht, dass hätte nichts mit dem FBI zu tun gehabt. Du versuchst mich einerseits abzuschotten, andererseits versuchen Maze und Kelly, mich zu einer halbwegs brauchbaren Profikillerin auszubilden. Zumindest fühlt es sich so an. Ich bin in deinem Club und auch wenn ich nichts von dem mitbekomme, was im Hintergrund läuft, kann ich fühlen, wie es in der Luft und den Schatten lauert. Mir stehen die Haare zu Berge, wenn ich daran denke, dass dort vielleicht Menschen gestorben sind.«

Eigentlich sind es für mich bloß Worte, die mich irgendwie erreichen, durch meine Ohren in meinen Kopf vordringen und dort das Ziel haben sollten, irgendetwas auszulösen. Aber das tun sie nicht. Ich empfinde keine Reue oder Scham dafür, was ich getan habe. Für mich ist es der richtige Weg so. Das Einzige, was diese Worte machen, sind Erinnerungen an meine Anfangszeit beim FBI wachzurufen.

Die Ermittlungen, die Menschenleben, die ich direkt gerettet habe – nicht indirekt, indem ich einen Schwerverbrecher getötet habe. Mein Traum war es immer, dieses unglaubliche Gefühl, jemanden gerettet zu haben, zu einem dauerhaften Ereignis in meinem Leben zu machen. Den Feind mit meinem Kopf auszuschalten, nicht mit meinen Fingern. Sie kribbeln, und kurz höre ich, wie Knochen unter meiner schieren Kraft nachgeben und elendig brechen. Erst als ich den Kopf heftig schüttele, verklingt es und lässt mich wieder mit der Stille zwischen mir und Liv alleine.

Ich bin am Zug, etwas zu sagen. »Ich habe auch Angst, Liv. Und Bedenken. Ich fühle mich hin- und hergerissen. Ich zweifle keines meiner Gefühle für dich an, es ist nur, als würde die Tragik der ganzen Welt auf meinen Schultern lassen. Als müsste ich eine Entscheidung treffen, die mich vollkommen zerstören könnte.«

In Wahrheit zerstört mich natürlich keine der beiden Entscheidungsmöglichkeiten gänzlich, jeweils eine davon würde mich nur einer sehr wichtigen Sache in meinem Leben berauben. Karriere oder Liebe?

Innerlich schelte ich mich dafür, dass ich mir diese Frage überhaupt stellen muss. Irgendwann einmal habe ich mir geschworen, die Karriere nie über die Familie zu stellen und Liv ist drauf und dran, Familie zu werden.

»Es gab einen Zeitpunkt in meinem Leben, an dem ich alles verloren habe. Das hat mich dazu gebracht, dieses wahnwitzige Angebot anzunehmen und so lange durchzuführen. Ich weiß, das habe ich schon mehr als einmal erzählt, aber es ist wichtig. Wichtig, um mich zu verstehen.«

In ihren Augen blitzt die Frage auf, was genau ich verloren haben könnte. Die Antwort darauf bleibe ich ihr allerdings schuldig, damit die Erinnerungen daran auch verborgen bleiben und weiterhin friedlich vor sich hin ruhen können.

»Ich weiß nicht, was in dir vorgeht. Für mich wäre es aber eine sehr leichte Entscheidung.« Ein mattes Lächeln tanzt auf ihrem Gesicht, nimmt dem Gespräch den Ernst. »Ich werde nicht von heute auf morgen verschwinden, keine Sorge. Vielleicht gehe ich irgendwann Miles besuchen und beschließe, nicht mehr zurückzukommen. Aber fürs Erste bin ich hier und bei dir. Wir müssen alles nur so minimal wie möglich halten. Keine Dates oder so was. Vielleicht kann ich einfach nur deine Mitbewohnerin sein.« Obwohl sie lacht, sehe ich den Schmerz, der sich hinter ihren Augen verbirgt und das tut auch mir weh, mehr als ich zugeben kann. »Die ab und zu Sex mit dir hat.«

Nein. Ich darf nicht zulassen, dass es so wird. Wenn ich herausfinden könnte, dass sie all das wirklich wert ist, wird mich nichts mehr davon abhalten, ihr dieses Geschenk zu machen. Eine Zukunft mit mir. Eine glückliche noch dazu. Ohne Sorgen. Nur mit mir.

37

Es sind nur Tage seit meinem Entschluss vergangen, und dennoch kann ich nicht behaupten, dass sich meine Gedanken inzwischen in eine weisungsgebende Richtung bewegt hätten. Der Druck wird dadurch nicht geringer, ich empfinde Liv gegenüber einen großen Zugzwang. Seit diesem Tag ist einiges anders, wie eine unsichtbare Wand zwischen uns.

Jedwede Gestik, die für Zuneigung oder gar Liebe stehen kann, geht im Nirwana verloren. Sie lässt einfach nicht zu, dass diese sie erreichen, berühren.

Manchmal steht sie mitten in der Nacht wie ein Geist vor meinem Bett, krabbelt zu mir, sobald ich aufwache und holt sich das, was sie braucht. Gleichzeitig gibt sie mir damit zwar auch das, was ich nicht verlieren möchte. Trotzdem fühlt es sich falsch an, so falsch, dass sie des Öfteren schon nach wenigen Minuten wieder verschwindet. Aus dem einen oder anderem Grund.

Seit drei Tagen kommt sie auch nicht mehr mit hierher, entfernt sich immer weiter von mir. Wenn auch nicht körperlich, dafür auf allen anderen möglichen Ebenen. Je mehr sie mir entgleitet, desto schlimmer wird das Gefühl der Verzweiflung, die Hilflosigkeit, das Bedürfnis, mir selbst einfach in den Arsch zu beißen.

Für alles und für nichts gleichzeitig.

»Wo sind deine Gedanken schon wieder, Elijah?«

Ich schrecke auf. Auch wenn Liv jetzt meinen echten Namen

kennt, müssen alle an der Undercover-Aktion Beteiligten weiterhin meinen Decknamen benutzen. »Viel zu weit weg.«

»Das kommt in letzter Zeit häufiger vor, nicht wahr?«

Ohne weiter darauf einzugehen löst Kelly sich vom Türrahmen und schlendert in das kleine Büro, setzt sich auf die Kante des Schreibtischs und sieht mich abwartend an. Wir sind so etwas wie Partner, sollten uns eigentlich alles erzählen und dem anderen immer den Rücken freihalten, aber es erscheint mir nicht richtig, ihr von meinen eventuellen Plänen zu erzählen. Seufzend fasse ich mir mit einer Hand ins Gesicht und reibe meine Augen.

»Es geht um Liv, nicht wahr? Du hättest nach dem ersten missglückten Aufeinandertreffen von ihr ablassen sollen. Wie ich es dir zweifelsohne ein Dutzend Mal nahegelegt habe. Aber jetzt haben wir den Salat, nicht wahr?«

Wissend schmunzelt sie und zieht etwas leicht Zerknittertes aus ihrer hinteren Hosentasche. Es sieht auf den ersten Blick aus wie ein Fresszettel, stellt sich bei einem genaueren Blick aber als Postkarte heraus. Wortlos hält sie sie mir entgegen und ich nehme sie langsam an mich.

Kaum dass meine Finger das Papier berühren, geht Kelly auch schon davon, ohne noch etwas Weiteres zu sagen. Einen Moment lang sehe ich ihr hinterher, die Stirn in Falten gelegt. Ich kenne sie schon lange, aber so eine Verhaltensweise ist mir bei ihr noch nie aufgefallen. Die Seite der Postkarte, auf der man normalerweise die Anschrift und einen Gruß schreibt, zeigt in meine Richtung.

Dort steht allerdings nur ein Satz, in Maze wilder Handschrift dahin gekritzelt. *Wir stehen alle hinter dir. Egal, was du machst.*

Nur langsam sickert die Information ein, dass sie alle wissen, in welchem Zwiespalt ich stecke. Sie wissen, dass ich überlege, das alles hier aufzugeben und stehen trotzdem hinter mir. Bis gerade eben ist mir nicht klargewesen, wie viel mir das bedeutet. Dass sie trotz allem meine Entscheidung, egal wie sie ausfällt, unterstützen werden, ich hätte nicht einmal gewagt, davon zu träumen!

Stumm bedanke ich mich bei der nicht mehr anwesenden Kelly, drehe die Postkarte dann langsam auf ihre zweite Seite und bin überrascht. Es ist nicht das Motiv, das ich von den knallharten Damen erwartet hätte.

Schlichte schwarze Schrift auf einem weißen Hintergrund. Keine Extras, keine Schnörkel. Die knallharte Wahrheit eben. Ganz unten ist vermerkt, dass der Text von F. Scott Fitzgerald stammt. Wenige Sekunden später kann ich mich endlich dazu durchringen, ihn auch zu lesen.

For what it's worth:
It's never too late to be
whoever you want to be.
I hope you live a life you're
proud of, and if you find
that you're not, I hope
you have the strength to
start over.

Umgehend greife ich zum Telefon und tippe hastig eine Nummer ein. Ich weiß jetzt, was zu tun ist. Es war dumm anzunehmen, dass ich diese Entscheidung an Liv und ihrem Wert für mich festmachen kann. Darauf kommt es nicht an, nicht im Geringsten. Nur darauf, dass ich sie liebe und bei ihr sein kann, als der, der ich wirklich bin. Es geht um Glück.

In fünfzig Jahren erzähle ich sicher nicht davon, wie ich einst Schwerverbrecher um die Ecke gebracht habe. Daraus ist der Stoff, aus dem Träume gemacht werden, nicht. Viel mehr wünsche ich mir erzählen zu können, wie viele schöne Stunden, Tage, Wochen, Monate … Jahre ich mit Liv verbracht habe. Wie sie mein Leben wieder in ein Leben verwandelt hat, wie viele Abenteuer wir gemeinsam bestritten haben.

Letztlich geht nur der Anrufbeantworter dran, aber es ist mir scheißegal. Es reicht, um mein Anliegen in fünf knappen Sätzen zu schildern und um einen Rückruf zu bitten.

Am liebsten würde ich Kelly dafür umarmen, dass sie den entscheidenden Tropfen auf die Waagschale gelegt hat, den einzigen, der eigentlich wirklich zählt. Ich widerstehe dem Impuls, Liv sofort anzurufen und dieser unnötigen Situation ein Ende zu bereiten. Ich will ihr erst davon erzählen, wenn es auch wirklich so kommt, wie ich es ihr gerne versprechen würde.

In den vergangenen Jahren ist das Gefühl, irgendeine Entscheidung ohne Sicherheitsnetz zu treffen, zur Gewohnheit geworden, konnte mir nicht mehr wirklich Angst bereiten. Jetzt kehrt sie zurück in meine Knochen und tief in die Gegend meines Magens. Aber es stört mich nicht, denn genau so sollte es sein, wenn man eine Entscheidung so großer Tragweite trifft, die vielleicht sogar über den Rest des eigenen Lebens entscheiden könnte.

Das Telefon klingelt und ich warte nur ein einziges Klingeln ab, bevor ich den Hörer an mein Ohr reiße und meinen Namen nenne. Und ich habe mich nicht getäuscht. Es ist der FBI-Chef. Mein Vorgesetzter, derjenige, der mir jetzt einen fetten Strich durch die Rechnung machen kann, wenn es ihm beliebt.

»Sie haben angerufen.«

»Das ist korrekt. Sicher haben Sie auch den Rest meines Anliegens gehört.«

»Ja, und ich heiße das nicht gut, Fernsby.«

»Das tut mir außerordentlich leid, Sir, aber diese Entscheidung steht. Ich hoffe wirklich, dass Sie mir den nötigen Respekt entgegen bringen, meine Entscheidung akzeptieren und vor dem Präsidenten rechtfertigen.«

Die Leitung knackt und es raschelt, dann höre ich endlich ein Seufzen. »Ich sehe, was sich tun lässt, und dann treffen wir uns. Ich würde mir ja wirklich wünschen, dass Sie es sich bis dahin noch mal anders überlegen.«

Letztendlich treffen wir uns noch am selben Tag an einem öffentlichen Platz. Darauf habe ich bestanden, denn ich erhoffe mir dadurch einen geringen Vorteil. In aller Öffentlichkeit kann mein Vorgesetzter bestimmte Themen nicht so zur Sprache bringen wie in abgeschirmten Räumen. Im Grunde genommen will ich ja auch nur eines, nämlich diesen Job loswerden und entweder einen normalen Agentenposten antreten oder eben völlig aus dem Dienst ausscheiden. Was auch immer man mir anbietet.

Nervös sitze ich also auf einer Parkbank an einem belebten Ort und warte darauf, dass ich irgendwo eine schwarze Limousine auftauchen sehe. Keine fünf Minuten später fährt ein mattschwarzer Escalade vor und drei Männer steigen aus, entfernen sich langsam von dem gepanzerten Fahrzeug und nach einem kurzen Blick in alle Richtungen bewegen sie sich auf mich zu.

In ihrer Mitte führen die beiden Agenten einen älteren Herren mit, der wenig begeistert davon scheint, immer in Begleitung von zwei Gorillas sein zu müssen. Würde ich in seiner Haut stecken, ginge es mir nicht anders. Glücklicherweise bleiben sie in einigen Metern Entfernung rechts und links von der Bank stehen und der Direktor legt die letzten Schritte alleine zurück.

Ich erhebe mich kurz und schüttele ihm die Hand, lasse sie jedoch schnell wieder los, als ich merke, wie glitschig meine ist. Unangenehm berührt räuspere ich mich und warte, bis er sich gesetzt hat, bevor ich es ihm nachtue.

»Also, Sebastian. Ihr Anruf heute – was sollte das? Woher kommt diese plötzliche Schnapsidee, aus der Mission auszusteigen?«

Seine Augen sind durchdringend und anklagend und ich muss meinen Blick schließlich abwenden, um mich von dem indirekten Druck nicht beeinflussen zu lassen.

»Wissen Sie, Sir, ich habe sehr lange mit mir gehadert, diese Entscheidung zu fällen. Es ist mir bei weitem nicht einfach gefallen. Aber meine Prioritäten haben sich in den letzten Monaten extrem verschoben. Ich lag wochenlang im Krankenhaus und in meinem Leben gibt es jetzt jemanden, dem ich ungerne eine weitere Zielscheibe auf den Rücken kleben möchte.«

»Ich verstehe.«

Als ich ihn diesmal überrascht ansehe, bemerke ich, dass seine Augen seltsam funkeln. »In meinen jungen Jahren war ich ebenfalls Teil vieler besonderer Missionen. Irgendwann trat meine Frau in mein Leben und plötzlich war es mir nicht mehr egal, dass ich mein Leben und damit mein Glück so leichtsinnig aufs Spiel setze.«

Erleichtert stelle ich also fest, dass es vielleicht doch nicht so schwer ist, ihn von meinem Vorhaben zu überzeugen. Denn wenn er mit meinem Dilemma vertraut ist, es sogar nachempfinden kann, dann gibt es eine reelle Chance, mich zurückziehen zu können.

»Sie verstehen also, warum ich es nicht länger kann? Ich habe mir sogar schon überlegt, wie man das Verschwinden erklären kann. Wer mein Ersatz wird. Wenn es Ihnen recht ist, würde ich dem FBI gerne nicht gänzlich den Rücken kehren, sondern wieder in den normalen Agentendienst wechseln.«

»Langsam. So weit sind wir noch nicht, niemand hat gesagt, dass ich Ihnen das auch bewillige, Sebastian. Was Sie sich wünschen und was am Ende geschieht, sind zwei verschiedene Dinge.«

Mein Herz rutscht einige Etagen tiefer, als er meine Hoffnungen mit ein paar Worten beinahe zerstört. Vor meinem inneren Auge packt Liv bereits ihre Sachen und lässt mich alleine, für immer alleine. Wie alle anderen in meinem Leben bisher auch, auch wenn es kaum ihre Schuld ist. Man hat Liv praktisch dazu gezwungen, diese Entscheidung zu treffen. Ich höre meine eigenen Finger knacken, so fest balle ich sie zu Fäusten.

Auch der Direktor scheint dies zu bemerken und fährt endlich fort. »Hören Sie, ich habe mit dem Präsidenten gesprochen und er ist der Meinung, dass Sie ihm über die letzten Jahre hinweg sehr gute Dienste erwiesen haben. Das möchte er honorieren und wenn es wirklich ihr Wunsch ist, dann billigt er das.«

»Was?«

»Er billigt es. Er unterstützt Sie in Ihrem Vorhaben. Er möchte wissen, wohin Sie gerne versetzt werden wollen und ich werde es in die Wege leiten. Er wird Ihnen die Unterkunft Ihrer Wahl zur freien Verfügung stellen, auch wenn sie gar nicht mehr arbeiten wollen. Sogar ein gesichertes Einkommen, Schutz vor eventuellen Kriminellen, die es auf Sie … und *Ihre Frau abgesehen* haben.«

Die Betonung dieser drei Worte kommt mir eine ganze Weile seltsam vor, bis ich endlich verstehe, was er mir damit mitteilen will. Sollte Niko noch einmal auftauchen, wird sich der Präsident höchstpersönlich dieses Problems annehmen. Erstaunen flutet durch mich hindurch, genauso wie Erleichterung. Ich nicke dankbar.

»Das ist wunderbar. Danke, Sir. Verdammt, ich dachte schon, Sie wollen mich zwingen, weiterhin dabei zu bleiben.«

»Nicht doch. Sie haben sich aus freien Stücken dafür entschieden, jetzt dürfen Sie sich auch dagegen entscheiden, so sehr wir alle das auch bedauern. Wen haben Sie denn als ihren Nachfolger vorgesehen?«

»Kelly. Sobald ich untergetaucht bin, kann sie das Gerücht verbreiten, sie hätte mich um die Ecke gebracht, um meine Machtposition einzunehmen. Sie ist mindestens ebenso bekannt wie ich und zweifelsohne würde man ihr das abkaufen.«

Grübelnd schweigt er einige Minuten lang, bis er anerkennend nickt. »Hervorragende Idee. Kelly hätte diese Beförderung durchaus auch verdient. Wir ersetzen ihren Posten dann einfach durch einen Frischling, was meinen Sie?«

»Klären Sie ihn vorher umfassend auf. Über alles. Die dreckigen, nicht so schönen Seiten. Die guten Seiten. Und überreden sie denjenigen nicht, den Posten anzunehmen. Andernfalls werden Sie innerhalb kurzer Zeit sehr viele Personalwechsel haben.«

»Ich weiß, worauf Sie hinauswollen, Sebastian. Ich behalte es im Hinterkopf. Wohin wollen Sie denn ziehen?«

»Das werde ich gemeinsam mit ihr entscheiden.«

Nickend fixiert er mich. »Macht sie Sie denn glücklich? So glücklich, dass sich das alles lohnt?«

»Natürlich, Sir. Ich könnte mir niemand Besseren an meiner Seite vorstellen. Ich säße auch nicht hier, wenn es mir nicht absolut ernst wäre. Das ist keine kleine Sache.«

Meine Brust fühlt sich an, als würde sie jeden Moment vor Glück explodieren. Der Schubser von Kelly ist definitiv notwendig gewesen, um mich in die richtige Richtung zu lenken und jetzt, da ich sie entlang gehe, fühlt es sich beinahe unnatürlich richtig an. Ich habe nicht erwartet, irgendwann so etwas zu fühlen, in keiner Situation und erst recht nicht bei einer Frau.

Wie sehr man sich manchmal täuschen kann.

»Dann freut es mich wirklich für Sie, Sebastian. Ich hoffe, Sie bleiben uns auf irgendeine Weise erhalten. Rufen Sie mich an, sobald Sie Entscheidungen getroffen haben.«

Damit erhebt er sich, gibt den beiden Gorillas einen Wink und bewegt sich langsam davon. Ich bleibe noch eine Weile sitzen und starre ins Nichts. Irgendwie kann ich es kaum fassen, dass es doch so einfach gewesen sein soll, aus der ganzen Scheiße herauszukommen, ohne selbst noch mal mit Scheiße werfen zu müssen.

Jetzt ist aber erst einmal etwas anderes wichtiger: Die Person, die sich am meisten darüber freuen wird, von dieser guten Nachricht zu hören. Bevor ich mich auf den Weg zu ihr mache, besorge ich bei einem nahegelegenen Floristen noch einen Blumenstrauß aus rosa Lilien und farblich passender Gerbera. Vielleicht hilft ihr das, die schmerzhafte Erinnerung an Niko und seine roten Rosen zu verbannen.

38

Liv

Es gibt zwei Dinge, die man niemals ignorieren sollte: Das eigene Bauchgefühl und die höheren Instinkte. Als Patches anfängt, unruhig durch das untere Stockwerk zu tigern, fühle ich mich zusehends unwohler, kann das Gefühl aber nicht richtig einordnen und schiebe es auf meine Paranoia, die immer dann zuschlägt, wenn ich längere Zeit alleine bin.

Ich lege mein Buch beiseite und schnappe mir die Fernbedienung, öffne die Kameraübersicht und sehe mir nacheinander jedes Bild gründlich an. Als ich beim letzten angekommen bin und das Gerät gerade wieder ausschalten will, wird ein kleines rechteckiges Feld nach dem anderen schwarz. Mein Herz setzt aus, Tränen schießen stechend in meine Augen.

»PATCHES!«, brülle ich.

Er ist hier. Ich weiß es. Dementsprechend ist es egal, ob er mich hört oder nicht. Kläffend kommt der Hund angelaufen und ich ihm entgegen. Beinahe renne ich in Richtung des Arbeitszimmers, stolpere aber alle paar Meter über meinen eigenen geschockten Körper. Zufällig werfe ich einen verschwommenen Blick zur Haustür, normalerweise sollte dort einer von Sebastians Leuten stehen. Aber alles, was ich von ihm sehe, sind die Spitzen seiner schwarzen Schuhe.

Mir wird übel und ich hoffe inständig, dass er noch am Leben ist, auch wenn es töricht ist, das anzunehmen, sollte es tatsächlich Niko sein, der hier sein Unwesen treibt. Noch immer ist alles verschwommen und nur mit Mühe schaffe ich es, meine zitternden Finger dazu zu bewegen, den Schlüssel im Schloss herumzudrehen.

Umgehend wende ich mich dem Schreibtisch zu, stürze mich auf die Schublade und wühle nach der Pistole. Ein kleines bisschen Beruhigung strömt durch meine Adern, als ich das kalte Metall zu fassen bekomme und fest umschließe.

Der nächste Schritt wäre nun, Sebastian anzurufen. Jedoch liegt mein Handy nutzlos auf dem Couchtisch und hier gibt es kein Telefon, weil er keinen Festnetzanschluss besitzt. Fluchend raufe ich meine Haare zusammen und zwinge mich, einen kühlen Kopf zu bewahren. Die Fenster – ein Schwachpunkt, den ich mir nicht leisten kann. Also ziehe ich die Rollläden herunter und verkrieche mich dann hinter dem Schreibtisch, die Pistole auf meinem Schoß und Patches ausnahmsweise ganz still an meiner Seite.

So still bleibt es aber nicht lange im Haus, schon bald dringt ein fröhliches Pfeifen an meine Ohren, Gänsehaut bildet sich im Bruchteil einer Sekunde auf meinem ganzen Körper. Es ist unverkennbar. Jetzt ist es die Angst, die sich in meinen Knochen breit macht, mich aufschluchzen lässt.

Diesmal gibt es keinen Ausweg – entweder er oder ich. So einfach ist es. Ein weiteres Mal wird er mich nicht entkommen lassen, nicht zulassen, dass Sebastian noch einmal die Gelegenheit hat, mich zu retten. Am Ende des Tages wird einer von uns tot sein und ich bete inständig, dass es nicht ich bin, auch wenn ich mir jetzt noch nicht sicher bin, ob ich wirklich die Waffe gegen einen anderen Menschen erheben und abdrücken kann.

Ich werde es allerdings können müssen, wenn ich überleben will. Einige Zeit lang macht Niko es sich im Haus zu schaffen und ignoriert meine Anwesenheit augenscheinlich vollkommen, so dass ich schon mit dem Gedanken spiele, aus dem Fenster zu klettern und einfach zu rennen, bis meine Füße mich nicht mehr tragen können.

Die Entscheidung wird mir durch einen festen Tritt gegen die Tür abgenommen. Jetzt habe ich seine Aufmerksamkeit. Patches bleibt zwar ruhig sitzen, fängt jedoch an, durchdringend und laut zu bellen und zu knurren. Es klingt verdächtig nach *Lass sie in Ruhe.*

»Liv, komm raus, komm raus, wo auch immer du bist!«

Ohne Vorwarnung tritt er die Tür einfach ein, als würde sie aus Pappe bestehen. Mein schlimmster Alptraum steht plötzlich vor mir und die Luft weicht aus meinen Lungen. Neue kommt nicht nach, denn ich vergesse, wie man atmet.

Er schnalzt mit der Zunge. »Die Aktion letztes Mal war echt nicht nett. Ich bin hier, um mich bei dir zu revanchieren und endlich alles zu Ende zu bringen, meine Liebe.«

Wie in Trance erhebe ich mich und richte die Pistole geradewegs auf ihn. Schallendes Gelächter dringt an meine Ohren, er weint beinahe vor Lachen, während ich mir vor Angst beinahe in die Hose mache. Einen Menschen töten … obwohl er so ist, wie er ist. Bin ich überhaupt dazu berechtigt, so eine schwerwiegende Entscheidung zu treffen?

»Wir wissen beide, dass du das nicht durchziehst. Also leg sie weg und komm endlich her. Oder meinetwegen behalte sie, du benutzt sie eh nicht.«

Seine Stimme ist bedrohlich leise und hypnotisierend, ich umklammere die Pistole fester, bewege mich aber gleichzeitig auch auf ihn zu. Die Angst lässt mich Dinge tun, die ich eigentlich nicht tun will. In diesem Moment wünsche ich mir, Patches hätte ihm einfach ein Stück Fleisch aus der Wade gebissen. Die Polizei zu informieren wäre dann ein Einfaches gewesen.

Stumm folge ich ihm mit etwas Abstand ins Wohnzimmer und traue meinen Augen kaum. Pure Verwüstung zieht sich durch den Raum. Nichts steht mehr an seinem eigentlichen Platz, und inmitten des ganzen Chaos ist ein tragbares Keyboard aufgebaut. Ich ahne Böses.

»Setz dich, Liv.«

Niko deutet auf den Stuhl vor dem Keyboard. Langsam bewege ich mich darauf zu, bleibe aber stehen.

»Setzen, habe ich gesagt.« Als ich mich nicht bewege, kommt er mit erhobener Faust auf mich zu.

Diesmal springt Patches ihm tatsächlich mit gefletschten Zähnen entgegen, hat aber keine Chance. Niko versetzt ihr einen Tritt, sie fliegt durch die offene Terrassentür. Er schließt ab. Ich kann nur wie gelähmt zusehen und den Schmerz des Trittes nachempfinden. Anschließend tritt er hinter mich und windet mir die Pistole aus der Hand, lässt sie neben mir auf den Boden fallen und zwingt mich mit beiden Händen auf meinen Schultern dazu, auf dem Stuhl Platz zu nehmen.

Ich hasse es, wie leicht es für ihn ist, mir meinen Willen zu nehmen, mich zu einem hilflosen Mädchen zu machen. Einfach zu erreichen, dass die Angst überwiegt. Mit gesenkten Augen starre ich auf die Tasten und frage mich, was er von mir will, was er damit bezwecken will, mich an ein Keyboard zu setzen. Die Antwort darauf erhalte ich prompt.

»Es gibt da so ein Lied, Liv, ich will, dass du es mit mir zusammen singst. Das sollte unbedingt auch auf Video festgehalten werden.«

Er zieht sein Handy aus der Hosentasche und deutet auf die Notenblätter vor mir.

»Wir sind nicht mehr zusammen, Niko. Ich werde weder für dich noch mit dir Liebeslieder singen, an denen du dich später auf einem Video aufgeilen kannst.« Woher auch immer das gerade kommt, ich hoffe, dass es dort noch mehr davon gibt. Ich habe mir doch geschworen, nicht mehr vor ihm zu kuschen, sollte ich ihm noch einmal begegnen.

»Nur, weil du einfach gegangen bist, meine Liebe.« Er sieht aus, als wäre er kurz davor zu explodieren.

»Aus gutem Grund. Und ich bin nicht einfach gegangen, ich musste mich von dir wegschleppen und alle Einzelteile von mir wieder einsammeln, meinen Stolz und meine Ehre, mein Selbstwertgefühl, meine Psyche, meinen Körper. Alles, was du zerstört hast, musste ich mühsam wieder zusammenbasteln und dann bin ich gerannt, immer weiter. Aber du kannst nicht einfach aufhören, nicht wahr? Für dich ist erst Schluss, wenn du jemanden völlig zerstört hast. Oder etwa nicht? Aber ich verrate dir jetzt etwas, Niko. Egal, was du heute mit mir veranstaltest, einer Sache kannst du dir absolut sicher sein: Dir ist es nicht gelungen, mich zu brechen. Diesen Triumph werde ich dir nicht gönnen, nicht einmal, wenn ich heute sterben sollte.«

Diesmal packt er in meine Haare und zieht meinen Kopf in seine Richtung, bis seine Lippen an meinem Ohr liegen. Ich zucke weg. Nutzlos, sein Griff wird nur fester und seine Stimme ist nur ein Knurren, als er endlich den Mund öffnet.

»Spiel jetzt. Oder willst du gleich den Löffel abgeben?«

Mit dumpfem Gefühl lege ich die Finger auf die Tasten, brauche mehrere Anläufe, um den Anfang richtig zu spielen. Dabei sehe ich nicht die Notenblätter an, sondern auf die Terrasse, wo Patches nervös, aber wohlauf vor der Tür umherläuft. Als sie plötzlich die Ohren spitzt und dann verschwindet, schöpfe ich aus irgendeinem lächerlichen Grund Hoffnung.

Ich verpasse meinen Einsatz und fange mir einen Schlag auf den Hinterkopf ein. »Gib dir verdammt noch mal mehr Mühe!«

Er richtet die Kamera auf mich, als ich wieder anfange zu spielen und beginnt dann, schräg auf Italienisch zu singen. Das Lied handelt davon, dass man für immer zusammengehört. Als der Part der Frau beginnt, singe ich ihn, wenn auch gequält und mit so viel Abscheu in der Stimme, dass es niemals gut oder ehrlich klingen kann. Als der gemeinsame Teil beginnt, höre ich, wie die Haustür aufgeht.

Einige Sekunden singe und spiele ich noch, so lange bis Niko sich einige Schritte abgewandt hat, dann lasse ich mich auf den Boden gleiten, kriege die Pistole zu fassen und drehe mich um, damit ich sie auf Niko richten kann. Die Wand in meinem Rücken gibt mir den nötigen Halt.

»Du kleines mieses Miststück. Lass sie einfach wieder fallen, und setz dich zurück an das scheiß verdammte Klavier. Du traust dich doch eh nicht.«

Wut zuckt durch mich hindurch, ich ziele einige Zentimeter neben ihm in die Luft und drücke ab. Der Rückstoß drückt mich in die Wand und der laute Knall macht mich einige Sekunden lang taub. Ein dreckiges Grinsen huscht über mein Gesicht, als ich sehe, wie geschockt er ist. Es erscheint mir auf einmal gar nicht mehr so falsch, ihn zu erschießen.

»Du hast auf mich geschossen.«

Atemlose Überraschung schwingt in seiner Stimme mit.

»Vielleicht schieße ich gleich noch mal und treffe dann auch.«

Sebastian taucht in der Tür auf, die Waffe erhoben und auf Niko gerichtet. »Liv, nicht. Lass mich das machen. Er ist es nicht wert, dass du dir die Hände schmutzig machst. Komm zu mir.«

Er funkelt Niko bedrohlich an, als ich mich langsam erhebe und dirigiert ihn außerhalb meiner Reichweite. Als ich schließlich hinter Sebastian stehe und mich abwenden kann, so dass Niko mich nicht mehr sehen kann, lasse ich mich in die Knie sinken. Heiße Tränen der Erleichterung fließen über mein Gesicht, auch wenn es noch nicht vorbei ist.

39

Elijah

Die Treppen zur Haustür sprinte ich noch enthusiastisch nach oben, dort angekommen fängt meine gute Laune aber an zu bröckeln, wie ein Spiegel, der in Slow Motion zerschlagen wird und dessen Splitter langsam zu Boden fallen. Zu meinen Füßen liegt der Mann, der eigentlich darauf aufpassen sollte, dass niemand ungefragt dieses Grundstück betritt.

Jemand ist hier und ich kann mir gut vorstellen, wer dieser jemand ist. Es gibt eigentlich nur eine realistische Möglichkeit und das macht mich schlagartig so wütend, dass ich sofort nach drinnen stürmen und meine Hände um seinen Hals legen will. Zunächst lege ich meine Finger jedoch an den Hals Sergejs, um festzustellen, ob er überhaupt noch am Leben ist.

Es dauert einige Sekunden, doch dann finde ich endlich einen schwachen Puls und ziehe erleichtert mein Handy aus der Hosentasche, wähle die Nummer meines Vorgesetzten. Nach zwei Freizeichen meldet er sich und ich schildere ihm ganz knapp die Situation. Währenddessen schießt auch schon Patches um die Ecke und stürzt sich aufgeregt auf mich. Beruhigend tätschele ich ihren Kopf, frage mich, warum sie nicht bei Liv ist und sie beschützt. »Ich schicke Unterstützung. Machen Sie keine Dummheiten, Sebastian.«

»Verstanden.«

Nachdem ich aufgelegt habe, nehme ich Sergejs Waffe an

mich, öffne die Haustür und bewege mich nach drinnen. Dabei gebe ich mir keine Mühe, leise zu sein. Er soll wissen, dass ich hier bin und dass ich komme, um seiner widerlichen Existenz ein Ende zu bereiten.

Als ich mich dem Wohnzimmer nähere, kommt er mir bereits entgegen, aber ich erreiche die Tür zuerst. Am Rande registriere ich, dass der Raum gänzlich verwüstet ist.

Nicht nur ich ziele mit einer Waffe auf ihn. Liv sitzt auf dem Boden und zielt mit der Pistole aus meinem Schreibtisch vage auf seinen Kopf. In der Luft hängt der Geruch eines abgegebenen Schusses und mir bleibt nur zu hoffen, dass es nicht Niko war, der diesen abgegeben hat. Ich kann sie nur kurz mustern. Es sieht nicht danach aus, als sei sie körperlich verletzt.

Auf keinen Fall jedoch darf Liv sich jetzt dazu hinreißen lassen, ihn zu erschießen. Für sie wäre es die einfachste Möglichkeit auf dieser Welt, um ihn endlich loszuwerden, aber definitiv nicht die klügste.

»Liv, nicht. Lass mich das machen. Er ist es nicht wert, dass du dir die Hände schmutzig machst. Komm zu mir.«

Es fällt mir schwer, sie nicht anzusehen und meine ganze Aufmerksamkeit auf Niko zu lenken, dem ich gerade mit der Waffe bedeute, aus ihrem Weg zu verschwinden. Glücklicherweise braucht es nicht mehr, dass sie zu mir und in Sicherheit kommt. Ich will nicht hören, wie sie irgendwo hinter mir in die Knie geht und anfängt, leise zu schluchzen, weil ich gerade jetzt eben nicht dazu in der Lage bin, sie in die Arme zu schließen und ihr zu sagen, dass alles gut werden wird.

»Ich bin wirklich erleichtert, dass du einfach hier reinspaziert bist. Das macht es mir so viel leichter, dich einfach in die Obhut der Behörden zu übergeben, ohne dass ich mir die Hände schmutzig machen muss. Es ist übrigens eine sehr lange Liste an Straftaten, die du angesammelt hast, das hier könnten deine letzten Momente in absoluter Freiheit sein. Ich hoffe, du verreckst im Knast.«

Obwohl ich Liv gegenüber mehr als einmal erwähnt habe, was ich alles mit ihm machen würde, wenn er mir einmal gegenüber stehen würde, mache ich nichts davon. Ihr Vertrauen ist fragil und die Wut auf ihn nicht annähernd groß genug, um all die Fortschritte, um ihr Vertrauen wegzuwerfen, als wäre es gar nichts wert. Diese Genugtuung gönne ich ihm nicht.

»Bisher konnte ich mich überall herauswinden. Das wird mir wieder gelingen und dann werde ich sie holen und dafür sorgen, dass sie den Rest ihres Lebens mit mir verbringt. Das ist es doch, was du wirklich willst, Liv, oder?«

Letzteres ruft er einfach mit einem dreckigen Grinsen über meine Schulter hinweg in ihre Richtung und auch wenn ich dafür bete, dass sie nicht darauf reagiert, steht sie schon wenige Sekunden später wutentbrannt neben mir. Die Waffe liegt vollkommen ruhig in ihren Händen, kein Zittern, kein Zögern. Da werden mir zwei Dinge klar: Diesmal wird sie ihn wirklich erschießen. Und draußen auf der Terrasse stehen die zwei Gorillas von vorhin und zielen auf den Kopf Nikos.

»Erschieß mich doch! Ich mach es dir auch ganz leicht, meine Liebe.«

Damit sprintet er auf uns beide zu, aber noch bevor sie oder ich reagieren können, zerreißen auch schon zwei Schüsse die Stille. In dem Moment, in dem ich sehe, dass sein Kopf in einem Nebel aus Blut explodiert, ziehe ich Liv in meine Arme und wende mich mit ihr ab. »Komm mit.« Sanft hebe ich ihren wie versteinerten Körper hoch und trage sie nach draußen, wo uns neben Patches auch mein Vorgesetzter, der sich wieder bei Bewusstsein befindende Sergej und ein Krankenwagen erwarten.

»Es ist eskaliert«, erkläre ich knapp, auch wenn hier jedem schon bewusst ist, dass Niko das Zusammentreffen mit den beiden Agenten des FBI-Direktors nicht überlebt hat.

»Der Ausgang wäre in jedem anderen Fall der gleiche gewesen. Sie hatten den Befehl, ihn auszuschalten und das haben sie getan. Ein Schwerverbrecher wie er ist nicht tragbar.«

Ich nicke stumm und kann kaum fassen, dass er einfach eine derartige Entscheidung getroffen hat. Gleichzeitig bin ich ihm aber auch unendlich dankbar, denn auf diese Weise ist es weder Liv, noch bin ich es, der sich die Finger an ihm dreckig machen musste. Und für die beiden Agenten hat es außerdem auch weniger Konsequenzen als es beispielsweise für Liv gehabt hätte.

Noch immer steht sie direkt vor mir, ihr Atem trifft flach auf meinen Brustkorb, ansonsten ist sie vollkommen still und ich weiß nicht, was ich tun soll, außer ihr beruhigend mit einer Hand über den Rücken zu streichen.

»Ich danke Ihnen wirklich, Sir. Und wenn es Ihnen nichts ausmacht, würde ich Sie jetzt mit Sergej alleine lassen.«

»Nur zu«, sagt er, und dabei zieht er einen Schlüsselbund aus der Hosentasche und hält ihn mir hin. »Damit Sie in der Übergangszeit nicht hierbleiben müssen. Wird ohnehin eine Weile dauern, bis das hier wieder freigegeben ist.«

Umgehend nehme ich den Schlüssel an mich und hebe dann behutsam Livs Kopf an, so dass sie mir in die Augen sehen muss. Völlig gefasst blickt sie mir entgegen, es ist nicht die geringste Spur von Schock oder Trauer in ihrem Gesicht zu lesen und ich bete inständig, dass es nur an der Anwesenheit der anderen liegt. »Lass uns gehen.«

Am liebsten würde ich ihr jetzt davon erzählen, dass ich nicht länger Teil der Undercover-Mission sein werde, aber der Zeitpunkt ist wohl kaum der richtige. Ich bringe sie stattdessen also zum Auto und öffne ihr die Beifahrertür. Irritiert fragend sieht sie zu mir auf, als sie den Blumenstrauß dort entdeckt, den ich vollkommen vergessen habe.

»Ursprünglich bin ich zurückgekommen, um dir etwas Wichtiges zu erzählen. Und ich wollte dir eine Freude machen.«

Jetzt wirkt das alles reichlich bizarr und sorgt dafür, dass ich mich äußerst unwohl dabei fühle, ihr die Blumen jetzt zu geben. Also nehme ich den Strauß und lege ihn auf die Rückbank. Erst als wir einige Meter gefahren sind, ergreift sie endlich das Wort, aber nicht zu dem Thema, von dem ich es am ehesten erwartet habe.

»Was wolltest du mir erzählen?«

»Willst du nicht lieber darüber reden, was gerade passiert ist?«

»Nein. Darüber will ich niemals wieder reden. Weder heute noch in fünf Jahren. Er ist tot und ich bin froh darüber. Es fühlt sich befreiend an, nicht mehr davon laufen zu müssen.«

Ich gehe nicht weiter darauf ein. Wenn es ihr Wunsch ist, dann respektiere ich das, auch wenn es mir nicht wirklich gefällt. »Ich wollte dir etwas sehr Wichtiges erzählen, aber ich weiß einfach nicht, wo ich beginnen soll. Von allen Dingen habe ich mir ausgerechnet das am wenigsten überlegt.«

»Dann überleg jetzt kurz, und sag es gerade heraus? Alles andere wäre sehr fies.«

»Der ältere Mann von eben ist mein Vorgesetzter. Ich habe mich heute mit ihm getroffen, um über meine Zukunft zu reden. Über unsere Zukunft, Liv. Ich werde nicht länger Teil der Undercover-Mission sein, sondern in den normalen Dienst wechseln. Wir haben sogar freie Auswahl, wo. Ich habe mich für dich entschieden, Liv. Und für eine gemeinsame Zukunft. Alles andere hätte mich fertiggemacht.«

Anstatt zu antworten bedeutet sie mir, an der Seite anzuhalten. Ich befürchte, dass sie gleich aussteigt und mich einfach hier stehen lässt, aber als das Auto zum Halten kommt, beugt sie sich aus ihrem Sitz zu mir rüber, zieht mein Gesicht an ihres heran und küsst mich. Auf ihrem Gesicht spiegeln sich tausend heftige Emotionen wider und alle erzählen davon, wie viel ihr das hier bedeutet.

»Dann lass es uns einfach versuchen«, sagt sie grinsend und küsst mich, als gäbe es kein Morgen.

Ende